작은 아씨들

루이자 M. 올컷 지음 | 김재천 옮김

소담출판사

김재천

김현승 시인의 추천으로 문단 등단
다형시 문학상 수상. 현 국민일보 주간국 취재부장
역서로 『귀향』, 『위대한 유산』, 『가진자와 안 가진자』, 『향수』 등 다수

 sodampublishingcompany

BESTSELLERWORLDBOOK 26

작은 아씨들

펴낸날 | 1992년 5월 10일 초판 1쇄
        1996년 3월   8일 중판 1쇄
        2003년 5월 30일 중판 17쇄

지은이 | 루이자 M. 올컷
옮긴이 | 김재천
펴낸이 | 이태권
펴낸곳 | 소담출판사
        서울시 성북구 성북동 178-2 (우)136-020
        전화 | 745-8566~7 팩스 | 747-3238
        e-mail | sodam@dreamsodam.co.kr
        등록번호 | 제2-42호(1979년 11월 14일)

ISBN 89-7381-026-X 00840
● 책 가격은 뒤표지에 있습니다

www.DREAMSODAM.co.kr

BESTSELLERWORLDBOOK 26

LITTLE WOMEN

Louisa M. Alcott

序 詩

가라
나의 작은 책이여—
가서 모두에게 보여주라
희망하게 하라, 그대를
그대 가슴의 비밀을
그대의 은총을.
그들을 섬으로 인도하라
회고의 순례자여
주의 자비를 말하라
어린 길손들에게
소녀들로 하여금
귀한 것을 경험케 하라.
온 세상을 알게 하라
주를 따라
성스러운 길을 가게하라

—존·버니안으로부터—

LITTLE WOMEN

차 례

천로역정(天路歷程)

"선물 없는 크리스마스란 생각할 수도 없어."

조는 난롯가에 앉아서 불평을 늘어놓았다.

"가난은 정말 질색이야."

메그는 자신의 낡고 초라한 옷을 보며 한숨을 내쉬었다.

"좋은 것을 많이 가진 사람이 있는가 하면 아무 것도 가질 수 없는 사람이 있고……. 이건 너무 불공평해." 어린 에이미까지 씩씩거렸다.

"하지만 우리들에겐 엄마와 아빠, 그리고 이렇게 좋은 형제가 있잖아?"

여느 때와 같이 베스가 차분하게 말했다. 난로의 불빛을 받은 네 사람의 얼굴이 그 말을 듣는 순간 환하게 밝아졌다. 그러나 그것도 잠시, 이내 다시 흐려졌다. 조가 전장에 나가 있는 아버지 얘기를 꺼냈기 때문이다. 잠시 동안 모두가 아무런 말이 없자 메그가 기분을 바꾸려는 듯 화제를 돌려 이야기했다.

"엄마가 왜 선물 없이 크리스마스를 지내자고 하는지 알지? 지금은 불

경기야. 거기다 군인들은 전장에서 고생을 하는데 우리만 즐겁게 돈을 펑펑 쓸 수도 없는 일이잖아. 사실, 나도 사고 싶은 물건이 있긴 하지만……."

아름다운 물건들이 자꾸만 눈앞에 어른거려 메그는 머리를 흔들었다.

"하지만 우리는 돈을 별로 안 쓸 텐데. 선물은 바라지도 않아. 그렇지만 「온디인과 신트람(독일 작가 후케의 작품)」만은 내 돈으로 사고 싶어." 조는 책벌레였다.

"난 악보를 사고 싶어."

베스도 한숨을 내쉬었다.

"난 페이버 상표의 파란 연필을 살 거야."

에이미까지도 큰 결심을 하는 듯했다.

"그래, 우리가 가진 돈에 대해서는 엄마도 아무 말씀 안 하셨으니까, 다들 자기가 사고 싶은 걸 사자. 우리도 꽤 열심히 일했으니까."

조는 사내아이처럼 무릎을 세워 안은 채 앉아 있었다.

"아이고, 일 정말 많이 했지. 그 말썽꾸러기 애들하고 진종일 부대끼고 나면……."

메그는 불만이 넘치는 어조로 말했다.

"그 정도는 약과야. 난, 그 말 많은 할머니와 진종일 마주 보고 있으려니까 나중에는 아무 구멍으로나 도망치고 싶은 맘이 생기더라고."

"이런 불평은 하고 싶지 않지만, 집에서 설거지니 뭐니 하다 보면 피아노 연습도 제대로 못해요."

베스는 거칠어진 손을 쳐다보며 한숨을 지었다.

"언니들은 아무리 그래도 나만큼 괴롭진 않을 거야."

에이미가 끼여들며 말했다.

"왜냐면, 심술꾸러기들만 있는 학교엘 안 가도 되니까. 애들은 수업 중에 내가 뭘 조금만 틀려도 놀리지, 옷 가지고도 놀리지, 부자가 아니라고 레텔을 붙이지, 코가 예쁘지 않다고 놀리지······."

"얘, 레텔은 무슨 레텔이니? 그건 '모함'을 네가 잘못 발음하는 거야."

조가 웃었다.

"나도 그쯤은 다 안다고."

에이미는 가슴을 펴며 지지 않으려는 듯이 말했다.

"조, 우리들이 어렸을 때, 아빠가 날린 돈만 지금까지 가지고 있었더라면 이렇지는 않을 텐데, 그렇지?"

메그는 넉넉하게 살던 시절을 회상하며 말했다.

"어머, 지난번에 언니는 킹 댁의 아이들보다 우리가 훨씬 행복하다더니? 돈이 그렇게 많아도 그 아이들은 늘 불평만 한다고."

"그랬었지, 베스. 그야 우리는 일을 해야 하지만 그래도 자기 나름대로의 즐거움도 있잖아."

"조 언니는 언제나 천한 말만 써."

에이미가 길게 누워 있는 조를 보며 미간을 찌푸렸다. 조는 벌떡 일어나더니 호주머니에 손을 찌르고 휘파람을 불기 시작했다.

"얘, 얘, 그만둬. 꼭 사내아이 같잖아."

"그게 내가 바라는 거라는 거 몰라?"

"여자답지 않은 건 질색이야, 난."

"난 새침데기가 제일 싫어."

"조그만 둥지 속의 사이 좋은 참새들……." 언제나 중재 역할을 하는 베스가 이 노래를 하자 말다툼하던 두 사람도 웃고 말았다.

"정말 너희들은 어쩔 수 없는 문제아들이야."

메그가 언니답게 타이르듯 말했다.

"조세핀, 넌 이제 어린애가 아냐. 그러니까 머슴애 같은 행동은 그만 두고 좀 숙녀답게 굴어봐요."

"아휴! 그런 건 질색이야. 머리를 올렸다고 얌전해야 한다면 차라리 스무 살까지 가닥머리로 있을 테야." 조는 머리의 끈을 풀고 밤색 머리카락을 흔들어 어깨까지 흘러내리게 했다.

"어른이 되면 싫어도 긴 옷자락을 질질 끌고, 과꽃처럼 얌전떨어야 할 것을 생각하면 정말 소름이 끼쳐. 내가 남자라면 전쟁터에 나가서 아빠와 같이 싸울 수도 있는데 말야."

"가엾은 조 언니. 별다른 방법이 없으니 이름만이라도 남자처럼 불러줄게. 우리들에게 오빠 노릇 하는 정도에서 참아요."

베스는 자기의 무릎 곁에 있던 조의 머리를 상냥하게 쓸어 주었다. 아무리 설거지와 청소에 쫓기더라도 베스의 손은 따스한 부드러움을 잃지 않고 있었다.

"에이미, 넌 말야……." 하고 메그의 설교가 계속되었다.

"말이 많고 콧대가 높아요. 아직은 어리니까 잘난 척하는 것도 애교로 봐줄 수는 있지만 좀더 지나면 거들먹거리는 거위가 되고 말아요, 나이가 들면 말이야."

"조가 머슴애고, 에이미가 거위라면 난 뭘까?" 베스는 자진해서 잔소리를 들을 배짱이다.

"넌 착한 아이야. 그뿐이야."

메그는 상냥하게 대답했다. 이 말에는 다른 두 사람도 이의가 없었다. '생쥐' 란 별명이 붙은 베스는 온 집안의 귀염둥이였다.

여러분, 등장인물들이 어떤 모습을 하고 있는지 무척 궁금하죠? 이쯤해서 잠깐 시간을 내어 이 네 자매를 간단하게 스케치해 보겠습니다. 밖에는 12월의 눈이 소리 없이 내리고 방 안에는 난롯불이 따뜻하게 타고 있으며, 네 자매는 황혼의 희미한 광망 속에서 열심히 뜨개질을 하고 있습니다. 이 방은 낡았지만 그들에겐 따뜻한 휴식처입니다. 가정의 평화라고나 할까, 그런 분위기가 모든 것을 포근히 감싸고 있습니다.

장녀 마아가레트는 열여섯 살로 희고 포동포동한 살점에 부드러운 갈색 머리, 동그란 눈동자, 귀여운 입을 가진 아름다운 처녀로 특히 그 하얀 손은 자신도 은근히 자랑할 정도로 아름답습니다.

열다섯 살인 조는 키가 크고, 깡말랐으며, 살결이 다갈색, 원기 왕성한 망아지 같은 소녀입니다. 꽉 다문 입술, 조금 치켜진 코, 그리고 잿빛 눈동자는 조그만 것도 놓치지 않으려는 듯이 매순간 어지럽게 표정이 바뀝니다.

엘리자베스, 애칭 베스는 장밋빛 살결에 명주실 같은 머리카락, 아름다운 눈을 한 열세 살의 소녀입니다. 수줍음을 잘 타고 말도 잘 하지 않으며 여간해서는 호들갑을 떨지 않는 평온한 표정을 하고 있는 아가씨입니다. 아버지는 베스를 '평화의 아가씨'라고 부릅니다. 그녀는 자신이 창조한 행복의 세계에서 살며, 자기를 신뢰하고 사랑하는, 극히 소수의 사람들을 만나기 위해서만 살짝 나타나는 아이입니다.

에이미는 막내이지만 상당히 중요한 인물입니다. 적어도 자기 말에 따르자면, 전형적인 백설공주 타입으로 눈은 파랗고 금발이 어깨 위에서 물결치며, 혈색이 엷고, 몸이 가늘고, 예의범절에 신경을 쓰고, 병아리 숙녀처럼 언제나 혼자서 잘난 척하는 아가씨랍니다.

자아, 이러한 성격의 네 자매 중에서 여러분 각자의 마음에 드는 상대와 사귀어 보는 게 어떨까요?

시계가 6시를 알렸다. 베스가 한 켤레의 실내화를 챙겨 난로 주변에서 그것을 따뜻하게 했다. 이제 엄마가 돌아오실 시간이다. 메그는 설교를 잠시 멈추고 램프에 불을 켰고, 에이미는 이제까지 앉아 있던 안락의자에서 폴짝 뛰어내려 왔으며, 조도 일어나 실내화가 잘 데워지도록 정리해 놓았다.

"엄마의 실내화, 다 낡았구나. 새로 한 켤레 마련해야 되겠는걸."

조가 말했다.

"나, 내가 가진 돈 1달러로 엄마한테 선물할 거야."라고 베스가 말하자 "어머, 내가 할 테야."하며 에이미가 따라서 소리쳤다.

"내가 제일 위예요. 그러니까 당연히 내가 해야지."

메그의 얘기가 끝나자 조가 큰 소리로 말했다.

"아빠가 안 계시는 지금은 단연코 내가 이 집에서 남자 역할을 해야 한다고. 아빠도 떠날 때 나보고 엄마를 잘 부탁한다고 했어요."

"그럼 이렇게 하자. 크리스마스에 무엇이든지 엄마한테 선물하기로 하고 자기 것은 사지 않기로 말이야."

베스가 말했다.

"과연 베스다워!" 조가 외쳤다.

네 사람은 진지한 표정으로 뭐가 좋을까 생각했다.

"난 멋진 장갑으로 할 테야." 하고 메그가 말하자 "군대용 덧버선, 이거야말로 최고가 될 거야." 하고 조가 말했다.

"손수건으로 하겠어. 가장자리를 예쁘게 수놓은." 하고 베스가 조용히 말했다.

"난 꽃병. 엄마가 좋아하는 거니까." 에이미도 빠지지 않았다.

"어떻게 전해 드리는 게 좋을까?" 하고 메그가 물었다.

"우선 선물을 전부 테이블 위에 늘어놓고 엄마에게 하나씩 열어 보게 하는 거야. 생일 때도 그렇게 하잖아?" 하고 조가 대답했다.

"그래, 난 생일 때마다 마구 가슴이 뛰더라. 내가 선물 포장 푸는 것을 다른 사람들이 가만히 지켜보면 숨이 막힐 것만 같았어." 베스는 티타임을 위해 토스트를 준비하며 말했다.

"엄마 몰래 준비해서 깜짝 놀라게 해드리자. 내일 오후쯤엔 사러 가야지, 메그? 연극 준비도 해야 하고."

조는 뒷짐을 지고 턱을 추켜세우고는 방 안을 오락가락했다.

"연극도 이번이 마지막이야. 이젠 그럴 나이가 아니니까."

의젓한 척하는 메그도 옛 의상을 입고 하는 연극에는 마치 어린애처럼 들떠 있었다.

"쳇, 그렇게 말하지만, 그만두지도 못하는 주제에. 새하얀 가운 자락을 끌고, 금종이 목걸이를 하고 있는 동안엔 말야. 메그는 우리 집의 인기 스타거든. 메그가 안 나오면 말짱 헛거잖아." 조는 열심히 메그를 추켜세웠다.

"오늘 밤에 연습을 해둬야지. 에이미야, 이리 와서 그 장면을 한 번 더해보자. 넌 마치 젓가락처럼 뻣뻣해서 탈이야."

"어쩔 수 없잖아. 난 사람이 졸도하는 것을 한 번도 본 적이 없으니까. 언니처럼 실감나게 넘어졌다가는 전신이 멍 투성이가 되게?"

에이미는 반박과 변명을 한꺼번에 했다. 에이미는 연극에 재능 따위는 전혀 없지만, 비명을 지르며 악한에게 끌려가기에 알맞은 체구라 선택되었을 뿐이었다.

"이렇게 해 봐. 이렇게 손을 마주잡고 비틀거리면서, 로데리고! 살려줘! 살려줘!" 조는 소리를 지르며 시범을 보였는데, 그 연기가 정말이지 실감났다. 에이미는 그대로 한다고 했지만 근처에도 가지 못했다. 조는 한심하다는 듯이 투덜거리고, 메그는 뭐가 그리 재미있는지 깔깔대고, 베스는 구경을 하다 그만 토스트를 태우고 말았다.

"한심하다, 얘! 하지만 뭐, 그 때 가서 적당히 하면 되겠지. 만일 손님들이 웃어도 난 모른다. 자, 계속해요, 메그."

그 다음부터는 순조롭게 진행되었다. 돈 페드로 역을 맡은 조가 세상을 비웃는 대사를 줄줄 외우고, 마녀 하가는 두꺼비가 푹푹 끓는 냄비를 들여다보며 주문을 외우고, 로데리고는 영웅적으로 묶었던 쇠사슬을 끊은 뒤 '휴우' 하고는 회한과 고뇌와 비소(砒素)의 독 속에서 "하, 하, 하!' 하고 미친 듯이 웃으며 죽어 갔다.

"이제까지 이렇게 잘 된 적이 없었어." 방금 죽은 악한이 일어나 팔꿈치를 문지르고 있는데 메그가 칭찬했다.

"조 언니는 셰익스피어가 다시 살아난 것 같아." 베스가 탄복했다.

"뭐, 꼭 그렇지도 않아." 어지간한 조도 겸손하게 말했다.

"나의 가극 「마녀의 저주」가 그리 나쁜 작품은 아니지만 말야, 「멕베드(셰익스피어의 4대 비극 중의 하나)」를 한번 해봤으면 좋겠어."

조는 눈을 위로 치켜 뜨더니 손으로 허공을 휘저었다.

"어머, 빵 대신 엄마의 덧버선을 굽고 있잖니, 베스! 너 연극에 푹 빠졌나 보다." 메그가 소리치자 모두 와아 하고 웃었다. 연습은 곧 끝났다.

"모두들 즐겁구나." 문 쪽에서 밝은 목소리가 들렸다. 어머니가 돌아온 것이다. 이 네 자매의 어머니는 키가 크고 다정다감한 인상을 풍겼다.

"너희들은 오늘 어땠니? 엄마는 오늘 굉장히 바빴어요. 내일 발송을 해야 할 것이 있어서. 누구 안 왔었니, 베스? 메그, 감기는 좀 덜하니? 조, 많이 피로해 보이는데? 에이미야, 엄마한테 키스해 주겠니?'

어머니답게 네 딸을 향해 하나하나 자상하게 묻고는 젖은 회색 코트를 벗고 따뜻하게 데워진 덧버선을 신었다. 그리고 안락의자에 앉아서 에이미를 끌어안고 바빴던 하루 중에서 가장 행복한 한때를 즐길 준비를 했다.

딸들도 어머니가 되도록이면 편안히 쉴 수 있도록 각기 바쁘게 움직이고 있었다. 메그는 티 테이블을 정리하고, 조는 장작을 날라 오고 의자를 늘어놓았다. 조는 천성이 왈가닥이라 손 닿는 것은 뭐든지 떨어뜨리거나, 뒤집거나 덜컹덜컹 소리를 내거나 하였다. 베스는 조용하고 익숙하게 거실과 주방 사이를 오갔다. 에이미는 막내답게 손을 무릎 위에 얹고 얌전히 앉아서 모두에게 명령을 내릴 뿐이었다.

네 자매가 테이블에 앉자 마치 부인은 행복한 표정으로 말했다.

"식사가 끝나면 굉장히 즐거운 일이 기다리고 있어요."

햇살이 퍼지듯 밝은 미소가 모두의 얼굴을 환히 빛나게 했다. 조는 냅킨을 집어던지며 외쳤다.

"편지다! 편지야! 그죠? 편지 맞죠? 아빠 만세!"

"그래요, 긴 편지가 왔어요. 아버지는 편안하시대요. 크리스마스를 축하하는 말과 너희들에게 특별히 보내는 메시지가 있어요."

"빨리 먹어, 에이미. 그렇게 얌전떨지 말고 빨리빨리 먹어 치워."

조는 홍차를 마시다가 목이 메어 버렸다. 그래서 버터 바른 빵을 융단 위에 떨어뜨렸다. 베스는 먹다 말고 조용히 일어나 한쪽의 구석진, 평소의 자기 자리로 가서 기대고 앉아 모두의 식사가 끝나기를 가슴 설레며 기다리고 있었다.

"아빠는 정말 위대하셔. 연세가 많아 병사로는 안 된다는 걸 목사로서 종군하셨으니까."

메그는 새삼 가슴이 뭉클했다.

"아아, 북치기든, 간호부든 좋으니까 전장에 가고 싶어. 아빠 곁에 있으면서 도울 수 있다면 얼마나 좋을까."

조는 억울해서 못 살겠다는 어조였다.

"텐트에서 자고, 맛없는 것만 먹고, 양철 컵으로 마시고 하는 것, 그다지 기분이 좋지는 않을 텐데." 에이미가 한숨을 쉬며 말했다.

"아빠는 언제 돌아오세요, 엄마?"

베스의 목소리는 무의식중에 떨리고 있었다.

"아직 멀었어요. 병이나 나시지 말아야 할 텐데. 자아, 편지를 읽겠어요."

네 자매는 안락의자에 앉은 어머니를 둘러싸고 난로 앞으로 모였다. 베스는 어머니의 무릎 앞에, 메그와 에이미는 좌우 팔걸이에, 조는 만일 편지의 내용 때문에 슬퍼져 눈물이 나더라도 아무에게도 눈물을 보이지 않기 위해서 의자의 등받이 뒤에 섰다.

이러한 비상 시대에 가슴 저리지 않는 편지란 있을 수 없다. 특히 전장의 아버지로부터 오는 편지는 더욱 그러했다. 그 편지에는 고생스럽고 위험한 전장에 관한 얘기와 집을 그리워하는 심정이 적혀 있었다. 뿐만 아니라 야영하는 모습, 진군의 묘사, 전지에서 생긴 일들과 미래에 대한 희망이 적혀 있었다. 끝으로 그리운 딸들에게 전하는 말이 무척이나 감동적으로 씌어 있었다.

모두에게 나의 키스를 전해 주오. 내가 낮에는 모두를 생각하고, 밤에는 모두를 위해 기도한다고 전해 주오. 그리고 언제나 모두의 사랑을 느끼면서 마음의 평안함을 얻고 있다는 것도 함께. 앞으로 1년 동안이나 만나지 못한다는 것은 참으로 괴로운 일이지만, 이렇게 기다리는 동안이라도 서로가 열심히 자기 임무에 최선을 다

함으로써 괴로운 나날을 헛되이 보내지 않게끔, 아이들에게 당부해 주시오. 떠날 때 일러준 말들을 잘 지키고 있을 줄 아오. 모두착한 아이들이고 각자의 임무에 충실하고, 자기 자신과 용감히 싸워 기특하게 자신을 극복하여 내가 귀향했을 때는 보다 더 사랑스럽고 훌륭한 '리틀 우먼'이 되어 있도록

여기까지 읽자 넷은 모두 흐느끼기 시작했다. 조는 굵은 눈물이 콧등을 타고 내리는 것을 닦으려고도 하지 않았고, 에이미 또한 소중한 컬이 망가지는 것에도 상관없이 어머니의 어깨에 얼굴을 묻고 흐느끼면서 말했다.

"난, 참으로 나쁜 아이였어, 맨날 심술만 부리고. 이제 좋은 아이가 되도록 열심히 노력할 거야."

"난 사치에만 마음이 끌리고 일하기 싫었지만 이젠 안 그러겠어." 하고 메그가 말했다.

"나도 왈가닥처럼 구는 것 그만두고, 아빠가 바라는 '리틀 우먼'이 돼야지." 여전히 속으로는 남부에서 적을 한둘쯤 문제없이 해치울 수 있다고 생각하면서 조는 말했다. 베스는 말없이 뜨개질하던 군대 양말로 눈물을 훔치고는 다시 바쁘게 바늘을 움직였다. 그리고 그 조그만 가슴에, 1년 뒤 아빠가 돌아오는 행복한 날에는 아빠가 바라시는 대로 착한 딸이 되어 있어야겠다는 굳은 결심을 했다.

마치 부인이 밝은 목소리로 침묵을 깨뜨렸다.

"너희들이 모두 어렸을 때, 자주 했던 〈천로역정〉 놀이를 기억하지?

무거운 짐 대신에 포대(布袋)를 짊어지고 '파멸의 도시'인 지하실에서부터 차츰 올라가 맨 위의 옥상에 나서면 최대한으로 꾸민 '신의 나라'가 나타났지?'

"아, 굉장히 재미있었어요. 특히, 사자 곁을 지나거나 마왕하고 싸우거나 도깨비가 있는 골짜기를 빠져나갈 때." 라고 조가 말했다.

"난 어깨의 짐이 쑥 빠져서 계단을 굴러 떨어지는 게 제일 재미있었어." 조의 말이 끝나자 메그가 말했다.

"난 옥상에 나서면 꽃과 오두막과, 그밖에도 곱게 꾸며져 있는 그곳에서 다같이 노래할 때였어. 밝은 햇살 속에서 말이야."

베스는 그 즐거웠던 시절이 되돌아오기라도 한 듯이 미소지었다.

"케이크나 밀크를 얻는 것은 항상 기뻤지만 지하실의 그 어두운 입구가 무서웠던 것 외에는 난 별로 생각나는 게 없어요. 내가 조금만 더 어리다면 다시 그 놀이를 하고 싶어요." 에이미는 이미 열네 살이나 됐으니까 그런 놀이를 하기가 쑥스럽다는 어조였다.

"에이미야, 우린 몇 살이 되어도 이 놀이를 즐길 수 있어요. 왜냐하면 우리는 일상 생활 속에서 어떤 형태로든 그와 비슷한 일을 하고 있으니까. 우리는 모두 무거운 짐을 짊어지고 자기의 길을 걸어가는 거예요, 놀이가 아닌 실생활에서. 그리고 아빠가 오실 때까지 우리가 과연 어디까지 갈 수 있나 해보는 거예요."

"정말, 엄마? 어디에든 무거운 짐이 있나요?" 에이미는 실로 고지식한 꼬마 숙녀였다.

"베스 외에는 모두 자기의 무거운 짐을 고백했구나. 하기야 베스는 아무런 짐도 없어 보인다만."

"아녜요, 엄마, 나에게도 짐이 있어요. 설거지와 청소를 싫어하고 새 피아노를 갖고 싶어하고, 이웃 사람을 두려워하고……." 베스의 무거운 짐이란 하나같이 별 것 아닌 것뿐이라 모두들 웃음을 터뜨릴 뻔했지만 상처받기 쉬운 베스의 마음을 고려해서 아무도 웃지 않았다.

"오늘 밤 우리들은 실망의 늪에 빠져 있었어요. 하지만 엄마가 오셔서 우리들을 구제해 주신 거예요." 조는 따분한 역할에 조금이라도 로맨틱한 감정을 더하려는 생각에서 이렇게 말했다.

"크리스마스 아침에 모두 베개 밑을 봐요. 자기의 안내서를 발견할 거야." 마치 부인이 대답했다.

한나가 테이블을 치우는 동안 모두들 이 새 계획에 대해 상의했다. 그것이 끝나자 곧 네 개의 작은 반짇고리를 내어놓고 자매들은 마치 할머니의 시트를 만들기에 바빴다. 오늘 밤엔 아무도 말을 하지 않았다. 조의 제안으로, 시트를 넷으로 나누어, 유럽, 아시아, 아프리카, 아메리카로 이름을 붙여 분담한 탓인지 시트를 만드는 일은 진도가 빨랐다.

아홉 시에는 바느질을 그만두고 언제나처럼 노래를 불렀다. 베스만이 그 낡은 피아노에서 그래도 소리다운 소리를 내는 유일한 피아니스트였다. 누렇게 퇴색한 건반 위로 가볍게 손가락을 옮겨가며 모두가 노래할 수 있는 간단한 곡에 알맞은 반주를 했다. 이 취침 전의 합창은 자매들이 말을 배우기도 전인 아주 어릴 적부터 시작되어 이제는 이 가정에서 하나의 규칙이 되었다. 그것도 모두 마치 부인이 노래를 좋아하는 탓이었는지 모른다.

이 집의 아침은 우선 종달새 같은 어머니의 노랫소리에서부터 열린다. 그리고 밤이 되어 하루의 문을 닫을 때도 역시 그녀의 노랫소리로 끝을 맺는다. 딸들은 아무리 나이가 들어도 어렸을 때부터 들은 자장가를 다시 듣고 싶어하기 때문이다.

메리 크리스마스

    크리스마스 날 아침, 아직 해도 뜨기 전에 조가 제일 먼저 자리에서 일어났다. 크리스마스 때마다 난로에 걸려 있던 양말이 보이지 않자 조는 순간 실망했다. 어렸을 때는 선물이 너무 많이 들어 있어서 그 무게로 양말이 떨어졌던 적도 있었는데……. 그러나 곧 어머니와의 약속을 생각하고 베개 밑을 뒤져 빨간 표지의 조그만 책을 꺼냈다.

    그것은 이 세상에서 가장 위대한 생애에 대한 아름다운 옛날 이야기였다. 조는 그 책이야말로 긴 여행을 떠나는 길손에게 있어서 가장 좋은 안내서라고 생각했다. 이윽고 메그, 베스, 에이미도 일어나 자기들의 베개 밑에서 조그만 책들을 꺼냈다. 안에는 같은 그림과 어머니가 쓴 한두 줄의 글이 있었다. 이 짧은 글이 딸들로 하여금 똑같은 선물을 특별히 귀중한 것으로 느끼게 했다. 네 사람이 책을 뒤적이며 이것저것 얘기를 할 때 동쪽 하늘이 장밋빛으로 물들며 하루가 시작되고 있었다.

    "얘들아." 하고 메그가 말을 꺼냈다.

"엄마는 우리가 이 책을 읽으며 서로 사랑하고, 그리고 항상 마음에 새겨두기를 바라고 계세요. 난 이 책을 이렇게 테이블 위에 얹어 두고 매일 아침 눈을 뜨는 대로 조금씩 읽겠어요. 하루 동안 그것이 마음의 의지가 될 테니까."

그리고 그녀가 새 책을 읽자 조도 언니의 어깨에 손을 얹고 다가앉아 조용히 책을 읽기 시작했다. 언제나 성급하고 장난기 어린 얼굴에는 어느새 진지함이 가득했다.

"메그 언니는 정말 훌륭해요! 에이미, 우리도 읽자." 베스가 말하자,

"이 책이 초록 표지로 싸여져 있어서 난 기뻐."하고 에이미는 엉뚱한 말을 했다.

30분 후, 선물에 대한 감사를 드리려고 조와 함께 계단을 뛰어내려간 메그가 "엄마는?"하고 묻자, "글쎄? 처음 보는 웬 가난한 사람이 찾아와서 엄마는 그 사람과 같이 가셨어요. 뭐가 필요한지 보고 오겠다면서." 하고 한나가 대답했다. 메그가 태어났을 때부터 쭉 이 집에 있어 온 한나는 가정부라기보다는 차라리 가족의 한 사람이었다.

"곧 돌아오실 거야. 케이크를 굽고 준비해요, 응?" 소쿠리에 담아 소파 밑에 감춰 둔 엄마의 선물을 다시 확인하면서 메그는 한나에게 말했다. 그리고는 소쿠리를 언제든지 쉽게 꺼낼 수 있도록 해 놓았다.

"어머, 에이미의 선물은? 꽃병 말이야." 메그는 놀랐다.

"조금 아까 에이미가 꺼내 갔어요. 리본을 맨다던가 하면서." 조는 새로 산 군대용의 뻣뻣한 덧버선을 신기 좋게 하려고 자기가 신고 온 방 안을 뛰어 다녔다.

"내가 드릴 손수건, 참 예쁘지? 한나가 빨아서 다림질을 해주었어. 이니셜은 전부 내가 자수로 새겼어." 베스는 조금은 가지런하지 못한 로마 글씨를 자랑스럽게 보여주었다.

"어머, 어머, 야단났어, 베스 좀 봐. M. MARCH라고 안 하고, MOTHER라고 새겼어요. 와아, 우습다!' 조가 그 중의 한 장을 집어들고 펄쩍펄쩍 뛰면서 얘기했다.

"어쩌지? 난 그게 좋을 줄 알았는데……." 베스는 난처한 표정을 지었다.

"아냐, 괜찮아 베스. 엄마도 이걸 보시면 기뻐하실 거야." 메그는 조에게 눈을 흘기고는 베스에게 상냥한 미소를 지으며 말했다.

"앗, 엄마다. 빨리 감춰!' 현관 쪽에서 발소리가 들리자 조가 소리쳤다. 그러나 들어온 사람은 에이미였다. 에이미는 언니들의 정중한 마중을 받자 어안이 벙벙한 표정을 지었다.

"어딜 갔었니? 그 뒤에 감춘 건 뭐니?' 게으름뱅이 에이미가 모자와 외투로 정장을 하고 이른 아침부터 외출을 한 것에 놀라 메그가 물었다.

"웃지 말아요, 조! 꽃병을 큰 것과 바꾸어 왔을 뿐이야. 내 돈을 다 털었어. 이기심을 버리려고 결심했고 그걸 실행했을 뿐이야."라고 말하면서 에이미는 앞서 것보다 훨씬 크고 훌륭한 꽃병을 내어 보였다. 너무도 진지한 그 표정이 기특해서 메그가 달려가 포옹해주었고, 조는 평상시의 말씨로 "잘하는 짓이다!' 라고 소리쳤다. 그러나 베스는 창가의 장미 화분으로 달려가 제일 예쁜 한 송이를 꺾어다 그 꽃병에 꽂아 주었다.

현관문이 다시 삐걱거렸다. 소쿠리는 소파 밑으로 밀어 넣어지고, 자매들은 테이블 곁으로 달려가 아침 식사를 기다리고 있는 척했다.

"엄마, 메리 크리스마스. 책, 감사합니다." 네 자매들은 미리 연습한 대로 일제히 말했다.

"메리 크리스마스, 모두 모두. 그런데 식사를 하기 전에 얘기할 게 있어요. 멀지 않은 곳에 가난한 집이 있는데 여섯 아이가 한 침대에서 추위에 떨고 있어요, 갓난아기도 함께. 불도, 먹을 것도 없이. 제일 큰 아이가 구원을 요청해 왔는데 너희들의 아침 식사를 그 아이들에게 크리스마스 선물로 주지 않겠니?"

네 자매는 배가 몹시 고팠던 터라 잠시 동안은 아무런 대답이 없었다. 그러나 조가 갑자기 외쳤다. "식사하지 않기를 잘했어!"

"나도 가지고 따라 갈래." 베스도 기쁜 듯이 말했다.

"난 머핀과 크림을 갖고 갈래." 에이미는 자기가 제일 좋아하는 것을 포기하며 기특하게도 말했다. 메그는 이미 모밀 과자와 빵을 큰 쟁반에 담고 있었다.

준비가 끝나자마자 일행은 출발했다. 다행스럽게도 아직은 이른 아침이었고 뒷길로 갔기 때문에 아무도 만나지 않아 이 기묘한 행렬은 웃음을 사지 않아도 좋았다.

그 집에 도착하여 들어가보니 집 안의 광경은 차마 말로 다 할 수가 없었다. 가구는 하나도 없고, 창은 깨지고, 온기라곤 전혀 없고, 담요도 시트도 낡을 대로 낡았으며, 아이들 엄마는 앓아 누워 꼼짝도 못했다. 아기는 가느다란 목소리로 울고, 오직 한 장의 얇은 이불 아래서 아이들이 옹기종기 모여 있었다. 일행이 집으로 들어서자 아이들은 눈이 휘둥그래지고 파란 입술에는 기쁨이 가득했다.

"아아, 하나님! 천사들이 우리 집에 오셨어요!" 가엾은 아기 엄마는 독일어가 섞인 말로 외쳤다.

"방한모와 장갑 낀 천사도 다 있어요?" 조는 농담으로 모두를 웃기고 그 자리의 분위기를 밝게 했다. 그 방은 순식간에 친절한 요정들이 나타나 한차례 일을 한 뒤처럼 깨끗해졌다. 한나가 가져 온 장작으로 불을 피우고 마치 부인은 앓는 어머니에게 홍차와 죽을 먹게 하고 갓난아기에겐 깨끗한 옷을 갈아 입히고 앞으로도 힘이 되어 줄 것을 약속했다.

한편 자매들은 식탁을 차리고, 아이들을 불 앞으로 데려다 따뜻하게 해주며 계속해서 먹을 것을 주었다.

그 집을 나섰을 때, 자매들은 크리스마스 아침인데도 불구하고 빵과 밀크로만 아침 식사를 때워야 하지만 이 마을에서 가장 명랑한 일행이 되어 집으로 돌아왔다.

"이것이 곧 자기를 희생하여 이웃을 사랑하는 거야."

테이블에 약속대로 선물을 올려놓으며 메그는 엄숙하게 말했다. 어머니는 2층에서 그 가엾은 홈멜즈 댁에 줄 헌 옷들을 찾고 있었다. 테이블에 진열된 선물들은 화려하지는 않았지만 각자의 애정이 가득 담긴 것들이었다.

"아, 오셨어! 베스, 빨리 시작해! 에이미, 문을 열어! 엄마 만세 삼창!"

조는 황급히 서둘러댔다. 메그는 엄마를 안내하기 위한 자리에 섰다. 베스는 자신이 알고 있는 것 중에서 제일 밝은 곡을 연주했고, 에이미가 문을 열어주자 메그는 정중하게 엄마의 에스코트 역할을 했다. 마치 부인은 놀라고 감동하여 선물을 하나하나 집어들고 축하의 말이 적힌 카드를 읽으면서 눈에 가득히 미소를 담았다. 덧버선은 즉석에서 신었고, 손수건은 호주머니에 넣고, 꽃병의 장미는 가슴에 꽂고, 장갑은 껴보더니 "꼭 맞는구나!"라고 하였다.

아침의 자선과 선물 전달식 때문에 시간을 많이 소비했으므로 저녁때까지는 전부 밤에 공연할 연극 준비에 바빴다. 가정극을 위해 많은 돈을 쓸 만큼 부자는 아니었기 때문에 자매들은 지혜를 쥐어짜야만 했다. 필요는 발명의 어머니라는 식으로 필요한 것은 뭐든지 만들었다. 그 중에는 실로 걸작인 것도 있었다. 버터 쟁반에 은종이를 싼 고풍스런 램프, 깡통 조각을 단 화려한 의상, 그리고 역시 깡통 조각을 단 멋진 갑옷. 그뿐 아니라 가구들을 거꾸로 세우기도 하고 옆으로 눕히기도 해서 홀은 엉망진창이었다.

남성은 입장 금지였다. 그래서 조는 마음껏 남자 역할을 할 수 있었다. 친구에게서 얻은 가죽 장화와 펜싱용 칼과 어떤 화가가 그의 그림에 사용했다는 조끼가 조의 소품이었다. 아무래도 인원이 부족한 극단이라 한 사람이 1인 5역, 6역을 해야 했다.

마침내 크리스마스 저녁이 되자, 여러 명의 여자아이들이 특석인 침대 위에 빽빽이 앉아 기대에 부풀어 가슴을 조이고 있었다. 막 뒤에서는 옷자락이 바삭거리는 소리, 소곤대는 소리가 났다. 램프의 그을음이 오르기도 하고, 언제나 흥분해서 호들갑을 떠는 에이미의 킬킬거리는 웃음소리도 간혹 들렸다. 이윽고 방울이 울리고 커튼이 오르면서 대망의 가극이 시작되었다.

손으로 쓴 프로그램에 의하면 제1장은 〈음산한 숲〉으로 되어 있었다.

무대에는 화분에 심은 두세 그루의 나무가 있었고, 바닥에는 초록색 종이를 깔고 저만치 안쪽에 동굴이 보이는 장치를 했다. 이 동굴은 양복 걸이를 천장으로 하고 장롱을 벽으로 한 것이었다. 빨갛게 불이 핀 조그만 아궁이가 보이고 그 곁에 검은 냄비가 걸려 있으며 늙은 마녀가 그 위에 허리를 굽히고 있었다. 무대는 어둡고 아궁이의 불빛이 상당한 효과를 보여 마녀가 냄비뚜껑을 열자 진짜 김이 확 올라 실감나는 연출을 자아냈다. 막이 오를 때의 술렁거림을 진정시키기 위해 잠시 시간이 필요했다. 허리에 찬 칼을 철컹거리면서 휴우고가 등장했다.

모자를 깊이 눌러 쓴 얼굴엔 검은 수염을 길렀고, 괴상한 망토에 남자라면 으레히 신는 가죽장화로 뚜벅뚜벅 걸어왔다. 마음의 갈등을 못 이겨 왔다갔다하며 이마를 치고, 격한 어조로 독백을 시작한다. 로데리고에 대한 증오와 자라를 향한 연모, 그래서 그를 죽이고 자라를 빼앗으려는 야비한 결심을 노래한다. 휴우고의 때론 절규하는 듯한 거친 목소리는 참으로 인상적이어서 그가 숨도 돌리기 전에 관객은 박수를 보냈다. 그는 박수갈채가 당연하다는 듯이 실로 당당하게 답례를 하고는 동굴로 다가간다.

"어머, 할멈! 이리 나와!"

동굴에서 나온 것은 마녀 하가로 메기의 역할이었다. 잿빛 말총을 머리에서부터 좍 늘어뜨리고 빨갛고 검은 긴 의상을 입고 손에는 지팡이를 짚고, 어깨에 걸친 망토에는 뭔가 신비한 글씨 같은 것이 그려져 있었다. 휴우고는 자라가 자기를 좋아하게끔 만드는 약과, 로데리고를 없앨 수 있는 독약을 만들라고 마녀 하가에게 명령한다. 하가는 멋지고 극적인 멜로디로 그 두 가지를 약속하고 사랑의 묘약을 가져 올 요정을 부르기 위해 노래했다.

조용히 그 노랫소리가 퍼져나가자 동굴 안쪽에서 구름처럼 하얀 옷을 입은 조그만 모습이 나타났다. 빛나는 날개를 가진 요정의 금빛 머리에는 장미꽃이 꽂혀 있었다. 그리고 요정은 노래하며 마녀의 발끝에 금빛의 작은 병을 놓고 사라졌다. 하가의 다음 노래는 추악하고 새까만 꼬마 도깨비를 불러냈다. 꼬마 도깨비는 쉰 목소리로 마녀에게 응답한 후 휴우고의 손에 검은 병을 던져 주고 조소를 남기며 사라져 갔다.

휴우고는 이 두 개의 병을 장화 속에 쑤셔 넣고 퇴장했다. 여기서 마녀는 관객을 향해, 휴우고는 이전에 자기의 친구를 여러 명이나 죽였고 그 복수로써 주술을 걸어 그를 방해할 것임을 알렸다. 막이 내리고 관객들은 연극을 평하면서 캔디를 먹기 시작했다.

한참 망치 소리가 요란하게 나더니 간신히 다시 막이 올랐다. 너무도 훌륭한 무대 장치여서, 관객들은 기다린 불평 따위는 잊고 말았다. 천장에 닿을 만큼 높은 탑이 서 있고 그 안에는 등불이 켜져 있다. 그리고 하얀 커튼 그늘에 아름다운 블루와 은빛 옷을 입은 자라가 나타나 로데리고를 기다리며 서성댔다. 그때 로데리고가 등장했다. 깃털이 꽂힌 모자, 진홍의 망토, 어깨 위에는 밤색 곱슬머리에 화려한 분장으로 기타를 들고 예의 그 장화를 신고 있었다. 창 아래에 무릎을 꿇고 애끓는 듯한 멜로디의 세레나데를 노래한다. 자라도 노래로써 이에 응답하고 그와 함께 도망갈 것에 동의한다.

드디어 이 연극의 가장 볼 만한 대목이 되었다. 로데리고가 갖고 온 줄

사다리를 꺼내어 창을 향해 내던졌다. 자라에게 내려오라고 손짓하자 자라는 주저주저 창을 빠져 나왔다. 그리고는 로데리고의 어깨 위에 손을 걸치고 실로 우아하게 뛰어 내리려는 순간, 아아, 불운한 자라여! 긴 옷자락이 탑의 창틀에 걸려 탑이 흔들흔들하는가 싶더니 우르르 쾅쾅 무너져 불행한 연인들은 그 폐허 밑에 깔리고 말았다.

관객은 일제히 비명을 질렀다. 그 때 탑의 잔해 사이로 장화가 쑥 튀어 나와 바동거리더니, "그러니까 내가 뭐랬어! 봐, 내 말대로지!" 하는 외침과 함께 금발 머리가 부스스 솟아올랐다. 그러자 냉혹한 아버지, 돈 페드로는 상당한 배짱의 사람인 듯이 급한 자리에서도 당황하지 않고 무대로 뛰어들어 자기 딸을 끌어내며 귀에 대고 빠른 말로 속삭였다.

"웃지 마! 아무 일도 없었던 것처럼 연극을 계속하는 거야!"

그리고 로데리고에게 "일어서!" 하고 단호하게 명령한 후 분노와 조소의 말을 퍼부으며 자기 영지에서 추방한다고 선언한다.

머리 위에서 탑이 무너져 내려 당연 기절초풍을 하고 놀랐지만, 로데리고 또한 영주에 도전하여 한 발자국도 움직이지 않겠다고 선언한다. 그 씩씩한 연인의 태도에 자라의 피는 끓고 그녀도 아버지에게 반항하였기 때문에, 아버지는 두 사람을 성의 맨 아래층 지하실에 감금하라고 명한다. 땅딸보 신하가 쇠사슬을 들고 나와 두 사람을 끌고 갔다. 그러나 암만 해도 자기 대사를 잊어버린 듯했다.

제3막은 〈성의 홀〉이었다. 여기서 하가가 연인들을 도와주고, 휴우고를 없애기 위해 등장한다. 그녀는 휴우고의 발자국 소리를 듣고 그늘에 숨는다. 휴우고는 두 개의 잔에 미리 준비해 둔 약을 따르고, 떨고 있는 조그만 졸개에게, "지하실의 두 사람에게 이걸 갖다 주고 곧 내가 가겠다고 전해."라고 명령한다. 졸개가 휴우고에게 뭔가 속삭인다. 그 틈에 하가는 두 개의 잔을 보통의 술이 든 것과 바꾼다. 졸개는 그런 줄도 모르고 가져간다. 하가는 로데리고의 몫이었던 독배(毒杯)를 본래의 장소에 놓는다. 휴우고는 긴 노래를 부른 끝에 목이 말라, 그 잔을 쭉 비우고 순식간에 의식을 잃고, 두 팔을 비틀거리다가 털썩 쓰러져 죽는다. 하가는 복수의 성공을 박력 있고 극적인 멜로디로 아름답게 노래했다.

이 장면은 실로 긴장감 넘쳤으며 가슴을 죄이게 하는 힘을 갖고 있었다. 하기야 휴우고가 너무 힘차게 넘어지는 바람에 긴 머리가 확 풀어져 악한이 죽어갈 때의 효과가 다소 약했다고 생각하는 관객도 있었던 것 같지만, 그는 앙코르를 받고 형식대로 막 옆에 나타났다. 물론 멋지게 노래한 하가와 함께. 하가의 노래는 이 연극에서 참으로 훌륭했었다고 관객들은 감탄했다.

제4막은, 로데리고가 절망한 나머지 자결을 하려는 데서 시작되었다. 자라가 변심했다는 말을 들었기 때문이었다. 단도로 막 가슴을 찌르려는 찰나, 창 아래서 아름다운 노랫소리가 들려 온다. 자라의 마음은 변하지 않았으나 지금 그녀에게 위기가 임박하였다는 것이다. 만일 그에게 그럴 마음만 있다면 그녀를 구할 수 있을 것이라고…… 그리고 옥문 열쇠가 날아들어 왔다. 로데리고는 용기를 얻어 사슬을 끊고 연인을 구출하기 위해 뛰쳐나간다.

제5막은 자라와 돈 페드로와의 격한 싸움에서부터 시작되었다. 아버지는 딸을 수녀원에 보내려 하고 딸은 그것을 거부한다. 애절하게 호소

했으나 아버지가 들어주지 않아 완강하게 맞서려는 찰나 로데리고가 뛰어들어와 그녀에게 구혼한다. 두 사람은 옥신각신 목청껏 다투지만 결국은 타협이 되지 않아 로데리고는 억지로 자라를 끌고 달아나려 하는데 신하가 하가로부터의 편지와 자루를 갖고 들어온다. 당사자인 하가는 이상하게도 보이지 않지만 편지는 하가가 젊은 연인들에게 무한한 부(副)를 주고, 만일 돈 페드로가 두 사람의 행복을 방해한다면 무서운 불행을 안겨 줄 것이라는 내용이다. 자루를 열자, 양철 조각의 돈이 좌르르 무대 위에 쏟아져 반사광으로 주위가 환히 밝아질 정도였다. 이래서 완고한 아버지도 기가 꺾여 두 사람의 결혼을 승낙하고 일동은 기쁨의 합창을 한다. 그리고 연인들은 돈 페드로 앞에 무릎을 꿇고 실로 우아하게 아버지의 축복을 받는 데서 막이 내렸다.

관객들은 우레와 같은 박수를 치며 '와와아' 하고 소리를 질러댔다. 그런데 갑자기 큰 소란이 일어났다. 절첩식(折疊式) 침대가 어떻게 된 일인지 털썩 접혀서 열광하던 관객이 온데간데없이 사라져 버렸다. 로데리고와 돈 페드로는 달려와 구조에 나섰다. 다행히 부상자 없이 꺼내기는 했으나 배꼽을 잡고 뒹굴며 웃느라고 말도 안 나오는 사람이 태반이었다. 이 소동이 겨우 잠잠해지려 할 때 한나가 나타나서 알렸다.

"주인 아주머니께서 여러분에게 야식을 대접하시겠대요. 아래로 내려와요."

이것은 배우들에게조차 뜻밖의 일이었다. 더구나 그 요리를 보고는 깜짝 놀라고 말았다. 간단한 정도라면 엄마가 한 일에 납득이 갈 수도 있지만, 물건이 귀한 시대에 이처럼 호화판이라니 알다가도 모를 일이었다. 거기에다 온실 재배한 꽃다발이 테이블 한가운데 놓여 있지 않은가?

"요정이 가져 왔어요?" 에이미가 물었다.

"산타클로스야." 하고 베스가 말을 받았다.

"엄마가 해주신 거야." 잿빛 수염과 흰 눈썹을 하고는 있었지만 상냥하게 웃으며 메그가 이렇게 말했다.

"마치 할머님이 갑자기 정신이 이상해져서 야식을 보내 주셨나 보다." 문득 생각이 떠올랐는지 조가 소리쳤다.

"전부 틀렸어요. 로렌스 할아버지가 보내 주신 거야." 마치 부인이 대답했다.

"저, 로렌스란 남자아이의 할아버지께서? 어째서 이런 생각을 다 했을까? 우리 집하고 교제가 있는 것도 아닌데……."

"한나가 그 댁 가정부에게 너희들이 아침에 행한 일을 얘기했나 봐. 로렌스 할아버지는 그걸 듣고 기특하게 생각하셨나 보지? 아주 옛날 일이지만 그분은 우리 아버지와 교제가 있었어요. 오늘 낮에 정중한 편지를 보내주셔서, 크리스마스를 축하하는 뜻에서 조그만 선물을 자매들에게 보내어 장차 교제를 갖기 위한 정표(情表)로 삼고 싶은데 어떻겠느냐고 물어 오셨어요. 그래서 그 결과가 이것이에요."

"그 남자아이가 권했을 거야. 틀림없어." 하고 조가 말했다.

"지금 하신 얘기, 이웃의 큰 저택 사람들의 얘기죠?" 하고 한 소녀가 물었다.

"우리 엄마도 로렌스 할아버지를 알아요. 그 분은 굉장히 고고해서 이웃과 교제도 않으신대요. 그래서 손자도 집 안에만 가두어 둔대요."

"전에 우리 고양이가 달아났을 때 그 애가 붙잡아서 데리고 왔기에 울타리 너머로 얘기를 조금 했었는데, 참 좋은 아이였어. 언젠가는 친구로 사귀어야지. 그 애도 좀더 즐겁게 살 필요가 있으니까. 절대로 그래."

조는 단언했다.

"그래요. 그 아이는 행동도 훌륭하고 마치 조그만 신사 같은 느낌이에요. 적당한 기회만 있으면 교제를 해도 좋아요. 이 꽃은 그 소년이 가져왔어요. 올라가 보라고 하고 싶었지만 2층의 연극이 도대체 어떤 식으로 진행되고 있는지 다소 걱정이 돼서……. 그는 법석대는 소리를 듣고 쓸쓸하게 돌아갔어요. 크리스마스인데도 집에서는 아무 것도 재미있는 일이 없나 봐요."

"아아, 다행이에요. 놀다 가라고 권하지 않기를, 엄마."

조는 장화를 쳐다보며 웃는다.

"하지만 이제 곧 그 사람이 봐도 좋을 연극을 하겠어요. 그 사람도 거들어 줄지 모르고. 아, 그렇게 되면 얼마나 멋지겠어?"

"이렇게 훌륭한 꽃다발, 처음 받아 봤어! 어쩜 이렇게도 고울까!"

메그는 한 송이씩 차례로 감상했다. "확실히 아름다운 꽃이지. 하지만 엄마에겐 베스의 장미꽃이 훨씬 소중해요."

마치 부인은 벨트에 꽂았던 시들어가는 꽃을 뽑아 그 향기를 즐겼다.

베스는 그 어깨에 뺨을 대고 속삭였다.

"아빠한테 내가 받은 이 꽃다발을 보낼 수 있다면 좋을 텐데. 이렇게 즐거운 크리스마스를 보내지 못하실 테니까."

로렌스 소년

"조! 조! 어딨지?" 메그는 다락방으로 오르는 계단 아래서 큰 소리로 조를 불렀다.

"여기야!" 위에서 조의 쉰 목소리가 들려와 메그가 뛰어올라가보니 조는 햇살이 가득히 쏟아져 들어오는 창가에서 다 망가진 세 발 소파에 앉아 있었다. 몸에는 손으로 뜬 망토를 둘둘 감고, 한 손에는 사과를 든 채「레드그리프 가(家)의 상속인」을 읽으며 눈물을 흘리고 있었다.

이곳은 조가 좋아하는 은신처였다. 대여섯 개의 사과와 재미있는 책을 안고 이곳에 틀어박혀 있으면 누구로부터도 방해받지 않아 정적을 즐길 수 있었고 그 주변에 사는 쥐들과 정답게 사귈 수 있는 것이 조는 즐거웠다. 조는 뺨에 흐르는 눈물을 닦으며 무슨 일이냐는 듯이 언니를 쳐다본다.

"멋진 일이야! 이것 봐! 미세스 가디나로부터 내일 밤 파티에 오라는 정식 초대장이 왔어요!" 메그는 그 귀중한 종이 쪽지를 흔들어 보이며 멋진 뉴스를 전했다. 그리고는 소녀답게 기쁨이 넘치는 목소리로 그 초청장을 읽었다.

"—새해 전야의 조촐한 파티에 미스 마치와 미스 조세핀을 초대합니다. 미세스 가디나— 어때? 엄마의 허락도 났어요. 문제는 뭘 입고 가느냐야."

"그런 것은 생각해 볼 필요도 없잖아? 포플린밖에 없으니까."

조는 입 가득히 사과를 깨물며 말했다.

"비단 옷이 있으면 좋겠는데……." 하고 메그는 한숨을 쉬었다.

"저 포플린, 틀림없이 비단으로 보일 거야. 메그 것은 새 것이나 다름없으니까. 어, 깜박 잊고 있었어. 어떡하지? 내 것은 태운 자국이 있는데."

"하는 수 없으니까. 가만히 앉아서 움직이지 않으면 돼요. 등이 보이지 않도록. 난 리본을 살 테야. 엄마가 진주 브로치를 빌려 주신 댔어. 새 무도회는 멋지겠다, 장갑도 낄 만해."

"내 것은 얼룩이 형편없으니까 장갑 없이 그냥 갈래. 새로 살 형편도 못 되고." 조는 워낙 이런 일에는 무관심한 성격이다.

"어머, 장갑은 절대로 필요해요. 그럼 나, 너하고 같이 안 갈래."

메그는 단호히 말했다.

"네가 끼지 않고 가면 나까지 수치를 당해요."

"그럼, 난 안 가기로 하지."

"엄마한테 새 것을 조를 수도 없지? 굉장히 비싸니까. 어떻게 잘 손질하면 안될까?"

"움켜쥐고 있으면 안될까? 그러면 얼룩도 안 보일 테니까. 앗, 좋은 생각이 있어. 언니 것을 한 짝씩 끼고 내 걸 한 짝씩 쥐고 있는 거야. 어때?"

"조의 손은 크니까. 내 것은 늘어나 버려!"

"그럼 나, 그냥 갈게. 남이 뭐라던 난 아무렇지도 않아." 조는 짜증이 나는 듯이 꽥 소리를 지르고는 책을 집어들었다.

"그래, 그럼 빌려줄게! 하지만 제발 더럽히지 말아 줘. 그리고 얌전히 행동해. 뒷짐을 지거나 가만히 노려보거나 '이거, 신난다!'고 말하거나 하지 말아요."

"염려 말 것. 최대한 새침데기가 될 테니까. 어서 가서 답장이나 써요. 난 이 재미있는 책을 읽어야 하니까."

그믐날 밤이 되자 두 자매는 파티 준비에 열을 올리고 있었다. 아래 두 자매는 조수 역할을 했다. 화장이랄 것도 없는 화장이었지만 계단을 몇 번이나 오르내리고, 웃고 떠들며 법석을 피운다. 타는 냄새가 온 집안에 가득했다. 메그가 이마에서 뺨에 걸쳐 두세 가닥의 곱슬머리를 늘어뜨리고 싶어하자 조는 종이로 감은 머리카락을 두 개의 부젓가락으로 지지기 시작했다.

"그렇게 연기가 많이 날까?" 침대에 앉아 보고 있던 베스가 물었다.

"습기가 마르느라고 그래." 조는 태연했다.

"아유, 냄새야. 새털이 타는 것 같애." 자기의 타고 난 아름다운 곱슬머리를 자랑스럽게 만지면서 에이미도 말했다.

"자아, 이제 됐어. 이 종이를 풀면 귀여운 컬이 구름처럼 가볍게 나타날 거야." 조는 부젓가락을 놓으며 말했다. 그러나 분명히 종이는 풀었지만 구름처럼 가벼운 컬은 나타나지 않았다. 머리카락이 종이와 함께 떨어져 나와 버린 것이다! 깜짝 놀란 미용사는 희생자 앞의 화장대에 조그맣게 타서 오그라진 머리카락을 놓았다.

"어머! 어떻게 된 거니! 너무했다, 너무했어! 아, 어떡하나! 못 가! 머리가 이래 가지고는······."

이마의 오글오글 타다 남은 머리를 절망적으로 바라보며 메그는 울음을 터뜨렸다.

"아아, 또 실패했어. 도대체가 나에게 부탁 안 했더라면 좋았을 텐데. 미안해. 부젓가락이 너무 달아 올랐었나봐."

조는 가엾게도 신음하듯 중얼거리며 후회의 눈물이 글썽거리는 눈으로 그을은 조그만 핫케익 같은 잔해를 바라보았다.

"괜찮아요. 그저 살짝 탔을 뿐인데 뭘. 리본을 살짝 매면 전혀 안 보이겠어." 에이미가 위로하듯이 제안을 했다.

"괜히 모양을 내려다가 벌을 받았어. 자연 그대로 두었더라면 좋았을 걸." 메그는 어지간히도 속이 상하는지 자학적인 말까지 덧붙였다.

"정말. 부드러운 머리카락이었는데. 하지만 금방 자랄 거야."

베스는 살짝 다가가 키스하며 털 깎인 아기 양을 위로했다. 그 뒤에도 다소 착오가 있기는 했으나 모두 대단한 것은 아니었고, 그 다음에는 온 가족이 매달려 조의 머리를 땋고 옷도 갈아 입혔다. 간소한 옷이기는 했지만 두 사람 다 썩 잘 어울려서 아름다웠다. 메그는 은빛 광택이 나는 다갈색 옷에다 초록빛 넓은 띠를 매고, 깃에는 레이스의 프릴에 진주 브로우치를 달고 있었다. 조는 밤색에 남자용 같은 빳빳한 흰 삼베의 깃이 달려 있는 옷에 하얀 국화 한 송이를 유일한 액세서리로 꽂고 있었다. 두 사람 다 한 쪽에만 고급품인 얇은 장갑을 끼고 얼룩진 장갑은 다른 손에 쥐었다. 전체적으로 '자연스럽게, 그러나 세련되게' 라는 목표에 맞게 훌륭한 차림이었다.

메그의 하이힐은 꼭 죄어서 발이 몹시 아팠지만 그녀는 참았고, 조의 머리에 수없이 꽂힌 헤어핀은 머리를 찌르는 듯 아파 조는 그리 유쾌한 심정이 못되었다. 하지만 둘 다 우아하게 보이기 위해서는 죽음도 불사하겠다는 다짐이었다.

"그럼, 즐거운 시간 보내고 와요." 두 자매가 우아한 걸음걸이로 집을 나서자 마치 부인은 말했다.

"얘들아! 손수건은 깨끗한 걸로 챙겼니?"

"그럼요. 메그는 향수까지 뿌렸어요." 조는 큰 소리로 대답하고 웃으면서 덧붙였다.

"엄마는 아마 우리가 지진에 쫓길 때도 저럴 거야."

"그건 엄마의 귀족적인 취미예요. 숙녀의 조건은 고운 신발과 장갑, 그리고 손수건이니까." 이렇게 말하는 메그도 역시 자기 나름대로의 귀족적인 취미를 갖고 있었다.

"알겠니, 조? 태운 자국을 보이지 않도록 해요." 가다나 댁의 화장실에서 다시 거울을 들여다보며 메그는 다짐하듯 말했다.

"아무래도 잊어버릴 것 같아. 난 항상 뭔가 실수를 하거든. 메그가 이상하다 싶으면 윙크해줘." 깃을 쓱 잡아당기고 머리를 빗으며 조가 말했다.

"어머, 윙크는 숙녀가 하는 게 아냐. 그럼 이렇게 하자. '안 돼' 라는 의미로 눈을 치켜뜰게. 그리고 '좋아' 라는 의미로는 살짝 고개를 끄덕일

게. 자아, 허리를 쭉 펴고 잰걸음으로 걷는 거야. 누구를 소개받아도 악수하면 안 돼요. 예의에 어긋나."

"그 예의란 것을 어디서 그렇게 배웠니? 난 평생 걸려도 못 배우겠다. 아, 저 음악 신나는데."

두 사람은 좀처럼 파티에 나갈 일이 없었으므로 다소 두근거렸지만 당당하게 홀로 갔다. 오늘 밤은 극히 소박한 모임이었지만 두 자매에게만은 화려한 파티였다.

가다나 부인은 두 사람을 상냥하게 맞이하며 여섯 명의 딸 중에서도 제일 맏딸에게 두 사람을 안내하도록 했다. 메그는 사리와 전부터 아는 사이였고 그래서 곧 친해졌지만 조는 그렇지 못했다. 혼자 떨어져서 태운 자국을 남에게 보이지 않으려고 벽을 등지고 서 있는 모습이 꽃밭에 뛰어든 망아지 마냥 어색하기만 했다.

한 쪽에서는 씩씩한 소년들이 대여섯 명 모여서 스케이트 이야기를 하고 있었다. 스케이트는 조에게 삶의 보람 중 하나일 정도로 좋아하는 것이라 그 쪽에 끼여들고 싶어 좀이 쑤셨다. 때문에 그 신호를 메그에게 보냈더니 메그의 눈썹이 깜짝 놀랄 만큼 치켜져서 조는 꼼짝도 할 수 없었다.

메그는 곧 댄스 신청을 받아 춤을 추기 시작했다. 메그는 춤을 추며 사뿐히 움직였기 때문에 생긋 웃으면서도 조이는 신발의 아픔을 꾹 참고 있는 줄은 아무도 몰랐다. 조는 붉은 머리의 덩치 큰 청년이 자기에게로 다가오는 것을 보고 댄스 신청을 받아서는 큰일이다 싶어, 커튼 뒤의 오목한 곳으로 뛰어들어 그 틈새로 내다보며 혼자 즐기려고 생각했다.

그러나 거기에는 이미 먼저 들어온 사람이 있었다. 조가 안으로 뛰어든 순간, 자칫 '로렌스 댁의 도련님' 과 정면 충돌을 할 뻔했다.

"어머! 아무도 없는 줄 알고." 조는 당황해서 뛰어들 때와 같은 속도로 다시 뛰어나가려 했다. 하지만 소년은 상냥하게 웃으며 말했다.

"괜찮아요."

"방해되지 않을까요?"

"아뇨. 난 아는 사람도 없고 해서 쑥스러워서 들어 왔지요."

"나두요. 같이 있어요, 괜찮으시다면."

"네." 소년은 푹하고 웃었다. 고양이를 가져갔을 때 마구 지껄이던 조가 오늘은 괜히 의젓한 척하는 것 같아서 오히려 우스웠다. 그래서 조도 마음이 편해져 같이 웃고나니 당장에 조답게 개방적인 태도가 되었다.

"크리스마스 선물, 굉장히 기뻤어요."

"할아버지가 보내셨어요."

"하지만 그건 당신이 제안한 거죠?"

"미스 마치, 댁의 고양이는 잘 있습니까?" 정중하게 물었으나 소년의 눈은 장난스럽게 빛났다.

"네, 미스터 로렌스. 하지만 미스 마치가 아녜요. 난 그저 조예요."

"나도 그냥 로리예요."

"로리 로렌스, 어머 무슨 이름이 그래요?"

"사실은 데오도르인데 싫어서 그래요."

"나도 내 이름이 싫어요. 죠세핀하는 것보다는 조가 좋아요. 당신은 파티 좋아하나요?"

잠시 후, 그녀가 물었다.

"조금은. 외국에 오래 가 있어서 익숙지 못해요."

"외국!" 조는 외쳤다. "얘기해 줘요. 여행 얘기, 굉장히 좋아해요."

로리는 처음에 어디서부터 시작해야 좋을지 몰랐으나 조의 계속적인 질문에 답하다보니 자연스레 이야기가 되었다. 베베(스위스의 도시)의 학교 생활, 그 학교에서는 모자를 쓰지 않고, 호수엔 전용 보트가 즐비하고, 휴일에는 선생을 따라 스위스를 도보 여행한 얘기들을 했다.

"아이, 멋져!" 조는 감탄을 했다.

"프랑스에서도 살았어요?"

"작년 겨울은 파리에서 지냈는데……."

"프랑스 말, 알아요?"

"베베의 학교에서는 프랑스 말만 썼어요."

"뭔가 한마디 해봐요!"

"케르 · 논 · 아 · 세떼 · 쥴느 · 마드모아젤 · 온 · 레 · 판토우프 · 레 죠리?" 로리는 술술 말했다.

"아이, 멋져! 에에 이런 말이죠? '저 아름다운 신발의 아가씨는 누굽니까?', 그렇죠? 위 · 마드모아젤. 우리 언니예요, 예뻐요?"

"네. 독일 처녀처럼 생기 발랄하고, 은근하고……."

조는 이 소년다운 찬사를 듣고 기쁨에 뺨을 빛냈다. 조는 이 이웃집 소년이 썩 마음에 들었다. 남자 형제가 없고 사촌들 중에도 드물었기 때문에 남자란 이 자매들에게 있어서 전혀 미지의 존재였다.

곱슬거리는 검은 머리, 갈색 살결, 크고 검은 눈, 모양 좋은 코, 가지런한 치아, 손발은 조그맣고, 키는 큰 편이고, 남자아이치고는 예의 바르고, 무척 재미있는 사람. 나이는 몇 살일까?

"곧 대학에 진학하죠? 공부벌레, 아니, 상당히 공부에 열중하는 편이죠?"

공부벌레란 실언에 조 자신도 얼굴이 붉어졌다. 로리도 웃었다.

"아직, 일이 년 뒤의 일이에요. 나이가 더 먹기까지는 어차피 못 가는 것이니까요."

"하지만 열 다섯은 됐죠?" 조는 속으로 열 일곱쯤 됐겠다고 생각했기 때문에 새삼스럽게 소년을 쳐다봤다.

"내달로 열 다섯이 됩니다."

"대학엘 가면 얼마나 좋을까?"

"난 싫어요. 죽자살자 공부를 하거나, 아니면 빈둥거리거나 둘 중의 하나이니까."

"그럼 뭘 좋아해요?"

"이탈리아에서 살면서 하고 싶은 대로 하는 것."

조는 그가 말한 '하고 싶은 일'이란 뭔지, 물어 보고 싶었지만 그의 표정이 너무도 굳었기 때문에 화제를 바꾸고는 자연스럽게 발로 박자를 짚으며 말했다.

"옆방에 있는 피아노 멋지더군요. 당신, 가서 쳐보지 않겠어요?"

"만일 당신이 같이 가 주신다면."

소년은 정중하게 머리를 숙이고 말했다.

"그런데 그게 곤란해요, 메그와 약속했기 때문에. 실은……."

조는 뭐라고 말해야 좋을지를 몰랐다.

"실은 뭡니까?" 로리는 호기심이 생기는 모양이었다.

"아무에게도 말하지 않을 수 있어요?"

"물론이에요!"

"저어, 돌아서서 난로를 쬐다가 옷을 태웠어요. 이봐요. 그럴 듯하게 감추기는 했으나 역시 눈에 띄어요. 그래서 메그가 움직이지 말랬어요. 남이 보고 웃는다고요."

그러나 로리는 가만히 고개를 숙이고 있다가 고개를 번쩍 들고 말했다. "그런 데 신경 쓰지 말고 같이 여기서 나갑시다."

조는 기꺼이 그를 따라 나왔다. 그리고 자기 파트너가 한짝뿐인 진주빛의 장갑을 쳐다보자 자기도 좋은 것이 한 켤레 있었으면 했다.

음악이 끝나자 두 사람은 자리에 앉았다. 로리는 하이델베르크의 학생 축제 얘기를 해주었다.

그 때 메그가 찾아와 조에게 손짓하길래 휴게실로 따라 들어갔더니 메그는 자신의 발을 잡고 파랗게 질려 있었다.

"발목이 삐었나 봐. 저 하이힐이 말썽이야. 집엘 어떻게 가지?"

"내가 그럴 줄 알았어. 어쨌든 마차를 부르거나 이 집에서 자거나 둘 중의 하나야." 언니의 발목을 주무르며 조가 말했다.

"마차는 비싸서 안 돼. 그리고 누가 부르러 가니?"

"내가 가지 뭘."

"얘, 아홉 시가 넘었어. 이집트처럼 캄캄한 밤에 그 먼 델 어떻게 가니? 한나가 오면 어떻게든 해 봐야지."

"로리한테 부탁해 볼까?"

"천만에. 아무한테도 말하지 마! 내 덧신하고 커피 좀 가져다줄래? 나, 피곤해서 숨도 못 쉬겠어."

이리하여 메그는 덧신이 보이지 않도록 조심하여 소파에 기대어 쉬고 조는 온 집 안을 이리저리 헤매다 간신히 식당을 찾았다. 사람들을 비집고 문제의 커피를 획득하기는 했으나, 엎질러서 드레스 앞자락이 뒷부분의 태운 자국만큼이나 큰 얼룩을 만들고 말았다.

"어머! 난 어쩜 이렇게도 덜렁거릴까!" 조는 당황하고 급한 나머지 메그에게서 빌린 장갑으로 쓱쓱 닦아버렸다.

"왜 그러십니까?" 친절하게 묻는 사람이 있어서 돌아보니 한 손에 커피 잔과 한 손에 아이스크림 쟁반을 든 로리가 서 있었다.

"메그가 피곤해 하기에 커피를 갖다 주려다 누구와 부딪쳐서 이 꼴이에요." 조는 얼룩진 치맛자락과 커피 빛깔로 물든 장갑을 보며 말했다.

"저런! 지금 이걸 누구에게 줄까 하던 참이에요. 언니한테 가져가도 좋을까요?"

"어머, 고마워요! 내가 안내할게요. 내가 들고 갔으면 좋겠지만 또 실수를 할 것 같아서."

조가 앞서서 걸었다. 로리는 숙녀를 대하는 데는 익숙한 듯이 조그만 탁자를 메그 앞으로 옮겨 놓고 커피를 전해준 뒤 조를 위해서도 커피와 아이스크림을 가져다 주었다. 마침 지나가다 들린 두세 사람과 재미있게 어울려 즐거운 시간을 보내고 있는데 한나가 나타났다.

메그는 발목이 아픈 것도 잊고 일어났기 때문에 비명을 지르며 조에게 매달렸다.

“쉿! 아무 소리하지 마.” 하고 조에게 속삭이고 메그는 당황스레, “아무 것도 아녜요. 조금 삐끗했을 뿐이예요.” 라고 말했다. 그리고는 절뚝거리며 2층으로 준비하러 올라갔다.

2층의 준비실에서는 한나의 잔소리에 메그가 울음을 터뜨렸고 그런 상황을 지켜보던 조는 어찌해야 좋을지 막연했으나 아무래도 자기가 처리해야 되겠다고 결심을 했다. 그래서 살짝 방을 빠져나와 계단을 뛰어내려 사환을 보고 마차를 불러 달라고 부탁했다. 그 때 우연히 이 말을 들은 로리가 달려와 마침 자기네 마차가 왔으니까 그걸 사용하라고 했다.

“아직 이른 시간인데 벌써 가려구요?” 조는 다행이라고 생각했으나 그의 호의를 받아들여야 좋을지 염려되었다.

“난, 항상 일찍 돌아갑니다. 자아, 댁까지 바래다 드리겠습니다. 밖에는 비까지 내리고 있어요.”

이것으로 다행히 모든 일이 순조롭게 해결되었다. 한나는 고양이처럼 비가 질색이었으므로, 세 사람은 호화로운 마차에서 여유로운 흔들림을 즐기며 벼락 출세를 한 듯한 기분으로 집을 향해 떠났다. 로리가 마부 옆자리에 앉아주었기 때문에 메그는 아픈 발을 편히 한 채 조와 함께 파티 얘기를 재잘댔다.

“난 굉장히 즐거웠어. 메그는?” 머리를 득득 긁어 올리며 느긋한 마음으로 조가 물었다.

“나도 발목이 삐기 전까지는 즐거웠어. 사리의 친구인 애니 모차트가 어쩐 일인지 나한테 완전히 열중해서 다음에 사리와 같이 자기 집에 와서 일주일 묵어 가랬어요. 사리는 봄에 간대요. 오페라가 상연될 때. 멋지잖니? 엄마의 허락이 나야겠지만."

메그는 그걸 생각하자 갑자기 힘이 솟는 모양이었다.

"언니는 빨간 머리의 남자와 같이 있었지? 난, 그 사람을 보고 달아났었는데, 어땠어? 좋은 사람이야?"

"그럼! 정확히 말하자면 빨간 머리가 아냐. 다갈색이야. 그리고 굉장히 예의 바르고."

"마치 발작을 일으킨 메뚜기 같더라. 로리와 같이 웃어 버렸어요. 들렸나요?"

"아니, 하지만 그건 실례야. 너희들 그런 데 숨어서 뭐했니?"

조는 자기의 모험담을 모조리 털어놓았다. 이야기가 끝날 무렵에는 이미 집에 닿았으므로 로리에게 몇 번이고 고맙다는 인사를 하고 두 사람은 아무도 깨우지 않으려고 조심하며 집으로 들어갔다. 그러나 방문이 끼익 소리를 내는 동시에 조그만 나이트 캡 두 개가 베개에서 쑥 솟아오르더니 반은 잠꼬대 같은 두 동생의 소리가 들렸다.

"파티 얘기해 줘, 전부!"

메그의 말을 빌리자면 예의 범절에 어긋나는 일이었지만 조는 동생들을 위해 봉봉을 슬쩍 숨겨 가지고 왔었다. 그날 밤에 가장 재미있었던 이야기를 들은 후 두 동생은 곧 잠이 들었다.

"파티에서 편하게 마차로 집에 오고, 집에서는 이렇게 가운을 걸치고 침대에 앉아 남에게 시중을 들게 하다니, 오늘 난 정말로 귀부인이 된 느낌이야." 메그는 조의 간호로 습포를 하고 머리를 풀어 빗으면서 감격스런 어조로 말했다.

"하지만 진짜 귀부인이라도 우리만큼 즐겁지는 않을 걸. 머리는 타고, 옷은 낡았고, 장갑은 한 짝씩, 자칫하면 발목이나 삐는 작은 신발, 이러한 악조건에서도 말야."

조의 말이 맞았다.

무거운 짐

"아아, 무거운 짐을 지고 먼 길을 터벅터벅 걸어가는 것은 정말 괴로운 일이야!" 파티의 다음 날 아침, 메그는 이렇게 말하며 한숨을 쉬었다. 즐겁던 기분에 들떴던 휴가가 끝나고 난 후 다시 평소처럼 싫증나던 일을 시작한다는 것은 그리 쉽지가 않았다.

"항상 크리스마스이거나 설이면 좋겠다!" 조는 하품을 참으며 말했다.

"날마다 마차를 타고 독서나 하는 사람들이 부러워. 사치스런 생활이란 정말 좋은 거야." 메그는 몇 벌의 헌옷 중 어느 것이 좀 나을까를 결정 짓지 못하고 있었다.

"그래. 하지만 기대해도 소용없으니까 불평은 그만두고 무거운 짐을 지고 타박타박 걷는 거야. 마치 할머님은 정말 내게 있어서는 「바다 늙은이」(아라비안나이트〈신밧드〉의 등장인물. 남에게 한 번 업히면 절대로 내리지 않는다는 늙은이.) 같애. 하지만 계속 업고 있으면 업고 있다는 사실조차 잊어버리게 되거나 할거야."

조는 자기의 이 표현이 스스로 마음에 들어 기분이 좋아졌으나 메그의 표정은 아무래도 개운하지 않았다. 정성을 다해 몸치장을 해보겠다는 의욕마저 없는 것 같았다.

"멋지게 차려 봤댔자 별수 없어. 저 말썽꾸러기 애들밖에 봐 줄 사람이 없으니까." 메그는 서랍을 소리나게 닫으며 투덜거렸다.

'나 이렇게 일만 죽도록 하다가는 정말로 시집도 못 가고 노처녀가 될 거야. 이것도 다 가난한 탓이야. 정말 너무해!'

메그는 아침 식탁에서도 기분이 풀리지 않았다. 메그뿐만 아니라 모두가 좀 이상했다. 뭐든지 꼬투리만 잡으면 불평을 했다. 베스는 머리가 아프다면서 소파에 누워 네 마리의 고양이나 달래고, 에이미는 숙제가 다 끝나지 않은 것과 덧신이 보이지 않는 것에 짜증을 내고 있었다. 조는 금시라도 휘파람을 불며 소동을 일으킬 것 같은 표정이었다. 마치 부인은 금방 부쳐야 할 편지를 쓰느라 정신이 없었고 한나는 지난밤에 수면이 부족해서 표정이 밝지 못했다.

"이렇게 화만 내는 가족들은 처음 보겠어!" 조가 소리치며 잉크병을 엎지르고 신발 끈을 두 번이나 끊은 뒤 자기 모자 위에 주저앉아 마침내 신경질을 폭발시켰다.

"그 중에서도 조 언니가 제일 그래!" 에이미가 화를 내며 겨우 끝낸 계산이 전부 틀려버렸다며 눈물섞인 목소리로 말했다.

"베스, 너, 그 고양이들을 지하실에 가둬 두지 않으면 전부 익사(溺死)시켜 버릴 테야." 등에 기어오르는 고양이를 떼어내려 해도 밤송이처럼 달라붙어 꼼짝도 않자 드디어 메그도 폭발했다.

조는 웃고, 메그는 화내고, 베스는 투덜대고, 에이미는 운다. 9곱하기 12는 구구단에서 배운 적이 없다면서.

"얘들아, 좀 조용히 해! 너희들이 떠드니까 정신이 없잖니." 마치 부인은 세 번째 틀린 것을 지우며 소리쳤다.

순간 조용해졌으나 한나가 그것을 깨뜨렸다. 쓱 들어와서 뜨끈뜨끈한 둥근 파이를 테이블에 놓고 말없이 나가 버린 것이다. 이 파이는 이 집의 명물이었다. 이 집 딸들은 그것을 머프라 했고, 진짜 머프—토시 모양의 방한 용구—가 없는 자매들에게는 이 뜨거운 파이가 추운 아침에 다시 없는 위안이었다. 추운 길을 멀리까지 걸어가야 하는 아가씨들, 낮에도 특별한 식사가 없고 두 시 전에는 돌아오지 못하는 아가씨들을 위해 한나는 아무리 바빠도 이걸 만들어 주었다.

"고양이랑 놀면서 두통이나 고쳐요, 베스. 다녀오겠습니다, 엄마. 오늘 아침엔 모두 나쁜 녀석들이었지만 돌아올 때는 본래대로 천사가 되어 있을 거예요. 메그, 가자!' 조가 어머니에게 말을 건네며 성큼성큼 집을 나섰다.

이 집의 딸들은 모퉁이를 돌아갈 때 꼭 뒤를 돌아본다. 어머니가 창가에 서서 미소 지으며 손을 흔들어 주기 때문이었다.

"엄마가 저렇게 키스를 보내주지 않고 주먹을 휘둘렀다해도 그건 당연해. 우리처럼 불평덩어리의 타락한 계집애들은 없을 거야." 조는 눈 쌓인 길, 매운 바람 속을 걸으며 속죄하는 듯한 목소리로 말했다.

"천한 말은 쓰지마, 조." 메그가 톡 쏘았다.

"난 강렬한 말이 좋아. 가슴이 찡할 정도의……." 조는 바람에 날리는 모자를 팔짝 뛰어 재치있게 잡았다.

"너 자신이야 어떻든 상관없지만 난 나쁜 녀석이나 타락한 계집애가 아니니까, 그런 말 듣는 것 질색이야."

"메그는 오늘 아침, 확실히 불쾌 지수가 높아요. 그 이유는 1년 내내 사치스런 생활을 할 수 없기 때문이지. 조금만 기다려요. 내가 곧 돈을 왕창 벌어서 마차며, 아이스 크림이며, 하이힐, 꽃다발까지, 갖고 싶은 것 전부 사줄게. 잡담 상대의 빨간 머리 머슴애도."

"어머, 얘가!" 조의 익살에 메그도 마침내 웃었고 그래서 기분이 활짝 개었다.

"뭐, 나까지 징징 짜봐도 별 수 없으니까. 자아, 집에 돌아갈 때는 명랑한 모습으로 가도록 해요, 응?"

조는 언니의 어깨를 툭 치며 인사한 후 각자 서로의 방향으로 따뜻한 파이를 안고 사라져 갔다.

아버지 마치 씨가 불운한 친구를 돕기 위해 자기의 재산을 내놓았을 때 위로 두 딸은 자기들의 생활비만이라도 스스로 벌겠다고 나섰다. 생활력, 근면, 독립정신 등을 존중하는 부모는 딸들의 의견을 받아들였다. 그래서 두 사람은 어떤 장애에도 굴하지 않고 의지를 일관하겠다는 굳은 결심 아래 일자리를 찾았던 것이다.

마아가레트는 어린애들을 보살피는 가정교사를 하면서 적은 월급을 받긴 하지만 마음만은 부자가 된 느낌이었다. 그녀는 자신의 말대로 사치를 좋아하는 성격이었다. 하자만 처녀들이 아름답고 화려한 것, 장래를 위한 강습 따위를 동경하는 것은 당연한 일이다. 그리고 그녀는 직장인 킹 가(家)에서 날마다 눈에 해로운 것만 보고 있었다. 그 집 큰딸들이 사교계에 나선 지 얼마 되지 않으므로 메그는 거의 매일 화려한 의상이나, 즐거운 모임을 보고 들었으며 하찮은 일에 많은 돈이 펑펑 쓰여지는 것을 보아오는 터였다.

메그는 불평을 하지는 않았지만 세상은 너무도 불공평하고 자신은 비참하다고 생각했다. 그녀는 자신이 얼마나 풍요한 신의 축복을 받고 있는지 그리고 그 축복이야말로 진정으로 행복한 인생을 뜻한다는 사실을 아직 깨닫지 못하고 있었다.

조는 전부터 마치 할머니의 마음에 드는 아이였다. 이 할머니는 다리가 불편했고 그 다리 대신 마구 뛰어다니며 시중을 들어 줄 사람이 필요했다. 마치 부부가 재산을 잃었을 때 자식이 없으므로 딸 중에 한 명을 양녀로 달라고 했으나 거절당하자 화를 내고 말았다. 마치 부부의 친구들은 이 돈 많은 노부인의 유산을 물려받을 희망이 사라졌다고 말하며 안타까워했다.

그러나 마치 부부는 말했다. "아무리 많은 재산을 준다 해도 딸과는 바꿀 수 없어요. 우리는 함께 행복을 나누며 살겠어요."

그래서 이 노부인은 한때 마치 댁과 절연 상태였으나 친구 집에서 조를 만나 그녀의 유머러스한 표정과 사내처럼 활발한 태도에 마음이 끌려 잔심부름이나 하게 보내 달라고 부탁해 왔던 것이다. 조는 이런 일을 전혀 좋아하지 않았지만 달리 마땅한 일자리도 없고 해서 결국 승낙했다. 그리고 누구나가 다 놀랐지만 그 성질 급한 할머니와 그럭저럭 잘해 나가고 있었다. 물론, 이 노인이 가끔 태풍을 일으키곤 해서 조도 한 번은 도저히 못 참겠다고 선언하고 집으로 와 버린 적이 있었다. 그러나 마치 할머니가 곧 후회하고 제발 다시 와 달라고 사람을 보냈었다.

사실, 조가 마치 할머니 댁에서 일하는 본래 목적은 먼지만 뒤집어쓰고 있는 도서실의 많은 책들에 있었다. 이 도서실이 조에게는 축복의 낙원 같았다. 마치 할머니가 낮잠을 자거나 손님이 찾아오거나 하면 조는 이 조용한 방의 안락의자에 웅크리고 앉아 시, 소설, 역사, 여행기 등을 닥치는 대로 읽어 그야말로 책벌레가 되었다.

조의 희망은 뭔가 멋진 일을 하는 것이었다. 그것이 뭔지는 아직 자신도 확실히 모르지만 머지 않아 그 방향이 뚜렷하게 잡혀올 것이라고 생각하고 있었다. 지금은 단지 마음껏 독서를 하거나, 돌아다니거나, 말을 탈 수 없다는 눈앞의 현실에 대한 고민이 더욱 컸다. 성미가 급하고, 말을 함부로 하고, 덜렁대는 기질이어서 조는 실수를 잘했다. 순조로울 때는 무척 순조로운 반면, 실수로 불운이 닥쳐 밑바닥까지 굴러 떨어지는 경우도 있었다. 이런 일들이 되풀이됨으로 남이 보기에는 우습기도 하고 비통하기도 했다. 하지만 마치 할머니 밑에서의 수업은 조에게 실로 좋은 약이 되었고 자신의 생활을 다소나마 자력으로 해결한다는 점에서 할머니가 '조제핀!' 하고 이름을 잘못 발음해도 별로 신경 쓰지 않았다.

베스는 너무도 내성적이어서 학교에 가지 않고 집에서 공부했다. 학교를 다녀 보기는 했으나 너무도 벅찬 것 같아 부모도 체념을 하고 집에서 아버지가 직접 공부를 지도했다. 그러나 아버지가 전장에 나가고 어머니도 원호회 일로 자주 집을 비우게 되자, 요즈음은 거의 혼자 힘으로 공부를 하고 있었다. 그녀는 현모양처형의 귀여운 소녀로 한나를 도와 집안을 정리하고 밖에서 일하다 돌아오는 가족들을 위해 포근한 휴식처를 마련하기에 애썼다. 그리고도 보수는 전혀 바라지 않고 모두로부터 사랑만 받으면 그것으로 만족했다. 진종일 조용히 보내면서도 쓸쓸해하지도 않았고 멍하니 시간을 보내는 일도 있었다. 그 조그만 세계는 공상의 친구들로 가득했고 본래부터 일하기를 좋아하는 부지런한 성격이었다.

베스에게는 매일 아침 깨워서 옷을 입혀주어야 하는 인형이 여섯이나 되었다. 어느 하나도 온전한 것은 없다. 언니들이 인형 놀이를 그만두었을 때, 에이미는 망가진 것이나 때묻은 것은 갖지 않은 아이였으므로 헌 인형들은 전부 베스의 몫이었다.

베스는 에이미와 달리 낡고 더럽기 때문에 더욱 그 인형들을 사랑했고, 아픈 인형을 위해 병원을 만들기도 했다. 보기에 비참할 정도로 낡은 인형도 푸대접하는 일은 없었다. 하나도 빠짐 없이 식사를 시키고, 옷을 입히고, 간호를 해주었다. 그 자상하고 무한한 사랑은 대단했다.

그러나 베스 또한 언니들처럼 그녀 나름대로 고민이 있었다. 그리고 천사가 아닌 보통의 여자 아이였으므로 조의 말대로 훌쩍훌쩍 울 때도 가끔 있었다. 이유는 피아노 교습을 받지 못하는 것과 좋은 피아노가 없다는 것이었다. 그녀는 음악을 무척 좋아했고 곡을 열성으로 외웠으며, 낡아서 소리도 제대로 나지 않는 고물 피아노로 정성스럽게 연습을 했다. 누군가—굳이 마치 할머니라고는 하지 않지만—당연히 원조의 손길을 펴줄 법도 하다고 생각했다. 그러나 그런 사람은 나타나지 않았고 그녀가 혼자 있을 때 소리가 영 엉뚱하게 나는, 누렇게 퇴색한 건반 위에 흘린 눈물을 닦는 것을 아무도 보지 못했다. 베스는 일을 하면서도 종달새처럼 노래를 흥얼거렸고 엄마와 언니들을 위해서는 아무리 피곤해도 기꺼이 피아노를 쳤고 날마다 "만일 내가 착한 아이로 자라면 언젠가는 음악도 내 것이 될 거야." 하고 자신을 타이르며 희망을 잃지 않았다.

세상에는 베스 같은 사람들이 많다. 수줍어하고, 조용하고, 일이 없을 때는 한쪽에 가만히 비켜 앉아 남을 위해 기꺼이 봉사하는. 그러나 난롯가의 귀뚜라미 소리가 뚝 그치고, 햇살처럼 따사롭던 그 존재가 조용한 그림자만 남기고 사라져 버리기까지는 아무도 그 희생을 깨닫지 못하는 것이다.

만일 누군가 에이미에게 뭐가 고민이냐고 묻는다면 그녀는 즉석에서 코라고 대답할 것이다. 아주 어렸을 때, 조가 석탄 함지 속에 잘못하여 떨어뜨린 적이 있었는데, 에이미는 그 때문에 자기의 코가 그처럼 볼썽사납게 되었다고 우기고 있었다. 그렇다고 해서 저 가엾은 페트리아의 코처럼 크지도 빨갛지도 않았다. 그저 옆으로 조금 납작할 뿐인데 아무리 열심히 잡아당겨도 전혀 귀족적으로 오똑해지지는 않았다. 아무도 에이미의 코를 이상하게 생각하지 않았지만 에이미는 그것이 그리스형의 코가 아니어서 안타까웠고, 그래서 열심히 이상적인 코를 그림으로써 울분을 달래는 도리밖에 없었다.

'작은 라파엘로(이탈리아 르네상스 시대의 화가. 1483~1520)' 라고 언니들이 별명을 붙였을 만큼, 에이미는 확실히 그림에 재능이 있었다. 꽃을 사생하거나, 요정을 상상해서 그리거나, 특이한 이야기의 삽화를 그리거나 할 때는 그지없이 행복했다. 세계지도의 뒷장에는 지도를 모사(模寫)한 것으로 가득했고, 책갈피마다 선생이나 친구들의 우스꽝스런 만화가 끼워져 있는데, 이게 꼭 분리할 때에만 흔들흔들 떨어지곤 했다. 공부는 보통이었지만 품행은 반에서 모범생이었으므로 그리 꾸중을 듣지는 않았다. 싹싹한 기질이어서 반에서 인기도 좋았다. 은근히 잘난척하는 것도 그다지 밉게만 보이지는 않았다. 곡을 열 둘이나 칠 줄 알았고, 뜨개질도 잘했으며, 프랑스어는 3분의 2밖에 틀리지 않았다. 툭하면 "아빠가 옛날에 부자였을 때 우리 집에선 이렇게 했다"는 식으로 말할 때는 지극히 슬픈 표정을 지었으므로, 모두들 크게 감동하여 평상시의 척하는 말씨까지도 '굉장히 품위 있는' 것으로 간주되었다. 막내인 에이미는 응석받이가 되기 마련이었다. 집에서는 모두가 막내를 귀여워함으로 조그만 소녀의 허영심과 이기주의는 날이 갈수록 커져만 갔다. 그러나 한 가지 그 허영심에 찬물을 끼얹는 게 있었다. 그것은 언제나 사촌 언니 플러렌스가 입던 옷을 물려 입어야만 한다는 것이었다. 거의 새것이나 다름이 없었지만 에이미의 미에 대한 욕구를 만족시킬 만한 것은 하나도 없었다.

"오직 한 가지, 그래도 위안이 있어요." 에이미는 눈물을 글썽이며 메그에게 호소했다.

"누덕누덕 기워 입지 않으니 참으로 다행이야."

메그는 에이미가 가장 신뢰하는 상담역이었다. 정반대의 성격이지만 서로 조화를 이루듯 조는 베스에게 특별히 잘해 주었다. 조에게만 이 내성적인 소녀는 속마음을 털어놓았고, 베스는 이 용감한 언니에게 자신도 모르는 사이에 가족 중의 누구보다도 큰 영향을 미치고 있었다. 위의 두 언니는 각자 제 나름대로의 무게를 지니고 있었고, 동생을 한 사람씩 자기 보호 아래에 두고 보살펴 주고 있었다. 이것을 그녀들은 '엄마 놀이'라고 불렀고 두 동생을 이제는 버린 인형 대신으로 하고 있었다.

"누구, 얘기할 것 없니? 오늘은 진종일 우울했기 때문에 재미있는 얘기라도 들었으면 좋겠다." 그날 밤 모두들 모여 앉아 바느질을 할 때 메그가 말했다.

"할머니한테서 재미있는 일이 있었어요. 참으로 웃기는 얘기니까 들어 봐." 얘기하기 좋아하는 조가 시작했다.

"오늘도 예의 「베르샴 수상집(토마스 · 베르샴의 글. 일신론파의 성직자. 1750~1825)」을 읽어 달래잖아. 그래서 난 역시 느릿느릿하게 읽었어요. 왜냐하면 할머님은 그런 식으로 읽어 주면 금방 꾸벅꾸벅 졸거든. 그렇게 되면 난 내가 읽고 싶은 책을 할머님이 깨기 전에 부지런히 읽으려는 속셈이었지. 그러나 오늘은 내가 먼저 졸음이 와서 엄청나게 큰 하품이 나왔어요. 할머님은 '그처럼 입을 딱 벌려 가지고 책이라도 삼킬 작정이니?' 하시잖아. 난, '그렇게라도 했으면 좋겠어요. 한꺼번에 처리되니까요' 하고 말했어요. 아주 조심스럽게 말야. 그런데 할머님은 나의 잘못에 대해 긴 설명을 하신 다음 잠깐 눈을 붙일 테니까, 똑바로 앉아서 반성하라는 거야. 그 잠깐이라는 것이 굉장히 길거든. 그래서 할머님의 머리가 힘에 겨운 달리아 꽃송이처럼 앞으로 탁 처지자 나는 호주머니에서 「웨이크필드의 목사」를 꺼내어 한쪽 눈으로 할머님을 감시하면서 이쪽 눈으로 읽었어요. 그런데 등장 인물들이 전부 개울로 굴러 떨어진 대목에 가서 그만 큰 소리로 웃고 말았어. 할머님은 물론 잠이 깼어요. 하지만 한숨 잔 뒤에는 언제나 기분이 좋아지니까, '그 교훈적인 「베르샴」보다 재미있는 책이란 도대체 얼마나 하찮은 것인지 어디 한번 읽어 봐' 하시는 거야. 아, 다행이다 싶어 열심히 읽었더니 아무래도 이게 마음에 드셨나 봐요. 왜냐하면 '뭔지 전혀 알 수가 없으니까 처음부터 다시 읽어봐요' 하시는 거야. 그래서 처음부터 프리므로오즈 일가(一家)를 굉장히 재미있게 읽었어요. 한번은 일부러 재미있는 대목에서 뚝 끊고, '피곤하실 텐데, 관둘까요?' 하고 아양을 떨었더니 할머님은 무릎에서 떨어뜨렸던 뜨개질 감을 얼른 주워들고 코안경 너머로 나를 노려보며 딱딱한 목소리로, '그 장(章)을 끝까지 다 읽어요. 버릇없는 소리는 작작 하고' 하시잖아."

"그래, 할머님은 그 책이 재미있다는 것을 인정하셨니?"

"농담 말아요! 아무튼 질려 버린 베르샴은 잠시 밀어 놓게 됐어요. 내가 돌아오다 장갑을 잊었기에 다시 들어갔더니, 할머님은 정신없이 그 책을 읽고 계시잖아. 진작 그렇게 생활을 즐기실 일이지. 부자도 역시 그 나름대로 고민과 불행이 있더군."

"오늘 킹 댁에서는 그 집 큰아들이 뭔가 굉장히 나쁜 짓을 해서 아버지가 멀리 보내 버렸나 봐. 온 집안이 썰렁하더라. 그래, 난 그런 형제가 없는 것을 얼마나 다행으로 생각했는지 몰라요."

메그가 그 날의 경험을 얘기했다.

"하지만 학교에서 수치를 당하는 것은 나쁜 남자아이가 한 어떤 짓보다도 더 나빠요." 에이미는 자기의 인생 체험이야말로 심각한 의미를 지닌다는 듯이 과장된 표정으로 얘기를 시작했다.

"오늘 수지 퍼어킨스가 굉장히 예쁜 반지를 끼고 왔어. 난 그게 얼마나 탐이 나던지 내가 수지였으면 좋겠다고 생각했어요. 그런데 수지가 데이비스 선생님의 얼굴을 그렸는데 코를 굉장히 크게 하고, 등은 곱추로 하고, 입에선 풍선이 커다랗게 나온 데다 '내 눈은 언제든지 너희들을 보고 있다!'고 썼어요. 우리들이 그걸 보고 막 웃고 있는데 데이비스 선생님이 진짜로 우리를 보고 있잖아. 선생님은 수지에게, 석반(石盤)을 들고 이리 나와요, 했어. 수지는 겁이 나서 몸이 뻣뻣해졌지만 나가기는 했어요. 선생님이 어떻게 하셨는지 알아요? 수지의 귀를 잡아당겼어요. 귀를 말야! 그리고 그대로 끌고 가서 교단에다 30분 동안이나 세워 놨어요."

"모두 그 그림을 보고 웃지 않던?" 그 장난이 대단히 마음에 든 조가 물었다.

"웃는다고? 쥐죽은 듯이 조용했어. 수지는 울었어. 난, 예쁜 반지를 백만 개를 가진대도 그래 가지고는 하나도 기쁠 것이 없다고 생각했어. 나는 그런 굴욕은 견딜 수 없어." 에이미는 어려운 단어를 무난히 구사한 것과 긍지를 중시하는 자각을 자랑스럽게 생각하며 바느질하던 손을 다시 움직였다.

"난 오늘 아침에 참으로 좋은 광경을 봤어요." 조의 어지러운 반짇 그릇을 정리하면서 베스가 말했다. "한나의 부탁으로 굴을 사러 가게에 갔을 때, 로렌스 할아버지가 거기 계셨어. 난 나무통 뒤에 숨어 있었어. 그때 가난한 아주머니가 물통과 걸레를 들고 들어와서 생선가게 주인에게 청소를 시켜달라고 졸랐어요. 일당으로는 고기를 조금만 주면 된다는 거야. 아이들에게 먹일 게 아무것도 없고, 오늘 약속 되었던 일이 틀어졌다면서. 생선가게 아저씨는 바쁘기 때문에 '안 돼!' 하고 호통을 쳤어. 그러자 그 아주머니는 허기지고 슬픈 표정으로 곧 돌아가려 했어요. 그 때 할아버지가 들고 있던 막대에 큰 생선을 걸어서 그 여자에게 가지시오, 하듯이 내밀었어요. 그 여자는 기쁘고 당황해서 어찌할 바를 몰랐어요. 생선을 받아서 꼭 쥐고는 몇 번이나 감사하다는 인사를 했어. 로렌스 할아버지는 '어서 가서 요리나 해요'라고만 말하셨어. 정말 감동적이었어요. 그러나 여자가 미끄러운 생선을 꼭 껴안고 로렌스 할아버지에게, '천국에서도 행복하시기를……' 하는 태도는 좀 우스웠지만."

베스의 얘기를 듣고 한바탕 웃은 자매들은 이번에는 어머니에게도 얘기를 해 달라고 졸랐다.

"오늘 작업장에서 군복 상의를 제단하고 있을 때, 아빠 생각이 자꾸만 나지 않겠니? 아버지에게 만일의 경우라도 생기면 우린 얼마나 가엾은 존재가 되어 버릴까, 하는 생각이 들더라니까. 그건 바보 같은 생각이었지만 그래도 자꾸만 떠오르니 어떡하니? 그 때 한 노인이 의류 배급을 타기 위한 서류를 들고 들어왔어요. 바로 내 곁의 의자에 앉아 기다리고 있기에 얘기를 해봤어요. 가난하고 피로와 근심이 가득한 얼굴이 마음에 걸려서 말야. '아드님들은 군에 나갔나요?' 하고 난 물어봤어요. '네, 부인. 넷이나 군에 나갔는데, 둘은 전사하고 하나는 포로가 되고 나머지 하나를 만나러 가는 길이에요. 워싱턴의 병원에 있어요. 상태가 좋지 않나 봐요.' 노인은 조용히 대답했어요. '어머, 나라를 위해 그처럼 봉사하셨어요?'라며 말하는 순간 가엾다는 생각이 아니라 존경심으로 가슴이 가득했어요. '그것 가지고 뭘요, 부인. 나도 젊었으면 나가고 싶지만…… 아들들은 다 지원병입니다.' 노인의 진지한 표정과 말에 나 자신이 부끄러워졌어요. 난 오직 한 사람을 전장에 보내고도 안달을 했는데 그 사람은 넷이나 나라에 바치고도 불평 한마디 없었으니까. 난 집에 네 딸이 있어서 그래도 행복하잖아? 그 노인의 마지막 남은 한 아들은 먼 곳에서 아버지를 기다리고 있는 거예요. 그것도 단지 안녕이란 마지막 인사를 하기 위해서. 난 그 사람과 비교할 때 이와 같은 환경에 있는 내가 무척 풍족하고 행복하게 느껴졌어요. 그래서 그 사람이 가르쳐 준 교훈에 진심으로 감사하고 조그만 선물과 돈을 주었어요."

"하나 더 해줘요, 엄마. 지금 것처럼 교훈적인 것으로."

조가 잠시 후에 말했다. 마치 부인은 미소 지으며 곧 다시 시작했다.

"옛날, 어느 곳에 네 명의 자매가 살고 있었어요. 먹고 입는 것에 아무런 부족을 느끼지 않았고 즐거운 일도 많았고 진심으로 사랑해주는 따뜻한 친구들과 양친이 있으면서도 항상 뭔가 불평에 찬 생활을 하고 있었어요." 여기서 듣고 있던 딸들은 서로의 얼굴을 흘끔흘끔 보며 바늘 쥔 손을 재빨리 움직였다.

"이 네 딸은 착한 사람이 되려고 몇 번이나 훌륭한 결심을 했어요. 하지만 그 결심도 좀처럼 실행되지 못하고 툭하면, '아아, 이것만 있었으면', 또는 '저걸 할 수 있었으면' 하고 말했어요. 자기들이 이미 얼마나 많은 것을 가지고 얼마나 많은 즐거움을 실제로 누리고 있는가를 까맣게 잊고 말야. 그래서 네 명은 한 할머니에게 '행복하게 되기 위해서는 어떤 주문을 외우면 될까요?' 라고 물어 봤어요. 그랬더니 할머니는 '뭔가 불만이 생기거든 자기들이 현재 받고 있는 신의 은총에 감사하면 돼요.' 라고 대답했어요." 이 때 조가 고개를 반짝 들고 뭔가 말하려 했으나 아직도 이야기가 다 끝나지 않았음을 알고 다시 고개를 떨구었다.

"네 자매는 영리한 사람들이었기 때문에 할머니의 말에 따르기로 했어요. 그랬더니 당장 그 효과가 나타나서 자기들이 얼마나 풍요한가를 깨닫고 깜짝 놀랐어요. 한 사람은 돈의 위력이 얼마나 약하고, 그것이 부잣집을 수치와 슬픔에서 구제할 수 없다는 것을 깨달았어요. 또 한 사람은, 자기는 가난하지만 젊음과 건강과 밝은 기질을 타고났기 때문에 풍족하면서도 생활을 즐길 줄 모르는 성미 급하고 몸이 불편한 노부인보다 훨씬 행복하다는 것을 깨달았어요. 세 번째 딸은, 집안 살림을 돕는 것은 싫은 일이지만 아무것도 없어서 거리에 구걸을 나서는 것이 더 괴로운 일임을 깨달았어요. 그리고 넷째 딸은 예쁜 반지가 착한 품행보다는 못하다는 것을 깨달았어요. 그래서 네 명은 불평을 그만두고 이미 갖고 있는 것들에 감사하고, 그러한 은총을 더 욕심내기보다는 이미 가진 것들을 잃지 않도록 그것을 받기에 충분한 사람이 되자고 노력했어요. 그 뒤부터 네 자매는 할머니의 말을 따른 데 대해 후회하는 일도 없고 그 때문에 손해를 보았다는 생각도 하지 않았어요."

"어머, 엄마는 우리들이 한 얘기를 가지고 설교를 하시다니 너무 했어요!" 메그가 외쳤다.

"이런 설교라면 난 좋아." 조는 바늘꽂이에 바늘을 꽂으며 말했다.

"난 앞으로 더욱 조심할래. 수지의 실수가 좋은 경고였으니까." 에이미는 깜찍한 말을 했다.

이웃 간의 교제

"도대체 무슨 일이 생겼니, 조?"

눈 오는 날 오후, 조가 고무 장화에 헌 외투를 입고 현관 홀을 퉁탕거리며 지나가는 것을 보고 메그가 물었다. 손에는 삽과 빗자루를 들고 있었다.

"운동했는데." 장난스런 눈으로 조가 대답했다.

"오늘 아침에 이미 두 번이나 먼 산책을 하고 왔잖니? 밖은 추워요. 집에서 따뜻하게 난로나 쬐고 있어요."

"염려 마실 것! 고양이도 아닌데 진종일 난롯가에 죽치고 앉아 있다니……. 난 모험을 사랑해요. 자아, 지금부터 모험 여행으로!"

메그는 난롯가에서 「아이반호」를 읽기 위해 거실로 돌아갔다. 조는 원기 왕성하게 눈 치우기를 시작했다. 해가 나면 베스가 편하게 뜰을 산책할 수 있게 하기 위해서였다. 아픈 인형들에게는 신선한 공기가 필요하니까.

그런데 정원은 로렌스 가와 마치 가의 사이에 있어서 양가의 경계가 되고 있었다. 집 주변은 아직은 전원이나 다름없었고 숲이나 잔디밭, 넓은 정원과 한산한 산책로가 있었다. 양가의 경계에는 낮은 생울타리가 있었다. 이쪽은 목조 건물의 초라한 집이었지만 저쪽은 호화로운 석조 건물에 큰 마차고와 손질이 잘된 정원, 묵직하게 쳐진 커튼 사이로는 아름다운 실내 장식이 살짝 엿보이기도 했다. 그러나 그 집은 이상하게도 조용하기만 할뿐 활기라는 것이 없었다. 노주인과 그의 손자 외에는 별다르게 출입을 하는 사람도 없었다.

상상력이 풍부한 조는 이 집이 마치 동화 속의 '잠자는 성'인 듯한 느낌이 들었다. 그녀는 오래 전부터 이 신비의 성에 들어가 보고 싶었고 동시에 로렌스 가의 남자아이와도 사귀고 싶었다. 그 쪽에서도 역시 그러고 싶지만 좋은 기회를 잡지 못하고 있는지도 몰랐다. 조는 그 파티 이래로 열심히 기회를 노려 왔으나, 최근엔 그의 모습이 전혀 보이지를 않아 혹시 외국에라도 가 버렸는가 했었는데, 어느 날 2층 창에 그의 다소 검은 듯한 얼굴이 나타났었다. 베스와 에이미가 눈싸움하는 것을 부러운 표정으로 쓸쓸하게 바라보고 있었다.

"저 아이의 할아버지는 애들을 다룰 줄 몰라서 저렇게 혼자 가두어 두는가 보다. 내가 할아버지께 말해 볼까?"

이 아이디어는 조에게 용기를 주었다. 엉뚱한 짓을 하기 좋아하는 조였다. 그래서 그 날 오후, 조는 로렌스 할아버지가 마차로 외출하는 것을 보자, 생울타리까지 열심히 눈을 치우며 저쪽을 살짝 살펴보았다. 창에는 전부 커튼이 쳐져 있고 가정부의 모습조차 보이지 않았다. 2층 창으로 보이는 검은 머리가 유일한 사람의 모습이었다.

'거기구나. 가엾게도 혼자서. 그래, 눈을 던져서 창을 열거든 뭔가 친절한 말을 한마디쯤 해주어야지.'

한 움큼의 눈이 날아가서 창을 때리고 소년은 이쪽으로 고개를 돌렸다. 순간 그의 표정이 바뀌고 커다란 눈이 빛나며 입가에 미소가 떠올랐다. 조는 웃으며 빗자루를 쳐들고 외쳤다. "안녕하세요? 어디 아프기라도 했어요?" 로리는 창을 열고 쉰 목소리로 대답했다.

"이젠 다 나았어요. 감기에 걸려서 한 1주일쯤 꼼짝도 못했어요."

"저런! 혼자서 뭘 하세요?"

"아무것도 하는 게 없어요. 여긴 무덤처럼 따분해요."

"책을 읽지 그래요?"

"건강에 해롭다면서 많이 읽지 못하게 해요."

"그럼 누구더러 놀러 오라고 해요."

"그럴 사람도 없어요. 내 친구들은 모두 장난꾸러기들이라 앓고 난 뒤에는 오히려 신경에 해로워요."

"책을 읽어 주거나, 즐겁게 얘기를 나눌 여자 친구는 없어요? 여자아이는 조용하고 간호를 좋아해요."

"하지만 아무도 아는 사람이 없어요."

"우리하고 알잖아요?" 조는 웃다가 입을 다물어 버렸다.

"정말! 와 주시겠어요?" 로리가 기쁜 듯이 소리쳤다.

"난 조용하지도 자상하지도 않아요. 하지만 엄마가 허락하시면 갈게요. 물어 보고 올 테니 그 창을 닫고 조금만 기다려요."

조는 빗자루를 둘러메고 안으로 쪼르르 달려갔고 로리는 손님이 온다는 것이 기뻐 준비하기 위해 분주히 움직였다. 곧 현관의 초인종이 울리고, '미스터 로리님께' 란 면회 요청의 씩씩한 목소리가 들리고 사환이 눈이 둥그래져서 달려 올라와, "젊은 숙녀 분이 방문하셨습니다."라고 보고했다.

"아, 알고 있어요. 안내해요. 미스 조니까."

로리는 조를 맞기 위해 자신의 작은 객실로 갔다. 조의 뺨은 붉게 상기되었고 눈에는 친절함이 넘쳐나고 처음 방문하는 집인데도 극히 자연스런 태도였다. 한 손에는 보자기를 덮은 쟁반을 들고 다른 한 팔로는 베스의 고양이를 세 마리 안고 있었다.

"이것 봐요. 배달인 역할도 겸해서……." 조는 서슴없이 말했다.

"엄마가 안부 전하고 내가 뭔가 도움이 되면 다행이라고 말씀하셨어요. 메그는 손수 만든 흰 젤리를 보내 주었어요. 베스는 자기의 새끼 고양이들이 로리를 즐겁게 할 거래요? 난 당신이 싫어할 거라고 말했지만 영 듣지를 않아요."

그러나 베스의 생각대로 고양이들은 로리를 즐겁게 해주었다. 세 마리의 고양이 때문에 마구 웃다보니 로리는 여느 때처럼 수줍어만 하고 있지 않았고 그래서인지 탁 터놓은 분위기가 되었다.

"너무 예뻐서 먹기가 아깝다." 조가 보자기를 벗기고 젤리를 보이자 로리는 기뻐 어쩔 줄을 몰라했다. 흰 젤리는 푸른 잎사귀와 에이미가 아끼던 제라늄의 꽃으로 가장자리를 장식하고 있었다.

"그리 대단한 것도 아니에요. 모두가 로리에게 뭐든 해주고 싶어서 이렇게 했을 뿐이에요. 이 방, 참 좋네요?"

"가정부들이 게을러서 제대로 정돈을 안 해요."

"난 2분이면 완전히 달라 보이게 할 수 있어요."

조는 시원스럽게 이것저것을 정리했다. 난로를 닦고 책과 꽃병의 자리를 옮기고 소파는 빛을 등으로 받도록 돌려놓고 쿠션은 팡팡 두들겨서 푹신하게 했다.

과연 조의 말 그대로였다. 웃고 얘기하면서 조는 가구들을 바로잡아 방의 분위기를 바꾸어 버렸다. 로리는 감탄한 나머지 말도 못했다. 조가 소파로 손짓하자 만족스런 한숨을 쉬며 감사하는 마음으로 말했다.

"어쩌면 그렇게도 친절할까? 자아, 어떻게 대접을 해야 하나?"

"어머, 나는 병문안을 왔을 뿐이에요. 책을 읽어 줄까요?"

"네, 감사합니다. 하지만 여기 있는 것들은 다 읽은 것들이니까 만일 괜찮으시다면 얘기나 하는 게 어떨까요?"

"물론 찬성이에요. 기회만 주시면 하루 종일이라도 말할 수 있어요. 베스는 나보고 이야기를 시작하면 끝이 없대요."

"베스라니? 장미빛 뺨을 한 사람? 늘 집에 있고 가끔 바구니를 들고 외출하는?"

"네. 그 애가 베스인데 내 부하예요."

"예쁜 아가씨가 메그고, 곱슬머리를 한 사람이 에이미죠?"

"어떻게 알았어요?" 로리는 얼굴을 붉혔지만 정직하게 대답했다.

"그건, 댁에서 서로 이름을 부를 때 듣기도 했고 또 이 방에 혼자 있을 때는 무심코 그 쪽을 보기도 해요. 참으로 즐거워 보였어요. 어머니도 자상하시고. 난 어머니가 안 계셔서…….”

로리는 입술의 떨림을 감추기 위해 몸을 굽혀 난로의 불을 돋우었다.

그의 눈에 서린 고독한 빛은 조의 상냥한 가슴을 아프게 했다. 그녀는 실로 소박하고 착실하게 자랐기 때문에 사물을 그대로 솔직하게 받아들였고 열다섯 살이 되어도 어린애처럼 순진하고 개방적이었다. 로리는 혼자인데다 앓기까지 하는데, 자기는 가정의 사랑과 행복을 풍요하게 누리고 있음을 새삼 깨닫고 기꺼이 그에게 그것을 나누어주겠다고 생각했다. 조의 표정은 더욱 상냥해지고 평소의 거친 목소리도 놀랄 만큼 부드러워졌다.

“이제부턴 우리 집에 놀러 와요. 우리 엄마는 참 좋으신 분이니까 로리에게 따뜻하게 해주실 거예요. 거기다 베스는 내가 부탁하면 노래도 불러줄 것이고, 에이미는 댄스를 보일 것이고, 메그와 나는 가정 연극의 소도구 따위를 써서 즐겁게 해줄 수 있어요. 하지만 할아버지가 허락하실까?”

“문제없을 거야. 조의 어머니께서 말씀만 해주신다면. 할아버지는 겉으로는 무뚝뚝해 보여도 상냥해요.”

로리는 다시 원기를 되찾았다.

“우리가 이사 온 지는 얼마 되지 않았지만 이 댁 이외의 다른 집과는 전부 교제를 갖고 있어요.”

“할아버지는 책 속에서만 살고 외부에는 무관심이에요. 미스터 부르크는, 내 가정교사인데 여기서 기거를 하지 않으니까 같이 외출할 사람도 없어요. 그래서 난 집 안에만 틀어박혀 있어요.”

"어머, 그건 못써요. 좀더 노력을 해야지. 돌아다니며 친구를 만들면 재미있는 일도 많아지고 그러다 보면 자기가 내성적이란 것도 잊어버리게 될 거예요."

로리는 다시 얼굴이 붉어졌지만 내성적이란 말에 기분이 상한 것은 아니었다. 조의 표정을 보면 진정한 친절에서 나온 말임을 알 수 있기 때문이다.

"조는, 학교 좋아해요?" 한참만에 로리가 물었다.

"아니, 학교엔 안 다녀요. 난 직업인이에요. 아, 직업소녀인가? 할머님의 비서인데요, 매일 출퇴근하고 있어요. 성질이 고약해요, 그 할머니."

로리는 또 한 가지 질문을 하려다가 그만두었다. 조는 그의 몸에 밴 교양이 마음에 들었고, 마치 할머니를 소재로 해서 한바탕 웃는 것도 괜찮다 싶어 성질 급한 노인의 얘기, 할머니가 기르는 푸들 종의 개이야기, 스페인어를 할 줄 아는 앵무새 이야기, 도서실 이야기 등을 눈에 보일 듯이 늘어놓았다. 그리고 언젠가 점잖은 노신사가 마치 할머니에게 구혼(求婚)을 하러 왔는데 강아지 포리가 그 신사의 가발을 물고 달아나 구혼자를 당황케 했던 얘기에 이르러서 로리는 마침내 뒹굴며 눈물이 나오도록 웃었다. 가정부가 무슨 일인가 싶어 보러 올 정도였다.

"아, 이렇게 재미있을 수가 없어요. 좀더 해줘요." 로리는 즐거움에 얼굴을 빛내며 말했다.

조는 자기의 시도가 성공한 것에 기분이 좋아져서 가정 연극 이야기에서부터 네 자매의 조그만 세계에서 일어난 사건 중에서도 재미있는 것들만 골라서 얘기했다. 그 다음에 두 사람의 화제는 책으로 옮겨졌다.

"조, 그렇게 책을 좋아한다면 아래로 가봐요, 우리 도서실에. 할아버지는 외출중이니까 염려할 것 없어요."

"난 뭐, 할아버지를 무서워하진 않아요."

조는 턱을 추켜들고 반박하듯이 말했다.

"확실히 그런 것 같아."

로리는 경의를 담아 조를 보며 말했으나 속으로는 할아버지가 기분이 좋지 않을 때 만나면 조도 조금은 무서워 할 거라고 생각했다. 로리는 조가 원하는 대로 이방 저방을 모조리 구경시켰다. 끝으로 도서실에 오자, 조는 특별히 기쁠 때 늘 그렇듯이 손뼉을 치며 펄쩍 뛰었다. 벽에는 책이 즐비하고 그림과 조상(彫像)이 그 사이를 장식하고 있었으며 기묘한 골동품들이 가득했다.

"어쩜 이렇게도 멋질 수가 있을까?"

빌로드의 의자에 푹 파묻히면서 조는 한숨을 쉬고 만족한 모습으로 사방을 둘러보았다.

"데오도르 로렌스, 당신은 이 세상에서 제일 행복한 소년이에요."

조는 감탄하여 말했다.

"인간은 책만으로는 살 수 없어요."

로리는 맞은편 테이블 끝에 앉아 머리를 가로저으며 말했다. 그는 말을 계속하려 했으나 현관의 초인종이 울리는 바람에 조가 벌떡 일어나며 말했다.

"어머, 어머! 할아버지가 돌아오셨나 봐!"

"그래서 어떻다는 거지? 무서울 것 없다면서?"

로리는 장난스런 표정으로 말했다.

"아무래도 조금은 무섭나 봐. 하지만 무서워 할 이유는 없어요. 로리의 병이 나 때문에 악화된 것도 아니고……."

조는 문 쪽만 보면서도 다소 마음을 가라앉히려 애쓰는 빛이 역력했다.

"악화는 고사하고, 훨씬 좋아져서 감사해야 할 정도예요." 로리는 진심으로 말했다.

"의사 선생님이 오셨어요. 도련님." 가정부가 로리에게 알려 왔다.

"금방 끝날 테니 여기서 기다려요, 조. 진찰만 받으면 돼요."

"네, 네. 난 여기만 있으면 귀뚜라미처럼 행복하니까."

로리가 나가고 조는 자기 혼자서 많은 책을 마음껏 감상했다. 조가 로렌스 할아버지의 당당한 초상화 앞에 섰을 때 다시 문이 열렸다. 돌아보지도 않고 그녀는 서슴없이 말했다.

"하나도 안 무서워, 이 할아버지. 왜냐하면, 굉장히 고집스러워 보이지만 무척 상냥한 입과 눈을 하고 계시니까. 우리 할아버지만큼 미남은 아니지만 마음에 들어요, 난."

"그거 참 고마운 말이군, 아가씨." 등 뒤에서 노인의 털털한 목소리가 들렸다. 거기 서 있는 사람은 아, 로렌스 할아버지가 아닌가!

가엾게도 조는 얼굴이 새빨개져서 지금 자기가 한 말을 다시 생각해 보았다. 가슴이 마구 뛰었다. 순간, 그 자리에서 달아나고 싶은 충동을 느꼈으나 그건 비겁한 짓이고 자매들의 웃음거리가 될 것이다. 그래서 조는 그냥 버티기로 결심했다. 마음을 가라앉히고 살짝 시선을 들어보니 노인의 눈은 장난스럽게 웃고 있지 않은가. 굵고 털털한 목소리로 노신사는 말했다.

"흠. 너는 그래 내가 무섭지 않다는 건가?"

"네, 별로."

"그리고 너의 할아버지만큼 미남은 아니라는 것이지?"

"아니, 그 그만……."

"그리고 내가 고집쟁이라, 이거지?"

"그저 제가 그렇게 생각했을 뿐이에요."

"그런데도 너는 내가 마음에 든다고?"

"네."

이 대답이 노인의 마음에 들었는지 소리내어 웃으며 조와 악수를 하고, 손가락으로 조의 턱을 받쳐들고 가만히 들여다보다 고개를 끄덕이며 말했다.

"너는 할아버지의 정신만은 이어받았군. 그 분은 참으로 늠름한 풍채에다 용기있고 정의를 사랑한 사람이었어요. 그 분과 친구였음을 나는 자랑으로 삼고 있어요."

"감사합니다." 조는 마음이 편안해졌다.

"그래, 우리 손자를 어떡할 셈이지?" 이것이 노인의 두 번째 질문이었다.

"그저 이웃 간으로서 사귀고 싶을 뿐이에요." 그리고 조는 방문하게 된 연유를 설명했다.

"저 애를 좀 더 명랑하게 해줄 필요가 있다고 생각하는 건가?"

"네. 어쩐지 쓸쓸해 보여서요. 남자 친구가 있었으면 해요. 우리 집은 모두 여자뿐이지만 뭔가 도움이 될까 하고. 댁에서 받은 크리스마스 선물에 모두가 감사하고 있어요." 조는 두서없이 열심히 지껄였다.

"아니, 뭐. 그건 그 애의 생각이었지. 그 때, 그 가난한 사람들은 그 뒤 어떻게 지내나?"

"이젠 괜찮아요." 조는 어머니가 유복한 친구를 설득해 그 가엾은 일가를 돕게 했다는 얘기를 했다.

"어머니도 옛날의 아버지하고 똑같군. 남을 위해 봉사하는 것까지. 날씨가 좋으면 어머님을 찾아 뵙지. 그렇게 전해 줘요. 아아, 티타임을 알리고 있군. 자아, 같이 가서 이웃 간의 교제를 계속해 줘요."

"정말, 괜찮을까요?"

"그럼, 그럼." 로렌스 노인은 옛날식으로 조에게 팔을 빌려주어 잡게 하고 안내를 했다.

"아니, 이건 또 어떻게 된 일인가?"

노인은 걸음을 멈추었다. 로리가 계단을 뛰어내려 온 것이다. 그는 또 완고한 할아버지와 조가 정답게 팔을 끼고 서 있는 것을 보고는 깜짝 놀랐다.

"돌아오신 줄 몰랐어요."

로리가 말하자 조는 자랑스럽게 윙크를 살짝 했다.

"그런 것 같군. 계단에서 마구 뛰는 걸 보니, 자아, 차나 마시자. 신사답게 행동하는 거야."

노인은 소년의 머리를 귀엽다는 듯이 쓱 잡아당기고는 앞서서 걸었다.

노인은 홍차를 네 잔이나 마시면서 말없이 젊은 두 사람을 관찰했다. 자기 손자에게 일어난 변화는 노인도 뚜렷이 알 수 있었다. 소년의 얼굴은 밝고 뺨은 붉게 상기되어 있었다. 태도도 활발해졌고 웃음소리도 정말 즐거운 듯했다.

'이 소녀의 말대로야. 이 애는 외로운 거야. 이 조그만 소녀들에게 어떤 힘이 있는지 한번 시험해 볼까?' 로렌스 노인은 두 사람이 재잘대는 소리를 들으며 이렇게 생각했다.

티타임이 끝나고 조가 돌아가겠다고 하자 로리는 아직도 보여줄 것이 남아 있다면서 조를 불이 켜진 온실로 데리고 갔다. 거기는 마치 동화의 나라 같았다. 꽃이 만발한 양쪽 벽, 부드러운 광선, 축축하고 향기로운 공기, 천장에서 늘어진 덩굴과 나뭇가지 통로를 오가며 조는 꿈나라에 있는 심정이었다. 새로 사귄 친구는 손에 가득히 아름다운 꽃을 꺾고 있었다. 그는 그것을 묶고 나자 조의 마음이 환히 밝아질 듯한 행복한 미소를 띠우며, "어머님께 이걸 드려요. 보내주신 약은 정말 효력이 좋았다고 전해주세요."라고 말했다.

온실에서 돌아오니 로렌스 노인은 넓은 거실의 난로 앞에 서 있었다. 그러나 조의 마음은 뚜껑이 열린 채로 있는 그랜드 피아노에 끌렸다.

"로리가 치나요?" 조는 존경의 시선으로 로리를 돌아보았다.

"가끔." 로리는 겸손하게 대답했다.

"한 번 쳐봐요. 베스에게 얘기해 주게요."

"조가 먼저 쳐봐요."

"난 전혀 못 쳐요. 하지만 듣는 건 좋아해요."

로리가 피아노를 치고 조는 꽃다발에 코를 묻은 채 열심히 들었다. 로리는 숙달되어 있어서 우쭐대지도 않고 잘 쳤다. 때문에 그에 대한 경이와 관심은 더욱 높아졌다. 베스에게 꼭 들려주고 싶었지만 말로 나타내지는 않았고, 그만큼 더 칭찬을 했기 때문에 로리는 수줍어서 쩔쩔맸다. 마침내는 할아버지가 조언을 해야만 했다.

"그만 그만, 아가씨. 너무 칭찬하는 것은 좋지 않아요. 확실히 로리의 피아노는 그리 형편없지는 않지만, 그러나 음악보다도 중요한 일을 해주었으면 해요. 벌써 돌아가려고? 아, 여러 가지로 고마와요. 또 와요. 어머님께 안부 전하고. 그럼 안녕, 닥터 조."

노인은 조와 악수를 했으나 뭔가 불만이라도 있는 듯한 표정이었다. 현관까지 왔을 때 조는 자기가 뭐 잘못한 게 있느냐고 물었다.

"아냐, 할아버지는 내가 피아노 치는 것을 싫어할 뿐이야."

"어머, 왜?"

"다음에 얘기하지. 존이 바래다줄 거예요. 난 아직 밖에 못 나가니까."

"혼자서도 문제없어요. 그럼 안녕."

"고마와요. 또 올래요?"

"병이 나아 반드시 우리 집에 오겠다고 약속한다면."

"약속해요."

"안녕, 로리."

"안녕, 조."

이날 오후에 조가 겪은 여러 가지의 모험담을 듣고 온 가족들은 저마다 로렌스 댁으로 달려가고 싶었다. 마치 부인은 아버지에 대한 이야기를 듣고 싶었고, 메그는 온실을 구경하고 싶었고, 베스는 피아노 얘기에 한숨을 쉬었고, 에이미는 그림과 조각을 보고 싶었다.

"엄마, 로렌스 할아버지는 어째서 로리가 피아노 치는 것을 싫어할까?"

"글쎄 잘은 모르지만, 로리의 아버지가 이탈리아 여자와 결혼한 탓이 아닐까? 그 여자는 음악가였어요. 굉장히 얌전하고 아름다운 여자였는데, 할아버지는 싫어했어요. 로리가 어렸을 때 양친이 죽어서 할아버지가 로리를 데려 왔지만 로리가 피아노를 치면 그 여자가 생각나 싫어하나 보지?"

"어머, 로맨틱 해!" 메그가 탄성을 올렸다.

"으이, 시시해. 로리가 원하면 음악가가 되게 해주어야 될 텐데. 괜히 가기 싫은 대학에나 가게하고……." 조는 화를 냈다.

"어머님이 보내주신 약이라니 로리도 꽤나 말재주가 있는데……." 메그가 칭찬했다.

"젤리를 맛있게 먹었나 봐!"

"얘좀 봐! 조, 로리는 너를 두고 한 말이야."

"정말?"

조는 뜻밖의 말에 눈이 둥그래졌다.

"이런 멍청이. 칭찬을 받고도 모르다니!" 메그가 어른처럼 말했다.

"그런 건 아무래도 좋아. 우리 모두가 힘을 합해 잘해줘요. 로리는 엄마가 없으니까. 집에 초대해도 좋죠, 엄마?"

"그럼. 너의 새 친구는 대환영이야. 메그, 아이는 되도록이면 아이로 있는 것이 행복하다는 것을 잊지 말아요."

"난 내가 아이라고는 생각지 않지만 아직 10대도 되지 않았어." 에이미는 엉뚱한 말로 끼어들었다

"베스는?"

"난, 천로역정을 생각하고 있었어." 베스의 귀에는 다른 사람들의 얘기가 전혀 들리지 않았다.

"모두가 착한 사람이 되려고 노력하고, 늪에서 기어나와 고난의 문을 지났어요. 그리고 정신없이 급한 비탈을 기어올랐어요. 어쩌면 아름다운 것으로 가득 찬 이웃 저택은 우리들의 '미(美)의 궁전' 일지도 몰라요."

"그렇다면 우선 사자를 때려잡아야지." 조는 이러한 베스의 상상력이 매우 마음에 들었다.

베스, 미(美)의 궁전 발견

이웃의 저택은 그야말로 '미의 궁전'이었다. 하기야 가족 전원이 거기에 도달하기까지는 시간이 필요하긴 했지만, 특히 베스는 사자 곁을 지나치기가 여간 어렵지 않았다. 로렌스 노인이야말로 늙은 사자였다.

그러나 이 노신사가 마치 가를 방문하여, 자매들에게 재미있는 얘기도 해주고, 어머니와 옛 이야기를 나눈 다음부터는 아무도 그다지 두려워하지 않게 되었다. 오직 내성적인 베스만이 예외였다.

또 한 마리의 사자는 마치 가가 그리 부자가 아닌 반면에 로렌스 댁은 부자라는 사실이었다. 갚을 수 없는 신세를 지게 될까봐 자매들은 마음이 늘 불안했다. 하지만 이윽고 로리야말로 마치 일가가 자기에게 큰 혜택을 주며, 마치 부인의 모성적인 접대와 명랑한 자매들과의 접촉 그리고 소박한 가정에서 느끼는 평화로움에 대해 뭐라고 감사를 해야 좋을지 몰라하고 있음을 알게 되었다. 그래서 마치 자매들은 열등감이라는 하찮은 자존심을 버리고 로리와 터놓고 친해질 수가 있었다.

즐거운 일들이 꼬리를 물었다. 새로 생긴 우정은 봄풀처럼 자랐다. 소녀들은 소녀들 특유의 섬세한 열의를 기울여 고독한 소년을 완전히 자기들의 일원으로 만들어 버렸다. 소년은 또한 순진한 소녀들과의 접촉을 참으로 즐겁게 받아들였다. 그녀들의 분주하고 발랄한 생활은 이제까지 그가 보내고 있었던 권태로운 생활을 반성케 했고, 부끄럽게도 했다. 이런 즐거운 생활에 젖어 책읽기를 게을리하자 부르크 선생과의 수업 성적표는 별로 결과가 좋지 않았다. 로리는 툭하면 구실을 만들어 마치 가로 달아나 버리기 때문이었다.

"좋아 좋아. 당분간은 휴가라고 생각하고 나중에 보충하기로 하지." 노인은 말했다. "이웃집 부인의 의견으로는 그 애가 공부를 너무해서 오히려 해롭대요. 우선은 그 애가 하고 싶은 대로 내버려둬요. 마치 부인은 우리보다 훨씬 더 그 애를 위해 도움이 될 테니까."

참으로 즐거운 나날이었다 연극, 썰매타기, 스케이팅, 낡은 객실에서 평화롭게 지내는 저녁 시간, 그리고 때로는 대저택에서의 간소한 파티. 메그는 온실 속을 마음껏 쏘다니며 갖고 싶은 대로 꽃다발을 만들었다. 조는 도서실에서 정신없이 책을 읽고 엉터리 비평을 해서는 노신사를 까무러칠 만큼 웃겼다. 에이미는 그림의 모사(模寫)에 정신이 없었고 예술의 아름다움을 만끽했다. 그리고 로리는 실로 상쾌하게 저택의 주인 노릇을 했다.

하지만 베스는 언제나처럼 피아노에 마음이 끌렸지만 메그가 이름 붙인 이 축복의 성에 가 볼 용기가 나지 않았다. 한 번은 조에게 끌려서 간 적이 있었지만, 베스의 내성적인 성격을 모르는 노인이 "여어!" 하고, 갑자기 큰 소리로 맞이하는 바람에 완전히 위축되어 나중에 어머니에게 "무릎에서 딱딱 소리가 날 만큼 떨렸다"고 고백했을 정도였다.

그 뒤로 다시는 그 집에 가지 않겠다고 선언했다. 이 사실을 뒤늦게 안 노인이 수습에 나섰다. 마치 가에 들른 어느 날, 노인은 자연스럽게 음악 얘기를 꺼냈다. 무대 위에 선 명가수, 훌륭한 오르간 연주, 재미있는 일화를 여러 가지 얘기하다보니 베스도 마침내는 구석에만 처박혀 있지를 못하고 마치 마술에 걸린 듯이 노인의 의자 뒤에까지 다가섰다. 노인은 베스의 존재를 전혀 의식하지 않은 척하고,

"우리 애는 요즈음 전혀 피아노를 치지 않아요. 다행이에요. 전엔 너무 쳐서 걱정이었으니까요. 그런데 너무 치지 않으니 피아노한테 미안해요. 댁의 아가씨들 중에서 누가 대신 치실 분은 없을까요?"

베스는 한 걸음 앞으로 나서며 손뼉을 치려다가 간신히 두 손을 마주 쥐었다. 이건 저항하기 어려운 유혹이었다. 마치 부인이 뭐라고 대답하기 전에 노인은 말을 이었다.

"언제든지 생각날 때 오면 됩니다. 안내를 청할 필요도 없어요. 마음대로 안으로 들어와도 돼요. 나는 훨씬 떨어진 서재에 있습니다. 로리는 자주 외출을 할 것이고 아침 아홉 시 이후에는 사환들도 객실에 가지 않을 테니까요. 아가씨들에게 이 말을 전해 주세요. 싫다고 하셔도 뭐, 괜찮으니까요."

여기까지 말하고 노인은 돌아가려고 일어섰다. 베스는 마침내 말을 해보기로 결심하고는 작은 손으로 노인의 손을 수줍은 듯 잡고 감사에 넘치는 표정으로 그를 보며 말했다.

"저어, 저, 꼭 가서 치고 싶어요. 굉장히……."

"아, 아가씨가 음악을 좋아하는가?" 노인은 상냥하게 말하며 내려다봤다.

"전, 베스예요. 음악을 좋아해요. 저, 찾아갈게요. 아무도 듣고 있지 않다면. 그리고 방해가 안 되신다면……."

베스는 말을 하고 나서 자기의 대담함에 오히려 겁을 먹었다.

"물론 방해되진 않아요. 조금도 염려 말고 마음껏 쳐도 좋아요. 오히려 내가 고맙게 생각할 테니까요."

"아, 감사합니다!"

베스는 노인의 친절한 눈을 보고 뺨을 붉혔다. 하지만 겁을 내거나 하지 않고 그 큰 손을 꼭 쥐었다. 때문에 노인은 허리를 굽혀 베스의 붉은 뺨에 키스를 하고 말했다.

"나도 옛날엔 딸이 있었어요. 너와 같은 눈동자를 가졌었지. 신의 축복이있기를, 아가씨. 그럼 안녕히 주무세요, 부인." 노인은 돌아갔다. 굉장히 빠른 걸음으로.

다음 날 노신사와 소년 신사가 모두 외출하는 것을 보자 베스는 두세 번 들락날락하더니 옆문으로 살짝 빠져나와 생쥐처럼 동경하던 객실로 들어갔다. 고운 표지의 쉬운 악보가 몇 장, 피아노 위에 놓여 있었다. 다분히 우연이었겠지만, 베스는 몇 번이고 떨리는 손을 내밀었다가는 당기고 귀를 기울이며 주위를 살피고, 그러다가 마침내 그 큰 악기에 손가락을 대었다. 그리고는 금세 공포를 잊고 음악이 가져다주는 지상의 환희에 자기 자신까지 잊고 도취되어 갔다.

한나가 식사시간에 데리러 오기까지 베스는 피아노 앞을 떠나지 않았다. 식탁에 앉아서도 마치 식욕이 없는 듯 그러나 축복으로 가득 찬 표정으로 가족들에게 미소를 던지는 것이었다.

그 날부터 베스는 매일처럼 생울타리를 빠져 이웃집으로 갔다. 예의 넓은 객실에는 눈에 보이지 않는 요정이 출입하는 것만 같았다. 로렌스 노인이 자기가 좋아하는 고풍스런 곡을 들으려고 서재의 문을 활짝 열어 놓은 것을 베스는 전혀 알지 못했다. 그리고 로리가 복도에 버티고 서서 사환들을 객실에 접근하지 못하도록 보초 노릇을 한 것도 보지 못했다. 또 악보대에 놓여 있는 연습책과 새로운 악보가 특별히 그녀를 위해 놓였다는 사실은 꿈에도 알지 못했다.

이리하여 베스는 실로 행복한 나날을 보냈고, 오랜 희망이 이루어진 것처럼 느꼈다. 베스가 작은 축복에 대해 이처럼 깊이 감사한 탓일까. 보통사람에겐 일어나지 않을 일이 그녀를 기쁘게 했다. 보다 큰 축복이 그녀를 기다리고 있었던 것이다. 아무튼 베스는 이 두 가지의 축복을 받을 자격이 있는 소녀였다.

"엄마, 나, 로렌스 할아버지한테 덧버선을 만들어 드리고 싶어요. 뭔가 감사의 선물을 드리고 싶지만 좋은 생각이 안 나요. 어떨까?"

"정말 좋은 생각이야. 틀림없이 기뻐하실 거야. 언니들도 도와줄 거고 재료는 내가 사 줄게." 베스는 좀처럼 뭔가를 조르지 않는 아이였기에 그 희망을 들어주는 것이 부인으로서도 기뻤다.

메그와 조가 몇 번이나 진지하게 토론을 한 결과, 짙은 보랏빛 바탕에 귀여운 팬지 한 떨기를 수놓은 것이 가장 어울릴 것이라는 결론을 얻었다. 베스는 이른 아침부터 밤늦게까지 부지런히 바느질을 했다. 드디어 완성이 되자 간단한 편지와 함께 로리의 도움을 얻어 어느 날 아침 노신사가 일어나기 전에 서재의 책상 위에 살짝 얹어 놓게 되었다.

이 가슴 설레는 작업을 마치자, 베스는 무슨 일이 일어날지 궁금해하며 기다렸다. 다음 날도 반이 지나가자 베스는 괴팍한 늙은 친구의 기분을 상하게 하지나 않았을까 걱정이 되기 시작했다. 그 날 오후 베스가 심부름을 갔다 돌아오는데, 집 가까이 오자 객실 창에서 셋, 아니 넷이나 되는 머리가 들락날락하는 것이 보였다. 모두들 베스를 보자 일제히 손을 흔들고 기쁨을 감추지 못하는 듯한 목소리로 외쳤다.

"로렌스 할아버지한테서 편지가 왔어요, 빨리 빨리!"

"저어, 베스, 할아버지가 너한테……." 에이미가 뭔가 호들갑스럽게 말하려 하자 조가 창을 탁 닫아 버렸다.

베스는 기대에 가슴을 떨며 한걸음에 달려왔다. 현관에서 자매들은 베스를 쓸어안고 개선 장군처럼 객실로 끌고 가 일제히 가리키며 "저것 봐! 어이, 저것 보라고!"라며 외쳐댔다. 베스는 그것을 보자 파랗게 질려 버렸다. 거기에는 소형 피아노가 떡하니 놓여 있고, 번쩍거리는 뚜껑 위에는 '엘리자베스 마치양에게' 란 편지가 놓여 있었다.

"나한테?" 베스는 숨을 몰아 쉬며 조의 팔에 기댔다. "쓰러질 것만 같아. 정말 꿈 같은 일이야."

"그래, 너한테 온 거야. 세상에서 할아버지처럼 좋은 분은 다시 없을 거야. 열쇠는 여기, 이 편지 속에 있어. 뭐라고 써 있는지 모두 보고 싶어 죽을 지경이야." 조는 외치며 베스를 꼭 끌어안고, 편지를 집어다 주었다.

"언니가 읽어 봐. 난 안 되겠어. 기절할 것 같애. 너무 갑작스러워서!"
라고 말하며 베스는 조의 앞치마에 얼굴을 묻었다. 이 선물에 정신이 온
통 빼앗긴 것 같았다.

미스 마치에게
친애하는 아가씨

"아이, 멋져! 나한테도 누가 이런 편지 안 주나?" 에이미는 이 옛날식
의 호칭을 대단히 지적이라고 생각했다.

나는 다년간 많은 덧버선을 신어 왔습니다만, 아가씨가 보내 주신
것만큼 훌륭한 것은 처음입니다. 팬지는 특히 내가 좋아하는 꽃으
로 항상 이 고마운 선물을 보내주신 자상한 사람을 생각하게 할 것
입니다. 따라서 조그만 보답으로써 죽은 딸아이가 쓰던 피아노를
'할아버지' 가 보내는 것으로 허락해 주시기 바랍니다.
진심으로 감사를 드리며 더욱 많은 신의 은총이 있기를 빌며.
당신의 종 제임스 로렌스

"어때, 베스, 이런 영광이 또 어디 있어? 로리가 그러는데 할아버지는
죽은 딸을 굉장히 귀여워했대. 지금도 그 딸이 쓰던 것을 전부 소중히 간
수하고 있대요. 그런 피아노를 너한테 주시다니, 이건 굉장한 일 아냐?
너의 크고 푸른 눈동자와 음악을 좋아한 덕분이야."

조는 갈수록 흥분하여 부들부들 떨고 있는 베스를 어떻게든 가라앉히려고 애를 썼다.

"이봐, 이 촛대, 참 멋지지. 그리고 이 초록 비단 한가운데에 장미꽃이 수놓여 있어요." 메그는 피아노를 열고 안의 부속품들을 늘어놓았다.

"'당신의 종, 제임스 로렌스' 언니한테 저 할아버지가 그렇게 썼어, 정말 멋져. 애들한테 얘기해야지. 모두 감탄할거야." 에이미는 편지의 문맥이 꽤나 인상적이었던 모양이다.

"한번 쳐 보세요, 아가씨. 그 귀여운 피아노의 소리가 어떤지 들어 봅시다요." 가족과 함께 슬픔도 기쁨도 함께 하는 한나가 말했다.

베스가 피아노를 쳤다. 완전무결한 음정이었다. 그러나 정작 그 피아노의 훌륭한 점은 베스가 희고 검은 선반 위에 살짝 손을 얹고, 반짝거리는 페달을 밟았을 때, 이것을 바라보는 모든 가족들의 더없이 행복해 보이는 표정 속에 있었을지도 모른다.

"가서, 인사를 드려야지, 베스." 조는 반은 농담으로 말했다. 이 내성적인 동생이 설마 갈 줄은 몰랐으므로.

"음, 가겠어. 지금 당장이 좋을 거야. 생각만 하다가 겁이 나서 못 가게 되기 전에."

베스는 거기에 모인 가족들이 아연해서 쳐다보는 시선 속에 확실한 걸음으로 뜰에 내려 생울타리를 빠져 로렌스 댁의 문 앞으로 들어갔다.

"어쩜 참 신기한 일도 다 있다. 이 피아노 녀석이 아가씨의 머리를 어떻게 해버린 게 아닐까? 평소 같으면 도저히 저럴 수가 없는데."

베스를 바라보며 한나는 소리치고 자매들은 이 기적과 같은 일에 어안이 벙벙할 뿐이었다.

　그러나 그 뒤의 베스가 한 행동을 보았더라면 모두의 놀라움은 그 정도에서 그치지 않았을 것이다. 도저히 믿어지지 않는 일일지 모른다. 베스는 아무런 생각도 없이 곧장 서재의 문 앞까지 가서 노크를 했다. 퉁명스럽게 "들어와요" 하는 소리가 들려도 그녀는 주저 없이 안으로 들어가 깜짝 놀라고 있는 노인 앞으로 다가서서 손을 내밀며 조금 떨리는 목소리로 "인사드리러 왔어요, 저어……." 하고 말을 시작했다. 그러나 노인의 한없이 상냥한 얼굴을 보자 뒷말을 잊지 못했고 무슨 말을 할 것이었는지를 잊어 버렸다. 오직 할아버지의 죽은 딸만이 가슴을 아득하게 하여 베스는 노인의 목에 두 팔을 감고 키스를 해 드렸다.

　가령, 그 집의 지붕이 갑자기 날아갔다해도 노인이 이처럼 놀라지 않았을 것이다. 아무튼 노인은 대단히 기뻤다. 이 친밀하고 순진한 키스에 깊이 감동하여 지극히 만족한 노인은 평소의 엄격함을 일시에 벗어던져 버렸다. 자기의 귀여운 딸이 되살아 오기라도 한 듯이 무릎 위에 베스를 안아 올리고, 주름 투성이 뺨을 그 장밋빛 뺨에 비볐다. 그 순간, 베스는 노인에 대한 공포심이 사라지고 무릎에 앉은 채 오래 전부터 사귄 사이처럼 마음을 터놓고 많은 얘기를 나누었다. 왜냐하면 사람은 공포감을 물리치고 감사하는 마음이 생기면 자존심이 사라지기 때문이었다.

　베스가 돌아갈 때 노인은 마치 가의 문 앞까지 바래다주고, 정식으로 악수를 하고 모자에 손을 대어 가볍게 인사를 한 뒤 성큼성큼 걸어갔다. 허리를 쭉 펴고 실로 당당하게 이 노신사는 돌아가는 것이었다.

　자매들은 이 광경을 보자, 우선 조는 크게 만족해서 깡충깡충 뛰었다.

에이미는 놀란 나머지 창에서 떨어질 뻔했고, 메그는 두 손을 높이 들고, "이러고도 이 세상이 종말을 믿지 않을 수는 없어!"라고 소리쳤다.

에이미의 굴욕의 골짜기

"로리는 마치 '사이클롭스(그리스 신화에 나오는 외눈의 거인)' 같애."

어느 날 소년이 말을 타고 경쾌한 말발굽 소리로 집 앞을 지나치며 인사 대신 채찍을 들어 보이고 사라져 가자 에이미가 말했다.

"무슨 소리야? 제대로 눈은 두 개 있잖아? 그것도 아주 고급품이."

조는 자기 친구가 험담을 당하자 약이 올라 말했다.

"눈을 두고 한 말이 아냐. 다만, 로리의 말 타는 솜씨를 칭찬했을 뿐인데 왜 그렇게 화를 내니?"

"어머머! 요 오리 병아리가 '센토어(그리스 신화에 나오는 반은 사람이고 반은 말인 괴물)' 를 말하고 있구나. 로리를 사이클롭스래!" 조는 까르르 웃었다.

"실례의 말씀 작작해요. 데이비스 선생님이 말씀하신 '라프스 · 오브 · 경기' 라는 거예요." 에이미는 좋아하는 라틴어를 섞어서 조를 반박하려 했지만 그것도 '잘못 말했다' 는 라틴어와는 틀렸다.

"난, 오직 로리가 저 말에 쓰는 돈의 일부분만이라도 있었으면 하고 생각했을 뿐이야."

에이미는 혼잣말처럼 중얼대면서도 실은 언니들이 듣기를 바랐다.

"어째서?" 메그가 물었다. 조는 에이미가 두 번째 잘못 발음한 말 때문에 아직도 웃고 있었다.

"아무래도 필요해서 그래. 엄청난 빚이 있는데 돈 생길 건덕지는 없고."

"빚이라고, 에이미? 도대체 무슨 소리니?" 메그는 깜짝 놀라서 물었다.

"나 말야. 소금절이 라임을 꾸어 먹은 게 적어도 한 다스는 돼. 갚을 길이 없어요. 엄마는 가게에 외상을 달아선 안 된다고 하시고."

"얘, 얘. 좀더 자세히 말해 봐. 요즈음은 라임이 유행이니?" 메그는 웃음을 삼켰다. 에이미가 실로 심각한 표정을 하고 있기 때문이었다.

"여자아이들은 다들 사 먹어. 쩨쩨하단 소릴 안 들으려면 아무튼 사야만 해. 라임이 없으면 행세를 못해요. 다들 책상 속에 감추어 두고, 쉬는 시간에는 반지랑, 인형이랑, 연필 따위와 바꾸기도 해요. 가령 누가누구를 좋아한다고 할 때, 그 사람에게 라임을 줘요. 못 사 먹는 사람 앞에서는 보란 듯이 라임을 먹으면서 쬐금 맛보지도 못하게 해. 돌아가며 한턱씩 내기도 해요. 난 굉장히 많이 얻어 먹었는데. 이걸 갚지 않으면 체면 문제야."

"얼마면 되겠니? 빚을 갚고 체면을 유지하자면?"

"25센트면 충분해. 2, 3센트 남는 걸로 언니도 대접할 수 있어. 라임, 좋아하지 않아?"

메그는 지갑을 꺼냈다.

"아, 고마와요. 용돈이 있다는 것은 참 좋구나!"

다음 날, 에이미는 학교에 평소보다 좀 늦게 닿았다. 책상 속에 종이봉투를 쑤셔 넣기 직전 자랑하고 싶은 유혹을 느꼈다. 5분도 되기 전에 에이미 마치가 24개나 되는 라임을(도중에서 한 개 먹었기 때문에) 갖고 있고, 이것을 모두에게 나누어 줄 것이라는 소문이 그녀의 그룹에 쫙 퍼져 주목의 대상이 되었다. 케티 브라운은 즉석에서 파티에 초대를 해주었고, 메어리 킹스레이는 다음 휴식 시간까지 손목 시계를 빌려주겠다고 했다. 에이미가 라임 없이 지낼 때, 잔뜩 약을 올리던 제니 스노우란, 척하는 아이까지 손바닥을 뒤집은 듯이 살살거리며 머리가 아찔해질 만큼 수 자리가 많은 덧셈의 답을 가르쳐 주겠노라고 해왔다. 하지만 에이미는 그녀가 전에 '누구누구는 납작코지만 라임냄새는 잘도 맡고, 도도하게 구는 주제에 남의 것을 뺏어먹는다' 는 더없이 굴욕적인 말을 했던 것을 잊지 않고 있었다. 그래서 당장, '갑자기 그처럼 친절하게 해주지 않아도 괜찮아요. 넌 줄 수 없으니까' 라는 전보를 돌려 제니 스노우의 희망을 무참히 짓밟아 버렸다.

그날 아침엔 시의 유지가 참관하여 에이미가 그린 지도가 칭찬을 받았다. 그래서 에이미는 마치 공작새처럼 의기 양양했고 제니 스노우는 복수심에 불탔다. 참관인이 형식적인 인사를 마치고 나가기가 바쁘게 제니 스노우는 대단히 중요한 질문이라도 있는 듯이 교단으로 다가가 에이미 마치의 책상 속에 라임이 들어 있다고 데이비스 선생에게 일러바쳤다.

그런데 이 데이비스 선생은 전에 라임을 금지한다고 선언하고 발견하는 대로 여러 사람이 보는 데서 매로 때리는 벌을 주겠다고 말했던 것이다. 이 끈질긴 선생은 전에도 장기전을 편 결과, 마침내 그 때 유행했던 츄잉껌의 추방에 성공했었고, 빼앗은 신문이나 소설을 불살랐고, 학생들끼리의 우편 놀이를 금지시켰고, 만화 놀이도 그만두게 했던 것이다.

운수 나쁘게도 에이미가 고발된 이 날 아침은 모든 악조건이 골고루 갖추어진 때로 제니는 이런 것을 다 계산에 넣었던 것이다. 데이비스 선생은 그날 아침 아무래도 커피를 짙게 해서 마신 듯 했고, 더구나 신경통에 해로운 샛바람이 불고 있었다. 어느 학생의 별로 아름답지는 못하지만 실로 적절한 표현을 빌리면, '마녀처럼 초조하고, 곰처럼 성급했다'는 것이다. 라임이란 한마디가 화약에 불을 지른 듯했다. 선생의 노란 얼굴이 싹 붉어지고 책상을 꽝! 쳐서 제니는 총알처럼 제자리로 돌아갔다.

"전원, 차렷!"

이 불호령에 교실은 죽은 듯이 고요해지고, 청, 흑, 갈색, 회색의 50쌍의 시선은 선생에게 집중되었다.

"미스 마치, 이리 나와요!"

에이미는 겉으로는 태연했지만 내심 라임이 걱정되었다.

"책상에 숨겨 둔 라임을 갖고 와요!" 자리를 뜨려고 했을 때 전혀 예상하지 못했던 명령이 날아 왔다.

"전부 가져가지 않아도 돼." 옆자리의 지극히 침착한 소녀가 충고를 했다. 에이미는 급히 대여섯 개를 책상 속에 떨구고 나머지를 선생의 책상에 갖다 놓았다. 이 맛있는 냄새에 인간다운 심정을 가진 사람이라면 누구든지 조금은 노여움이 가라앉을 것이라고 생각했다. 그러나 공교롭게도 선생은 이 라임 냄새를 특히 싫어했으므로 더욱 화가 났다.

"이게 다니?"

"아니, 조금 있어요." 에이미는 더듬더듬 말했다.

"전부 다 가져 와요. 빨리!" 그룹의 아이들이 절망적인 눈길로 쭉 둘러보고 에이미는 명령에 따랐다.

"분명히 이게 다지?"

"저, 거짓말은 한 적이 없어요, 선생님."

"좋아. 그럼 이 끔찍한 물건을 두 손으로 하나씩 집어다가 창 밖으로 버려요." 모두가 일제히 한숨을 쉬었다. 최후의 희망이 사라지고 기대했던 라임이 떠나는 순간이었다. 치욕과 분노로 새빨개진 에이미는 간신히 여섯 번을 창까지 왕복했다. 그리고 그 저주받은 두개씩의 라임이 ― 어쩌면 그렇게도 잘 익어서 맛있어 보였는지!― 그녀의 손에서 떨어져 갈 때마다 아래의 골목에서 환성이 올라 소녀들을 더욱 분하게 했다. 그것은 그녀들의 적인 아일랜드인의 아이들이 뜻밖의 라임에 환성을 올리는 것에 틀림없었으므로. 아무래도 너무하다! 그 중에서도 열렬히 라임을 좋아하는 소녀는 엉엉 울음을 터뜨리기까지 했다.

에이미가 마지막으로 버리고 돌아오자 데이비스 선생은 불길한 기침을 하고 실로 거만한 태도로 이렇게 말했다.

"여러분, 1주일 전에 내가 한 말을 기억하고 있죠? 그럼에도 불구하고 이와 같은 일이 생긴 것은 유감천만입니다. 하지만 규칙은 절대로 굽힐 수 없습니다. 그러므로 내 자신이 한 말을 취소할 수도 없습니다. 미스 마치 손을 내 봐요."

에이미는 얼른 손을 뒤로 감추고 선생을 빤히 쳐다봤다. 그 호소하는 듯한 절박한 눈동자는 말로는 표현할 수 없는 무언가를 전하고 있었다. 그녀는 어느 쪽이냐 하면 데이비스 할아버지 —물론, 학생들이 붙인 별명이었지만— 의 마음에 드는 학생이었다. 그래서 만일 이 때 어느 한 학생이 너무도 화가 나 혀를 차지만 않았더라도 어쩌면 에이미는 용서받았을지도 모르는 일이었다. 하지만 극히 작았다 하더라도 그것은 선생의 귀에 들렸고 신경질이 폭발해서 마침내 에이미의 운명도 결정되고 말았던 것이다.

"손을 내 놔요. 미스 마치." 이것이 그녀의 소리 없는 탄원에 대한 대답이었다. 울거나 애원하는 것은 체면상으로도 용납할 수 없는 에이미는 이를 꽉 물고, 가만히 고개를 쳐들고 조그만 손바닥에 떨어지는 매의 아픔을 머리카락 하나 까딱 않고 가만히 견뎌냈다. 그 횟수는 대여섯 번에 불과했고 그리 심하게 때린 것도 아니었지만 에이미에게 있어서 그것은 관계없는 일이었고, 태어나서 처음 남에게 매를 맞았다는 사실만이 문제였다. 그리고 이러한 굴욕감 때문에 그 자리에서 매를 맞고 쓰러진 만큼이나 깊은 타격을 받았던 것이다.

"쉬는 시간까지 그렇게 하고 교단에 서 있어요." 데이비스 선생은 이왕 내친걸음이라 생각했는지 끝장을 볼 심산인 듯했다.

그것은 실로 무거운 벌이었다. 방금 받은 수치를 안고 전 급우들이 보는 앞에 서 있어야 하다니. 순간 에이미는 그 자리에 쓰러져 울고 싶었다. 하지만 지나친 벌에 대한 분노와 제니 스노우에 대한 증오로 간신히 그 고통을 참아냈다. 그리고 그 굴욕의 자리에서 난로 연통에 시선을 모으고 핏기 없는 얼굴로 꼼짝 않고 서 있었다. 같은 반 여자아이들은 그 비참한 모습을 눈 앞에 하고는 공부가 전혀 되지 않는 심정이었다.

그로부터 15분간, 이 자존심 강하고 감수성이 풍부한 소녀는 일생을 두고 잊을 수 없는 수치심과 굴욕을 겪었던 것이다. 15분이 한 시간이 되는 듯했다. 그러나 그것도 마침내 끝이 났다.

"들어가도 좋아요. 미스 마치." 데이비스 신생은 말하면서도 내심 걱정이 되는지 근심스러운 표정을 하고 있었다.

에이미가 교실을 나가며 가만히 바라본 원한에 사무친 눈길을 선생은 당분간 잊을 수가 없었다. 그녀는 아무와도 말을 하지 않고 자기 물건을 챙기자 조용히 거기서 나가버렸다. 마음속으로 '다시오나 보자!' 하고 굳게 결심한 채로.

집에 도착했을 때, 에이미는 슬픔을 주체할 수가 없었다. 이윽고 언니들이 돌아오자 즉시 분개(憤慨) 대회가 열렸다. 마치 부인은 별로 말을 하진 않았지만 상처받은 이 막내딸을 더할 수 없이 상냥하게 위로했다. 메그는 동생의 손에 글리세린과 눈물로 습포를 해주고, 베스는 자기의 소중한 고양이로도 이 비탄에 젖은 동생을 위로할 수 없음을 안타까워했고, 조는 데이비스 선생 따위 즉각 체포되어야 한다고 떠들었고, 한나는 '그 악당이!' 하며 주먹을 휘둘렀다.

에이미가 돌아간 것은 그룹 이외에 아무도 깨닫지 못했지만, 데이비스 선생은 오후의 수업부터 묘하게 상냥해졌으며 동시에 뭔가 불안한 눈치였다. 마지막 시간이 끝나기 직전이었다.

조가 나타나 험악한 기세로 교단에 다가가더니 어머니의 편지를 선생에게 전했다. 그리고 나머지 에이미의 소지품을 챙겨서 즉각 돌아가 버렸다.

"그래. 학교는 당분간 쉬기로 하자. 하지만 베스와 같이 집에서 공부해야 해요." 마치 부인은 그날 밤 말했다. "난 본래 체벌(體罰)이란 것엔 찬성하지 않아요. 특히 여자아이에게는. 데이비스 선생의 교수법도 찬성할 수 없고 너의 친구도 별로 본받을 점이 없으니 말야. 어차피 전학을 해야 되겠지만 그건 아버지의 의견을 들어서 하기로 하고……."

"아이, 좋아라! 전부 그만둬서 데이비스 선생의 거지 같은 학교 따위는 폭삭했음 좋겠다. 저 라임을 생각하면 정말 아까워!'"

"라임이 문제가 아녜요. 빼앗겼다고 동정 받지 못해요. 규칙을 깨뜨렸으니까. 선생님의 지도를 어긴 데 대해 벌을 받는 것은 당연해요!' 어머니의 대답은 너무도 옳고 엄격해서 뭐든지 동정을 받을 줄만 알았던 에이미는 실망했다.

"그럼 여러 사람 앞에서 모욕을 당해도 좋다는 건가요?'"

에이미는 항의했다.

"잘못을 바로 잡기 위해, 엄마 같으면 그렇게 안 했을지도 모르지. 확신은 없지만. 에이미야, 넌 아무래도 좀 자존심이 강한 것 같애. 지금부터 바로잡지 않으면 늦을 것 같구나. 너는 재능도 풍부하고 장점도 있지만 굳이 그걸 자랑할 필요는 없어요. 자만이란 것은 천재를 못쓰게 만들어요. 진짜 재능이나 아름다움은 쉽게 인정을 받지 못해도 그리 손해 될 것 없어요. 자신이 그런 것을 갖고 있고, 올바르게 쓰고 있다는 의식이 그 사람에게 만족감을 줄 것이고, 모든 능력의 진정한 매력은 겸손에 있으니까."

"그렇습니다!" 한쪽에서 조와 체스를 하고 있던 로리가 말했다.

"나는 전에 훌륭한 음악적 재능을 가진 어떤 사람을 알고 있었어요. 그런데 그 사람은 자기의 재능을 전혀 알지 못했고, 혼자 있을 때 몰래 만드는 소곡(小曲)이 얼마나 훌륭한지도 몰랐죠. 설령 남이 말해 주어도 믿지 않더라구요."

"그처럼 훌륭한 분과 친구가 되면 얼마나 좋을까? 틀림없이 뭔가 힘이 되어 주실 거야. 난, 정말 엉터리니까."

곁에 서서 열심히 그 얘기를 듣던 베스가 말했다.

"베스는 누구보다도 잘 알고 있어요, 그 사람을. 아무도 그렇게 할 수 없을 만큼 베스에게 잘 가르쳐 주고 있어요." 로리는 장난기 어린 반짝이는 눈동자로 베스를 보았으므로 베스는 얼굴이 확 붉어지며 소파의 쿠션에 얼굴을 묻었다. 뜻밖의 비평을 듣고 완전히 당황해 버린 것이다.

조는 자기 부하인 베스를 칭찬해 준 보답으로 로리에게 져주었다. 베스는 이 최상의 찬사에 너무 흥분하여 아무리 부탁해도 피아노를 쳐주지 않았다.

로리가 돌아가자 뭔가 생각에 잠겼던 에이미가 갑자기 말했다.

"로리는 교양이 깊은 사람인가요?"

"그럼, 훌륭한 교육도 받았고 재능도 풍부해요." 어머니가 대답했다.

"그리고 자만스럽지도 않죠?" 에이미가 물었다.

"물론. 그러니까 우리도 모두 좋아하잖아."

"알았어요. 교양이 있고 품위가 있다는 것은 멋지군요. 그것을 자랑하거나 교만하지 않으면 더욱."

에이미는 깨달은 듯이 말했다.

"만일 겸손하다면 교양이나 품위는 그 사람의 태도나 대화를 통해서 누구든지 느낄 수 있으니까 굳이 자랑할 필요가 없어요." 마치 부인이 말했다.

"많은 모자와, 양복과, 리본을 전부 착용하고 보란 듯이 자랑하면 얼마나 우스꽝스럽겠니?"

조가 덧붙이자 설교는 웃음으로 끝났다.

조, 마왕을 만나다

"언니들, 외출해? 어디로?" 어느 토요일 오후, 에이미는 두 사람의 방에 들어와 외출 준비 하는 것을 보고는 물었다. 뭔가 비밀 냄새를 맡고 호기심이 발동한 것이다.

"어디든 상관할 것 없어. 아이들은 잠자코 있는 거야."

조는 딱 잘라 말했다.

그런데 아이들은 이런 대접을 받으면 반드시 분개하는 법이다. 에이미도 이 실례의 대우에 대해 발끈해서 가령 한 시간이 걸리더라도 반드시 비밀의 정체를 캐고 말겠다고 결심했다. 그래서 자기가 뭐든 조르기만 하면 잘 들어주는 메그를 향해 파고들기 시작했다.

"가르쳐 줘! 나도 데려가야지. 베스는 피아노에 정신이 없으니까. 나, 아무것도 할일이 없어서 굉장히 쓸쓸하단 말야."

"그건 곤란해요. 넌 초대되지 않았으니까." 메그가 말하려 하자 조가 말머리를 탁 잘랐다.

"메그! 잘못하면 만사 끝이야. 넌 안 돼, 에이미! 어린애가 아니니까 빽빽 울지 말아요!"

"로리와 어딜 가는 거지? 다 알아. 어젯밤에 소파에서 속닥거리다가 내가 들어가니까 딱 그쳤어."

"그래. 알았으면 얌전히 있어요."

에이미는 입은 다물었지만 눈은 바쁘게 움직였고 메그가 부채를 호주머니에 살짝 넣은 것을 보고 말았다.

"알았다! 알았어! 〈일곱 성(城)〉을 보러 가는 거지?"

에이미는 큰 소리로 외쳤다.

"좋아, 나도 갈래. 돈도 있어."

"얘, 얘, 내 말 들어 봐. 착한 애니까." 메그는 살살 달랬다. "엄마는 말야, 네가 이번 주에는 가지 않는 게 좋겠다고 생각하시고 있어요. 그 동화극의 강한 조명으로 모처럼 다 나아가는 네 눈이 또 나빠지면 안되니까. 다음 주에 베스와 한나와 같이 가면 되지 않니?"

"언니들과 로리와 함께 가는 게 훨씬 좋아. 데려가 줘, 메그 언니. 절대로 말썽 안 부릴게."

에이미는 보기에도 딱할 만큼 애원을 했다.

"데려 갈까? 따뜻하게 입혀서 데리고 가면 엄마도 걱정 않으실 테니까." 메그가 말했다.

"얘가 간다면 난 안 가. 내가 안 가면 로리도 기뻐하지 않을 거야. 우리 둘만을 초대해 줬는데 에이미까지 따라 나서다니 도대체가 예의에 어긋나요. 에이미도 방해인 줄 알면서 굳이 고집을 부리다니 염치없는 짓이야!" 조는 펄펄 뛰었다.

이러한 조의 태도가 에이미를 더욱 화나게 했다. 그녀는 멋대로 신발을 신으며 좋알댔다. "갈테야. 메그 언니가 좋다고 했어. 돈은 내가 내면 로리와는 관계가 없어요!"

"우린 예약이니까 넌 따로 앉아야 돼. 그럼 로리가 너한테 자리를 양보할 거야. 그렇게 되면 말짱 헛 거야, 알겠니? 이 방에서 한 발자국도 움직이지 마!" 조는 화가 치민데다 바늘로 손가락을 찔려, 더욱 신경이 곤두서서 에이미에게 호되게 굴었다.

한 쪽만 신발을 신고 바닥에 앉은 채 에이미는 울음을 터트렸고 메그가 달래려고 할 때 아래에서 로리가 불렀다. 두 사람은 앙앙 우는 에이미를 그냥 두고 계단을 뛰어 내려갔다. 에이미는 일행이 나가려고 하자 층계 난간으로 몸을 내밀고 협박조로 말했다.

"두고 봐, 조 마치, 이제 곧 후회하게 될 테니까. 반드시 복수할 테야."

"시끄러워!" 조도 마주 외치고는 현관문을 쾅 닫았다.

세 사람은 무척 즐거운 시간을 보냈다. 〈다이아몬드 호수의 일곱 성〉은 실로 신선하고 꿈 같았다. 빨간 꼬마 도깨비, 반짝이는 요정, 황홀한 왕자와 공주를 보면서도 조의 즐거움에는 일말의 씁쓸함이 있었다. 요정의 노란 곱슬머리에서 에이미를 생각했고, 막간에는 '도대체 에이미가 뭘로 나를 후회하게 할까' 하고 생각에 잠기기도 했다.

본래부터 에이미와 조는 가끔 툭탁거리기를 잘했다. 둘 다 성질이 급해서 툭하면 발끈하는 경향이 있었다. 에이미는 조를 놀리고, 조는 에이미를 무시하고, 가끔 대폭발을 일으킨 뒤에는 둘 다 후회를 되풀이하곤 했다. 조는 나이가 많으면서도 자제심이 부족해서 신경질을 잘 터뜨렸지만, 곧 자기의 잘못을 인정해 사과를 하고 전보다 착해지려고 애썼다. 그래서 자매들은 조가 화를 낼수록 나중에 천사처럼 되니까 좋다고 할 정도였다.

집에 돌아오니 에이미는 거실에서 책을 읽고 있었다. 언니들이 들어가도 토라진 채 쳐다보지도 않고, 말도 하지 않았다. 하지만 베스의 질문에 답하는 언니들의 연극 이야기를 호기심에 찬 눈으로 엿듣고 있었다.

모자를 챙기러 2층으로 올라간 조는 우선 화장대를 보았다. 왜냐하면 지난 번 싸움 때 에이미가 조의 화장대 서랍을 방바닥에 뒤집어 울분을 풀었기 때문이다. 그러나 벽장, 가방, 상자 등을 살펴본 조는 이상을 발견하지 못해 에이미가 모든 것을 용서하고 씻은 듯이 잊은 모양이라고 생각했다.

그러나 다음 날 저녁, 결국 사건이 일어나고 말았다. 자매들이 모여 있는 자리로 험악한 표정을 지으며 뛰어들어온 조는 씩씩거리며 소리질렀다. "누가 내 원고 치웠어?" 메그와 베스는 동시에 "아아니."라고 대답했고 에이미는 불만 휘적일 뿐 아무 대답이 없었다. 조는 당장 에이미에게 화살을 돌렸다.

"에이미, 네가 치웠지?" "아냐."

"그럼, 어디 있는지는 알지?" "몰라."

"거짓말!" 조는 부르짖으며 동생의 어깨를 움켜잡고 노려보았다.

"아냐, 난 치우지도 않았고, 어디 있는지도 몰라 그 따위 것."

"분명히 알고 있어. 빨리 고백하는 게 좋아." 조는 에이미를 윽박질렀다.

"얼마든지 화내라지. 어차피 그 따위 형편없는 원고 다시는 못 볼 테니까." 이번엔 에이미가 흥분해서 소리쳤다.

"어째서?" "태워 버렸으니까, 내가."

"뭐! 내 소중한 원고를, 아빠가 돌아오실 때까지 끝내려고 그렇게 열심히 쓴 원고를? 정말 태워 버렸니?" 조의 얼굴은 핏기가 가신 채 눈은 분노로 이글거렸으며 에이미를 꽉 움켜쥔 손은 부들부들 떨렸다.

"그래. 태워 버렸어! 어제 내가 복수한다고 했잖아."

에이미가 말을 끝까지 하기도 전에 조는 분노가 머리끝까지 치밀어 이가 딱딱 소리를 낼 만큼 에이미를 흔들면서 슬픔과 분함을 참지 못해 몸을 떨었다. 그리고 소리쳤다.

"이 맹추야! 다시는 못 써! 죽을 때까지 잊지 않을 테야, 이 원한은!"

메그는 에이미를 구하러 나섰고 베스는 조를 달래려고 노력했지만 조는 에이미의 뺨을 한 대 후려치고 다락방으로 뛰쳐올라가 소파에서 울다 화내다를 반복했다.

아래층에서도 태풍은 잠잠해졌다. 마치 부인이 돌아와, 싸움의 전말을 듣자 에이미에게 자기가 나빴음을 깨닫게 잘 타일렀던 것이다. 조의 원고는, 그녀로서는 자랑스러운 것이었으며 동시에 가족에게도 장차 어떤 문재(文才)를 기대하게 하는 것이었다. 불과 5, 6편의 동화에 지나지 않았지만 조는 끈질기게 몇 번이고 다시 썼고 언젠가는 활자화 되기를 기다리고 있었다.

그녀는 얼마 전에 전부를 정서하여 앞서 것을 버렸기에 에이미가 태워 버린 원고는 수년간에 걸친 노력을 재로 만들어 버린 것이었다. 다른 사람에게는 대단치 않은 손실 같았지만 조로서는 무서운 재난이나 다름 없었다. 베스는 새끼 고양이가 죽었을 때처럼 가슴 아파하고, 메그도 에이미를 보호하려 들지 않았다. 마치 부인도 어두운 표정을 하고 있었다. 에이미는 자기가 사과하지 않는 한 다시는 누구로부터도 사랑을 받지 못할 것 같은 느낌이 들었다.

티타임에 조가 나타나긴 했으나 여전히 찬바람이 몰아칠 정도로 냉정했다. 에이미는 최대의 용기를 동원해서 모기 소리만 하게 말했다.

"용서해 줘, 조 언니. 정말 잘못했어."

"절대로 용서 못해!" 조의 대답은 서릿발같았다. 그녀는 에이미의 존재를 전혀 무시했다.

이 커다란 문제에 대해서는 마치 부인마저도 개입하지 않았다. 조가 이런 상태일 때 괜히 말해봤자 그만큼 손해라는 것을 가족들은 경험을 통해 알고 있었다. 가장 현명한 방법은 조 자신이 본래의 성격대로 이 사건을 해결할 수 있도록 기다리는 것이었다. 그날 밤은 모두 즐겁지 않았다. 어머니가 소설을 읽어주기도 했지만 가정의 평화는 회복되지 않았다. 노래 시간에 그것이 가장 잘 느껴졌다. 조는 돌처럼 침묵했고 에이미는 풀이 죽어 있어 노래하는 사람은 메그와 어머니뿐이었다.

조에게 굿나잇 키스를 하며, 마치 부인은 상냥하게 속삭였다.

"자아, 〈해가 지기까지 그날의 노여움을 갖지 말라〉는 성경 말씀, 알지? 서로 용서하고 내일 다시 새출발을 해요."

조는 다소곳이 어머니의 가슴에 얼굴을 묻고, 슬픔과 분노를 씻어버릴 만큼 울고 싶은 마음도 있었지만 눈물은 성미에 맞지 않는 데다가 아직은 받은 상처가 너무도 커 진정으로 용서할 심정이 되어 있지 않았으므로 눈물을 거두고 머리를 저으며 에이미가 들으란 듯이 거칠게 말했다.

"하지만 그건 너무했어요. 도저히 용서할 수가 없어요!"

말을 마치자마자 그녀는 침대로 들어갔다.

에이미는 자기의 화해 공작이 거부당하자 기분이 상해 그처럼 저자세로 나갔던 것을 후회했고, 더욱 상심(傷心)이 되어 전에 없이 도도하게 굴었다. 하지만 여전히 조의 표정은 태풍이 휘몰아치는 듯했고 진종일 무엇 하나 신통한 게 없었다. 아침에는 유별나게 추웠는데도 소중한 머프 대용의 파이를 도랑에 빠뜨려 버렸고, 마치 할머니는 히스테리에 가까운 발작을 일으켰고, 메그는 우울병이 걸린 듯했다. 집에서는 베스가 슬픈 표정을 하고 있었고 에이미는 계속 불평을 늘어놓고 있었다.

"모조리 마음에 안 들어. 그래. 로리와 스케이트나 타러 가야겠다."

조는 후닥닥 내달았다.

에이미는 조가 든 스케이트 신발의 쇠고리 소리를 듣고는 아쉬운 듯이 말했다.

"저 봐! 다음에 갈 때는 데려가 준다고 약속해 놓고선. 어차피 저런 변덕쟁이한테 사정해 봤자 별 수 없을 거야."

"그런 소리하는 게 아냐. 네가 잘못한 건 사실이잖아." 메그가 말했다.

"두 사람을 쫓아가요. 조의 마음이 풀려지기를 기다렸다가 휴식 시간을 노려서 잠자코 키스를 하거나, 뭐 어떻게든 해 봐요. 틀림없이 화해가 될 테니까."

"그래, 해보겠어."

에이미는 메그 언니의 조언에 공감이 갔는지 급히 준비를 서둘러 이미 언덕 너머로 사라져 가고 있는 두 사람을 쫓아갔다. 강까지는 그리 먼 거리가 아니었지만 에이미가 도착했을 때 두 사람은 이미 준비를 끝냈다. 조는 동생이 오는 것을 보고도 휭하니 돌아섰다. 로리는 주의 깊게 기슭을 따라 얼음의 상태를 조사하고 있었다. 어제까지 2, 3일 동안 따뜻한 날씨가 계속되었기 때문이다.

조는 등 뒤에서 에이미가 달려온 탓으로 숨을 학학거리며, 시린 손을 호오호오 불면서 스케이트를 신고 있는 기척을 들었지만 굳이 돌아보지 않았다. 그래도 다소 마음이 걸리기는 했으나 그냥 얼음 위로 내려갔다.

로리는 모퉁이까지 가자 돌아보며 소리쳤다.

"기슭을 따라 와요. 가운데는 위험하니까."

조는 로리의 말을 들었지만 에이미는 막 일어서려던 참이라 이 주의를 듣지 못했다. 조는 어깨 너머로 동생을 흘끔 보았으나 가슴속의 작은 악마가 이렇게 속삭였다.

'에이미야 들었건 말건, 알 게 뭐야. 자기가 알아서 하라지 뭘.'

로리는 이미 모퉁이 저쪽으로 사라지고 조가 그 모퉁이에 다다랐을 때, 에이미는 얼음이 보다 판판하고 매끄러워 보이는 강 가운데로 가고 있었다.

조는 문득 멈추어 섰다. 그냥 가려고 마음먹었지만 뭔가 불길한 예감이 굳이 돌아보게 했다. 그 순간이었다. 얼음이 쩍하고 갈라지는 소리와 함께 두 손을 쳐든 에이미의 조그만 몸뚱이가 물 속으로 빠져들어 갔다. 에이미의 비명은 조를 공포에 질리게 했다. 로리를 부르려 해도 소리가 나오지 않았고 달려가려고 해도 발이 떨어지질 않았다. 공포에 질린 눈으로 검은 물 위에 뜬 푸른 모자를 보고만 있었다. 그 때 로리가 화살처럼 달려오며 소리쳤다.

"말뚝을 뽑아 와요. 빨리! 빨리!"

어떻게 움직였는지 조는 전혀 기억이 없었다. 다만 그로부터 몇 분 동안, 로리가 시키는 대로 정신없이 움직였고 로리는 침착하게 바닥에 엎드려 팔과 하키 스틱으로 에이미를 지탱하여 조가 말뚝을 뽑아올 때까지 버티었다. 두 사람이 힘을 합해 가까스로 에이미를 끌어 올렸다. 그녀는 다친 데는 없었으나 공포에 질려 있었다. 물에 젖어 덜덜 떨며 우는 에이미를 옷으로 감싸 집으로 데려왔다.

한바탕 소동이 끝난 후 에이미는 담요를 덮은 채 따뜻한 난로 앞에서 포근히 잠이 들었다. 그때까지 조는 창백한 얼굴로 미친 듯이 움직이며 에이미를 돌봐 주었다. 하지만 그녀의 옷은 찢어지고 두 손은 얼음과 스케이트의 쇠고리 등에 긁혀 상처투성이었다.

에이미가 잠들고 집안도 조용해지자 마치 부인은 조를 불러 다친 손에 붕대를 감아 주었다.

"에이미, 괜찮을까요? 정말?" 잠든 에이미를 보면서 조는 낮은 목소리로 물었다.

"괜찮을 거야. 다친 데도 없고, 아마 감기도 안 걸렸을 거야. 따뜻하게 싸서 금방 데려 왔으니까. 잘 대처했어요." 어머니는 밝게 대답해주었다.

"전부 로리가 해주었어요. 난 에이미를 빠뜨린 범인이에요. 만일 에이미가 죽었다면 전부 내 탓이에요." 조는 울음을 참아가며 사건 전모를 고백했다.

"이게 다 나의 고약한 성질 때문이야. 어떻게든 고치려고 하지만 금방 도로아미타불이거든. 아아, 엄마 어떡하면 좋아요, 네?" 가엾게도 조는 죄책감에 몸부림쳤다.

"계속 노력하고 기도하렴. 그리고 결점을 도저히 고칠 수 없다고 생각지 말아야 해." 용서가 담긴 따뜻한 위로의 말을 하며 마치 부인은 조를 가슴에 안고 눈물 젖은 뺨에 키스를 해주었다. 그러자 조는 더욱 서럽게 울었다.

"엄마는 몰라요. 내가 얼마나 나쁜가를. 툭하면 발끈해서 남을 괴롭히고. 이제 뭔가 끔찍한 일을 저질러서 평생을 망칠 거야. 엄마, 부탁이에요. 도와줘요. 네?"

"그래, 그래. 도와주지. 이제 그만 울어. 너는 지금 시험을 받고 있어요. 하지만 너보다 더 큰 시련을 겪고 있는 사람도 있어요. 나도 옛날에는 너하고 똑같았어요."

"엄마가?" 조는 깜짝 놀랐다.

"40년 동안, 이 나쁜 성질을 고치려고 애써 와서 이제 겨우 조금 나아졌을 뿐이야. 조, 난 이제까지 툭하면 화를 냈어요. 이제는 화난 걸 겉으로 드러내지 않을 수 있지만 언젠가는 노여움 자체를 느끼지 않게 되기를 빌고 있어요. 앞으로 또 40년이 걸릴지도 모르지만." 조에게 있어서는 진심으로 사랑하는 어머니의 이 한마디가 어떠한 성인의 말씀보다도 좋은 교훈이었다.

"엄마, 어떻게 수양하셨어요? 어떻게 하면 화를 참죠? 나는 나도 모르

110

는 새에 막 퍼부어 대거든. 엄마, 어떻게 하는지 가르쳐 줘요."

"나의 어머님이 늘 도와주셨어요."

"엄마가 우리한테 해주시는 것처럼?" 조는 감사의 키스로 어머니의
말을 가로막았다.

"하지만 나는 너보다 조금 컸을 때, 어머니가 돌아가셨어요. 그래서
그 뒤부터는 쭉 혼자서 노력해 왔어요."

"고생이 많았겠어요, 엄마. 힘들 땐 누굴 의지하셨어요?"

"너희들의 아버지야, 조. 아빠는 어떤 때도 인내를 잊지 않았고, 의심
하거나 불평을 하지 않았어요. 언제나 희망을 가지고 일하고 즐겁게 기
다리는 분이에요. 아빠는 내게 힘이 되어 주셨고 나도 너희들을 위해서
라고 생각하니 조금은 참기가 수월했어요. 그리고 아이들로부터 사랑과
존경과 신뢰를 받는다는 것은 무엇보다도 흐뭇한 보상이었어요."

"난, 엄마의 반만큼 만이라도 착하게 되면 만족하겠어요."

"나보다 훨씬 나은 사람이 되기를 바래요. 하지만 아빠의 말씀대로
'가슴속의 적'을 언제나 명심해요. 오늘 이상의 슬픔이나 후회를 맛보
지 않기 위해서……."

"해보겠어요, 엄마. 나, 아빠가 가끔 손가락을 입에 대고 엄마한테 눈
짓하는 것을 봤어요. 그러면 엄마는 잠자코 방을 나가시곤 했죠? 그게
아빠가 주의를 주신 거예요?"

"그래, 그렇게 해서 도와주시도록 부탁을 드렸어요. 아빠는 항상 그런
신호와 상냥한 표정으로 나를 도와주셨지."

조는 어머니가 눈물을 글썽이자 괜한 얘기를 한 게 아닌가 걱정이 되

었다. "내가 쓸데없는 얘기를 꺼냈나봐요? 건방진 짓인지는 모르지만 이렇게 엄마하고 얘기를 하면 어쩐지 행복하고 안심이 되어서요."

"조, 무슨 얘기든 엄마에게 말해도 좋아요. 왜냐하면 너희들이 나에게 모든 것을 얘기하고, 신뢰해 주며, 나의 사랑을 느끼는 것이 내게는 최대의 행복이고 자랑이니까."

"내가 엄마를 슬프게 해드렸나 해서요."

"아니, 그렇지 않아. 아빠 얘기를 하다 보니 아빠의 큰 힘을 새삼 느끼게 되고, 아빠의 소중한 딸들이 훌륭하게 자라도록 늘 마음을 쓰고 노력하지 않으면 안 되겠다고 생각했을 뿐이에요."

조는 엄마를 꼭 껴안았다. 그리고 침묵 속에서 조의 진심 어린 기도가 그 가슴에서 하늘로 올라갔다. 이 슬프면서도 행복했던 시간에 그녀는 회한과 절망을 통해 자제와 극기를 깨달았다.

에이미가 몸을 뒤척이며 크게 숨을 쉬었다.

"나는 해가 지기까지 그날의 분노를 간직하고 말았어, 용서하려 하지 않고. 그리고 오늘 만일 로리가 아니었더라면 큰일이 일어났을지도 몰라. 얼마나 가혹한 인간이었단 말인가, 나는." 동생 위로 몸을 굽히고 베개에 흩어진 채 젖어 있는 머리카락을 쓸며 조는 중얼댔다.

마치 그 말이 들리기라도 한 듯이, 에이미가 반짝 눈을 뜨고 손을 내밀었다. 얼굴에는 당장이라도 조의 가슴으로 뛰어들 것만 같은 미소를 담고. 두 사람 다 아무 말도 없이 꼭 껴안고 진정을 다한 키스 속에서 서로를 용서했다.

메그, 허영의 도시에 가다

"그 애들이 때마침 홍역을 앓다니, 운이 좋지?" 4월 어느 날 동생들에 둘러싸인 메그는 그녀들이 이름 붙인 '외국여행용' 트렁크를 챙기고 있는 참이었다.

"거기다 애니 모파트가 약속을 잊지 않았으니 다행이야. 2주 동안의 새로운 생활이라니 정말 좋겠다!" 조는 마치 풍차처럼 긴 팔을 휘두르며 스커트를 접어주고 있었다.

"날씨가 좋아서 더욱 다행이야." 베스는 언니의 목과 머리에 장식할 리본을 골라 이 절호의 기회를 위해 언니에게 빌려준 자기의 가장 소중한 상자에 담고 있었다.

"나도 어디든 외출할 일이 있어서 이렇게 고운 것들을 모두 써봤으면 좋겠다." 에이미는 핀을 입에 물고 언니의 핀 쿠션을 정리하고 있었다.

"다들 같이 갔음 좋겠는데, 그럴 수도 없고. 돌아오면 도와 준 보답으로 재미있는 얘기 많이 해줄게."

"엄마는 뭘 빌려 주셨어? 그 보물 상자에서?" 에이미가 물었다.

"실크 양말 한 켤레, 아름다운 조각이 있는 부채, 그리고 훌륭한 블루 빛의 띠야. 난 보라 빛 실크 상의가 마음에 들었지만 고칠 시간이 없잖아. 여느 때의 엷은 모슬린으로 떼우는 수밖에."

"하지만 그거라면 새로 만든 내 모슬린 스커트에 딱 어울릴 거야. 거기다 저 띠를 두르면 눈에 띌 거야. 산호 팔찌, 망가뜨리지 않았더라면 좋았을 걸, 언니 빌려주게."

조는 남에게 빌려주기를 좋아하지만 그녀의 소지품이란 대개가 쓸 수 없는 것들이었다.

"보석함에는 굉장히 귀여운 구식의 진주 폐물이 있었어. 하지만 엄마도 어린 처녀에게는 생화(生花)가 제일 아름다운 액세서리가 된다고 했고, 로리가 필요한 만큼 보내준다고 약속했으니까."

"됐어. 언니는 흰 옷을 입으면 천사처럼 보여요." 에이미는 언니의 아름다운 의상들을 보며 들뜬 어조로 말했다.

"실크 상의는 유행에 뒤떨어지지, 모자도 사리 것만 못해. 뭐, 불평을 하고 싶진 않지만 우산은 정말 마음에 안 들어. 엄마한테 하얀 자루가 달린 까만 것을 부탁드렸는데, 깜박 잊고 노란 자루에 그린 색을 사 버렸으니. 애니의 금빛 자루가 달린 우산과 같이 놓으면 창피할 거야."

메그는 조그만 우산을 바라보며 한숨을 쉬었다.

"바꿀 수 없을까?" 조가 말했다.

"안 돼. 엄마의 마음을 상하게 하고 싶지 않아. 여러 가지 갖추어 주시느라고 고생하셨는데……. 아무튼 실크 양말과 새 장갑이 두 켤레씩이나 돼서 다행이야. 조, 넌 참 착한 애야. 너에게 소중한 물건을 빌려주니 말이야. 굉장히 풍족하고 우아한 듯한 느낌이 들어요. 낡은 것은 빨아서 일상용으로 써야지." 메그는 장갑 상자를 들여다보며 마음을 달랬다.

"애니 모파트는 나이트 캡에 블루나 핑크의 장식을 달아요. 내 것에도 달까?" 한나에게서 모슬린 옷가지들을 가져 온 베스에게 메그가 말했다.

"나 같으면 안 하겠어. 가난한 사람은 소박하게 하는 게 좋아요." 하고 조가 말했다.

"진짜 레이스를 옷에 달거나, 나이트 캡에 장식을 달 팔자가 아닌가 봐, 난."

"언니는 전에 애니 모파트한테 가기만 해도 행복하다고 했잖아?"
베스가 평소처럼 조용한 어조로 말했다.

"정말이야! 그래, 난 행복해. 그러니 이제 불평은 그만해야지. 하지만 인간은 가질수록 욕심이 생기는걸? 이젠 엄마한테 파티 드레스만 넣어 달래면 돼."

다음 날은 맑은 날씨였다. 메그는 2주간을 즐겁게 지내기 위해 출발했다. 마치 부인은 이 방문을 내심 탐탁지 않게 생각하고 있었다. 딸이 여행에서 돌아와, 전보다 더 불만을 털어 놓을까봐 걱정했던 것이다. 하지만 메그가 너무도 간청했고, 또 한겨울 동안 열심히 일했으니까, 사소한 즐거움을 맛보는 것도 괜찮을 거라는 생각에서 허락했다. 이리하여 메그는 처음으로 상류사회의 생활을 맛보러 떠나게 되었다.

모파트 가는 확실히 상류이고, 단순한 메그는 처음에 그 호화로운 저택과 가족들의 사치스런 생활에 압도되었다. 하지만 그들은 따뜻하고 친절해서 곧 손님의 마음을 편하게 해주었다. 하지만 메그는 이 일가가 교양 있고 지적인 사람들은 아니란 것을 어슴푸레 느낄 수 있었다.

사치스런 식사를 하고, 훌륭한 마차로 여행을 하고, 매일 아름다운 옷을 입고 즐기는 것 외에는 아무 것도 할 일이 없었다. 평소 이런 생활을 동경했던 메그는 즐거웠다. 그래서 그녀는 금세 주위 사람들의 행동이나 말씨를 흉내냈다.

하지만 애니 모파트의 소지품들은 볼수록 훌륭해서 부러움은 더욱 쌓이기만 했고, 부자고 되고 싶어 한숨만 나왔다. 새 장갑이나 실크 양말의 고마움도 잊은 채 자신의 처지를 한탄했다.

그렇다고 오래 슬퍼하고 있을 틈도 없었다. 젊은 세 처녀들은 '즐겁게 지내기'에 여념이 없었으니까. 쇼핑, 산책, 방문 등으로 진종일 뛰어다녔고 밤은 밤대로 연극이니, 가극이니, 집에서의 파티 따위로 잠시도 틈이 없었다. 애니의 언니들은 훌륭한 숙녀였고, 한사람은 약혼중이어서 메그는 그것을 흥미 깊게 관찰하고 무척 로맨틱하다고 생각했다.

모파트 씨는 뚱뚱하고 명랑한 노신사로, 메그의 아버지를 잘 알고 있었고 모파트 부인도 역시 뚱뚱한 귀부인으로 메그를 좋아했다. 가족 모두가 메그를 진심으로 환영해 주었고 그녀를 '데이지'라고 불러 주는 바람에 우쭐한 마음이 생기기도 했다.

모파트 일가의 간이 파티가 있는 밤이 되자, 메그는 포플린 옷을 입기가 부끄러웠다. 모두가 멋진 드레스를 입고, 빈틈없는 준비를 했기 때문이었다. 준비해 온 모직 드레스는 사리의 새로 지은 것과 비교할 때 너무나 빈약했다. 메그는 모두가 그걸 힐끔 보고 서로 얼굴을 마주 쳐다보자

볼이 화끈했다.

사리는 머리를 빗겨 준다고 했고, 애니는 띠를 매어 주었고, 약혼중인 언니 벨은 메그의 팔이 희다고 칭찬했다. 하지만 그와 같은 칭찬에도 불구하고 자존심이 센 그녀는 혼자 떨어져서 침울한 가슴을 안고 있을 뿐이었다. 그 때 마침 가정부가 꽃 상자를 가져왔고 말 할 사이도 없이 애니가 뚜껑을 열자 모두들 안에 든 장미와 히이드와 양치 식물류를 둘러싸고 탄성을 올렸다.

"벨에게 온 거예요, 틀림없이. 조지는 가끔 꽃을 보내 왔었지만 이건 특별히 멋져서 황홀할 지경이야."

애니는 꽃향기를 깊이 들이 마셨다.

"그것을 미스 마치에게 전해 달라고 합디다, 아가씨. 여기에 편지가 있습니다." 가정부가 말하고 메그에게 봉투를 전했다.

"어머, 멋져라! 어디서 온 거야? 애인이 있는 줄은 꿈에도 몰랐어요." 세 사람은 호기심과 놀라움으로 술렁댔다.

"편지는 엄마한테 온 거고 꽃은 로리한테서야." 메그는 간단하게 대답했지만, 마음속으로는 로리가 약속을 잊지 않고 있었음을 고맙게 생각했다.

"어머, 그래?" 애니는 우습다는 표정을 했다. 메그는 어머니의 편지를 허영과 그릇된 자존심으로부터 자기를 지켜 주는 부적처럼 살짝 호주머니에 간수했다. 불과 몇 줄의 상냥한 말은 그녀의 기분을 바꿨고, 꽃의 아름다움은 그녀에게 큰 용기를 주었다.

다시 즐거운 마음이 된 메그는 자기 몫의 꽃을 조금 빼놓고, 나머지 꽃은 모두에게 나누어주었다. 그 모습이 너무도 귀여웠기 때문에 애니의 제일 큰언니인 크라라는 "너처럼 귀여운 사람은 처음 본다"고 말하기까지 했다.

메그는 거울 앞에 서서 곱슬곱슬한 머리와 드레스에 장미를 꽂았다. 그렇게 꾸미고 보니 문제의 옷도 그리 초라해 보이지는 않아 거울에 비친 눈동자는 기쁨에 빛났고 우울증도 사라졌다.

그날 밤 그녀는 무척 즐거웠다. 링컨 소령은 '아름다운 눈을 한, 저 발랄한 아가씨는 누굽니까?'라고 물었고 모파트 씨는 내내 메그에게 특별히 친절하게 대했다. 그러나 우연히 들은 어떤 대화 때문에 완전히 기분을 잡치고 말았다. 마침 메그가 온실 입구 가까이에 앉아 쉬고 있을 때였다. 등뒤의 꽃나무 저편에서 이런 말이 들려왔다.

"저 애, 몇 살일까?"

"열 여섯이나 일곱이겠죠." 다른 목소리가 대답했다.

"딸 중의 누군가가 그렇게 되면 참 곤란한 문제지. 사라의 얘기를 들으니 그 사람들 참으로 친하게 지내고, 노인은 딸들을 무척 마음에 들어하나 봐요."

"미세스 M은 진작부터 속셈이 있었겠지. 틀림없이 성사시킬 거야. 아직 다소 이르기는 하지만. 저 애는 아직 그런 눈치가 안 보이던데……." 목소리의 주인공은 모파트 부인이었다.

"하지만 뭔가 알고 있는 듯 해요. 편지를 엄마한테서 온 것이라고 속이고, 꽃이 왔을 때 뺨을 붉히기도 했어요. 가엾게도 저 애는 의복만 웬만하면 꽤 두드러져 보일 텐데. 목요일 파티에 드레스를 빌려주겠다고 하면 화낼까?' 다른 목소리가 묻는다.

"아무튼 자존심이 세니까. 하지만 의외로 순순히 받을지도 몰라요. 어쨌거나 저 후줄그레한 모슬린의 드레스밖에 없으니까. 오늘밤에 무슨 일로 찢어질지도 모르고. 그렇게 되면 빌려 줄 수 있는 구실도 생겨요."

"어떻게든 해보죠. 저 애한테 경의를 표하고 로렌스 소년을 초대해요. 나중에 화제가 될 테니까."

기분이 매우 상한 메그는 집으로 돌아가 버릴까도 생각했으나 그럴 수도 없어서 애써 명랑하게 행동해 전처럼 보일려고 노력했으므로 그녀의 비참한 심정은 아무도 알지 못했다. 파티가 끝나고 메그는 침대에 들어가 머리가 아플 만큼 분노했고 결국은 흐르는 몇 줄기 눈물로 상기한 뺨을 간신히 식힐 수 있었다.

괴로운 밤을 보내고 비참한 심정으로 아침을 맞이한 메그는 모두의 태도가 전과는 어딘가 다르다는 것을 깨달았다. 전보다 더 정중하게 대해 주었고, 무슨 말이든 상냥하게 대답하고, 호기심이 넘치는 눈으로 보는 것이었다. 메그는 처음에 어리둥절했으나 금세 이유를 알 수 있었다. 뭔가 열심히 적고 있던 미스 벨이 얼굴을 들고 달콤한 어조로 말했다.

"데이지야. 너의 친구인 미스터 로렌스에게 목요일의 초대장을 보내요. 우리들도 사귀었으면 좋겠고 무엇보다도 너에 대한 예의로도 그게 당연하지?"

메그는 살짝 얼굴을 붉혔으나 모두를 놀려 주려고 다소 심술궂은 장난을 시도했다.

"그건 참 고마운 말씀이지만, 그분은 아마 안 오실 거예요."

"어머, 어째서?" 하고 미스 벨이 놀란 표정을 지었다.

"이미 노인이시니까요."

"어머, 무슨 얘기니? 도대체 몇 살인데!" 미스 크라라가 소리쳤다.

"아마, 70 가까이 됐을 거예요." 메그는 웃음을 감추려고 뜨게의 눈을 세는 척했다.

"어머머! 우리들이 말하는 것은 젊은 쪽이란 것을 뻔히 알면서……." 미스 벨이 웃었다.

"젊은 사람은 없어요. 로리는 아직 어리죠."

저쪽에서 멋대로 정해 버린 애인에 대해 이렇게 말하자 자매들이 묘한 표정을 지었다.

"너와 같은 나이 정도잖니?" 미스 벨이 말했다.

"동생 조와 비슷한 나이에요. 난 8월이면 열일곱 살이 되니까."

메그는 가슴을 펴며 말해 주었다.

"하지만 너한테 꽃을 보내다니, 친절하지 않니?" 애니는 자못 모든 것을 다 알고 있다는 듯이 말했다.

"그래요. 늘 그랬어요. 그 댁은 꽃이 많고 우리들은 모두 꽃을 좋아하니까. 우리 엄마와 로렌스 할아버지는 친구 사이이고, 그러니 아이들도 사이 좋게 지내는 게 당연해요."

메그는 이제 그만 모두가 입을 다물어 주었으면 싶었다.

"데이지는 아직 뭘 모르나봐." 미스 크라라는 벨에게 눈짓했다.

"어쩜 그처럼 순진할까!" 미스 벨은 어깨를 들썩였다.

"물건을 좀 사러 나갈까 하는데 뭐 부탁할 건 없어요, 아가씨들?"

"네, 아주머니." 사라가 대답했다.

"나도 별로……."하고 메그가 말했으나, 가질 수 없다는 것을 깨달았기 때문이었다.

"목요일 파티 때 뭘 입을 거니?'하고 사라가 물었다. "역시 그 흰 옷. 잘 고칠 수만 있다면. 어젯밤에 많이 찢어졌어." 메그는 아무렇지도 않게 말하려 했으나 아무래도 쉽지는 않았다.

"데이지, 난 작아서 못 입는 멋진 블루의 실크 드레스가 있는데 처박아 둘 뿐이거든. 그걸 입어줘요. 괜찮지?' 벨이 상냥하게 말했다.

"친절은 고맙지만, 난 댁에서만 별 상관 없으시다면 나의 헌 옷을 입겠어요. 내 나이 또래라면 그것도 훌륭하다고 생각하니까요." 하고 메그가 당당하게 말했다.

"아냐, 너의 몸치장은 내가 맡을게. 그건 나의 취미야. 조금만 손을 쓰면 너는 굉장한 미인이 될 거야. 준비가 끝나기까지 아무에게도 보이지 말고 갑자기 등장하도록 해요. 신데렐라처럼."

벨은 그녀 특유의 상냥한 말씨로 설득했다. 메그도 이러한 친절을 거절하기가 어려웠다. 그리고 사실, 자신이 정말 멋진 미인인지 아닌지 시험해 보고도 싶었다. 그래서 모파트 일가에 대한 조금 전까지의 어색한 감정도 깨끗이 잊고 말았다.

목요일 밤에 벨은 하녀와 둘이서 메그를 귀여운 레이디로 만들었다. 프랑스 태생인 하녀 오탄스는 머리를 지지기도 하고, 목덜미와 팔에 향수 파우더를 두드리고, 입술은 산호빛 연지로 더 붉게 만들었다. '아주 살짝만' 이라며 루즈까지 바르려는 것을 메그는 간신히 거절하였다. 다음에는 의상이었다. 두 사람은 힘껏 코르셋의 끈을 조여, 연한 블루의 실크 드레스에 억지로 메그의 몸을 쑤셔 넣었기 때문에 숨도 쉬지 못할 만큼 괴로웠다. 다음에는 은으로 된 액세서리가 동원되었다. 팔찌, 목걸이, 브로우치, 귀고리까지. 이것들을 오탄스가 살 빛 비단실로 달아 주었다.

끝으로 드레스와 같은 실크 하이힐을 신었을 때, 메그는 더 바랄 나위가 없다고 생각했다. 레이스의 손수건, 깃털 부채, 줄기에 은종이를 감은 꽃다발. 이것으로 준비는 완전히 끝났다. 미스 벨은 인형의 옷을 갈아입힌 여자아이처럼 만족한 마음으로 메그를 아래위로 훑어보았다.

"자아, 모두에게 보이러 가자." 미스 벨은 앞장서서 다른 사람들이 기다리고 있는 방으로 갔다. 친구들은 모두 메그에게 찬사를 아끼지 않았다. 메그는 이솝우화에 나오는 까마귀처럼 가짜 깃털을 자랑했고 둘러싼 다른 처녀들은 한때의 까치처럼 재잘거렸다.

"내가 옷을 갈아입을 동안 이 아가씨에게 가르쳐 줘요. 스커트와 그 프랑스 식의 릴을 어떻게 다루는가를. 서툴러서 넘어지면 곤란하니까. 크라라, 그 은으로 된 나비 핀으로 왼쪽에 늘어진 긴 곱슬머리를 잘 만져 줘요. 알겠어요? 내 작품을 모두 소중히 다루어야 해요."

벨은 자기 솜씨에 도취되어 있었다.

"아래로 내려가기가 겁나. 뭔가 어색하고 벌거벗은 느낌이야."

시작 벨이 울리고 모파트 부인이 사환을 보내어 아가씨들에게 곧 홀로 나오도록 전하자 메그는 사리에게 말했다.

"아냐. 전혀 딴 사람 같애, 굉장히 멋져. 꽃은 자연스럽게 쥐어요, 그렇게 꼭 껴안지 말고. 치맛자락에 주의해요, 밟지 않게."

사리의 경고를 명심하면서 홀로 나간 그녀는 한가지를 깨달았다. 고급 의상이란 것은 특정한 사람들 속에서는 주목을 끌고, 또 그것이 존경의 대상이 될 만한 매력도 지니고 있다는 것을. 이제까지 거들떠보지도 않던 5, 6명의 아가씨들이 손바닥을 뒤집은 듯이 칭찬을 해댔고, 지난번 파티 때는 흘끔흘끔 보기만 하던 청년 신사들이 거창한 사교적인 인사를 늘어놓았다. 그리고 소파에 앉아 다른 사람들의 품평을 하고 있던 몇 명의 부인들도 메그에게 홍미가 끌린 듯, 누구네 딸이냐고 묻고 있었다.

그때 또 다시 모파트 부인의 대답이 들렸다. "데이지 마치예요. 아버지는 육군 대령이고. 네, 우리와 마찬가지로 지방 명문이에요, 재산은 잃었지만요. 하지만 흔히 있잖아요, 그런 얘기. 로렌스 댁과는 친한 가봐요. 귀여운 아가씨죠? 댁의 네드는 벌써 열을 올리고 있어요."

"어머, 그래요?" 상대 노부인이 다시 메그를 관찰하려고 자루 달린 돋보기를 들었다. 메그는 못 들은 척하고 있었으나 모파트 부인의 엉터리 설명에는 어이가 없었다.

서먹한 기분이 영 가시지 않았지만 메그는 처음으로 귀부인이 되었다는 한가지 사실로 그 자리를 견디고 있었다. 코르셋이 죄어 옆구리는 아프고, 몇 번이나 치맛자락을 밟을 뻔하고, 귀걸이를 떨어뜨리지나 않을까 가슴을 죄이면서. 깃털 부채를 흔들며 자기를 과시해 볼까 하는 생각에 얼빠진 말만 지껄이는 청년 신사를 상대로 웃고 있던 메그는 갑자기 웃음을 그치고 어색한 표정을 지었다. 홀의 저편에 로리가 있었던 것이다. 그는 놀란 듯한 얼굴로 이쪽을 보고 있었다. 단순히 놀란 게 아니라, 분명히 비난을 띄고 있었다. 인사를 하고 웃어 주기는 했지만 그 순진한 눈동자에 떠오른 뭔가가 메그로 하여금 얼굴을 붉히게 하고, 헌 옷을 입을 걸 그랬다고 생각게 했다. 마침 그때 벨이 애니를 팔꿈치로 쿡 찌르며 로리와 자기를 번갈아 보자 메그는 더욱 흥분하고 말았다.

'무슨 사람들이 이래! 괜한 억측으로 남을 괴롭히다니. 좋아, 까짓 것 무시해야지.' 메그는 홀을 가로질러 로리에게 가서 손을 내밀었다.

"잘 오셨어요. 안 오시는지 알았어요." 메그는 최대한으로 어른스럽게 말했다.

"조가 부탁해서요. 어떻게 지내는지 보고 와 달라는 거예요. 그래서 왔어요."

로리는 메그의 어른스러운 태도에 미소를 지으면서도 가만히 그녀의 눈을 바라보며 말했다.

"그래서? 어떻게 보고할 거예요?" 메그는 로리가 자기를 어떻게 평가할지 몹시 궁금했다.

"전혀 몰라볼 정도로 어른이 된 것 같고, 마치 딴사람 같아서 어쩐지 두렵더라고 말하겠어요." 로리는 단추를 만지작거리며 말했다.

"어머머! 다른 사람들이 장난 삼아 입혀 주었을 뿐이에요. 그리고 나도 마음에 들어요. 조가 보면 깜짝 놀랄 거야."

"그렇겠죠." 로리는 굳은 표정으로 말했다.

"로리는 나의 이러한 모습이 마음에 안 들어요?"

"네, 마음에 안 드는군요." 솔직한 대답이었다.

"어째서 일까?" 걱정이 되는 듯한 목소리였다.

"난 덕지덕지 치장한 것은 좋아하지 않아요."

자기보다 나이 어린 소년으로부터 이런 비난을 받는 것은 불쾌했으므로 메그는 발끈했다.

"어머, 그런 실례의 말을 하는 사람, 처음 봤어요." 이렇게 내뱉고는 그 자리를 떠나 버렸다.

화가 잔뜩 난 메그는 아무도 없는 창가에 서서 상기된 뺨을 식히고 있었다. 꽉 조이는 코르셋과 기분이 나쁜 탓으로 얼굴로 피가 몰리는 것 같았다. 그때 링컨 소령이 바로 곁을 지나치며 어머니에게 속삭이는 말이 들렸다.

"모두가 그 처녀를 놀림감으로 여기고 있어요. 어머니에게 그 사람을 보여 드리고 싶었는데, 저래가지고는 아무 소용이 없어요. 마치 인형 같아요, 오늘밤은."

'아, 어떡하나…….' 메그는 한숨을 쉬었다.

'얼마나 분별없는 짓을 했단 말인가.' 메그는 커튼 뒤에 숨어서 꼼짝도 안 했다. 잠시 후 누군가가 어깨를 가볍게 흔들었다. 돌아보니 로리가 사과하는 듯한 눈길로 손을 내밀며 말했다.

"아까는 실례했습니다. 같이 저쪽으로 가서 아이스 크림을 들어요."

'나 따위 하고요?' 메그는 아직도 화가 난 표정이었다.

"같이 가요. 그 드레스는 마음에 안 들지만, 미스 마치는 참으로 멋져요." 로리의 재치 있는 대답에 메그의 마음은 금세 풀어졌다. 그래서 아이스 크림을 기다리는 동안 로리에게 속삭였다.

"로리! 부탁이 있어요. 들어주겠어요?"

"그럼요!" 시원스런 대답이었다.

"오늘밤의 의상에 관해서는 집에 가서 말하지 말아 줘요. 장난 삼아 했다는 것을 이해하지 못하고 엄마가 걱정하실 테니까."

"그럼, 어째서 이렇게?' 로리의 눈이 이렇게 묻고 있는 듯해서 메그는 당황스레 덧붙였다.

"내 스스로 얘기할 생각이에요. 얼마나 바보였는지, 엄마한테 고백하겠어요. 그러니 말하지 않겠지요?'

"약속합니다. 그런데 만일 물으면 뭐라고 하죠?"

"그렇군요. 뭐, 보기에 그리 흉하진 않았고, 무척 즐거워 보이더라고 전해 줘요."

그 뒤 야식 때까지 로리는 말을 하지 않았으나 메그가 네드 모파트와 그의 친구인 피셔를 상대로 샴페인을 마시고 있는 것을 보자 잠자코 있질 못했다.

"그런 걸 너무 마시면 내일 아침엔 머리가 터질 듯이 아파요. 나 같으면 마시지 않겠어요, 메그. 그리고 어머니께서도 싫어하실 걸요."

"난 오늘 밤, 메그가 아녜요. 여러 가지로 바보스런 흉내만 내는 인형이에요. 내일이 되면 다시 착한 아이가 될 거예요." 이렇게 말하며 메그는 과장되게 웃었다.

"지금이 내일이면 좋겠군요. 그럼 이만." 로리는 그 자리를 떠나 버렸다.

메그는 다른 처녀들에게 지지 않으려고 춤추고, 청년들에게 애교를 떨고, 호들갑스럽게 웃기도 했다. 로리는 메그의 이러한 행동을 보고 다시 충고하려 했으나 돌아갈 시간까지 메그가 기회를 주지 않았다. 로리의 경고대로 이미 머리는 깨질 듯이 아팠다. 그래서 일찌감치 침대로 들어

갔다. 마치 가장무도회에 나가 있었던 것 같기도 했고, 기대했던 만큼 즐겁지도 않았다. 다음 날은 진종일 기분이 좋지 않았고, 2주간의 휴가에 지쳐 꽃방석에 앉는 것도 귀찮을 정도였다. 그래서 토요일엔 귀가했다.

"남을 의식하여, 예의니 뭐니 신경쓸 것 없이 조용히 살 수 있는 자기집이 제일 좋아." 일요일 밤, 어머니와 조 곁에 앉은 메그는 안도의 표정을 띄며 주위를 둘러보았다.

"다행이구나, 얘. 그런 경험을 한 뒤라 집이 더욱 시들해지지나 않을까 걱정했어요." 마치 부인은 그날 진종일 걱정이 되었던 모양이다.

메그는 새로운 경험을 이것저것 명랑하게 얘기했다. 그러나 아래 두 동생이 잠자리로 들어간 뒤, 가만히 난롯불을 지켜보며 뭔가를 고민하는 듯했다.

아홉 시가 되어 조가 자자고 권하자 메그는 용기를 내어 말했다.

"엄마, 나, 고백할 게 있어요."

"그러리라 짐작했어요. 뭔데, 메그?"

"난, 저리 갈까?" 조가 눈치 빠르게 말했다.

"아냐, 여기 있어. 다만 어린 동생들 앞에서는 부끄러웠어."

"그래. 어서 얘기해 봐!" 마치 부인은 미소를 띄기는 했으나 속으로는 은근히 걱정이 되었다.

"여럿이서 나를 인형처럼 꾸몄다는 얘긴 했죠? 하지만 분을 바르고, 코르셋으로 꽉꽉 죄이고, 머리를 지지고 해서 마치 광대 같았어요. 나는 바보스러운 짓인 줄 알면서도 남의 충동질에 홀딱 넘어가서…… 미인이니 어쩌니 하는 바람에 그만 장난감이 되고 말았어요."

"그뿐이니?" 마치 부인이 귀여운 딸을 지켜보며 이 하찮은 일로 나무랄 수도 없다고 생각하고 있는데 조가 옆에서 물었다.

"또 있어. 샴페인을 마시기도 하고, 호들갑을 떨고, 남자들에게 애교도 떨고, 아무튼 엉망이었어." 메그는 자책감에 몸둘 바를 몰랐다.

"그리고도 또 뭔가 있었지?" 마치 부인은 딸의 고운 뺨을 어루만지며 물었다. 그러자 메그의 뺨이 빨개지며 모파트 댁에서 들은 얘기를 자세하게 했다.

"내가 잘 모르는 집안에 너를 보낸 것이 실수였어요. 확실히 악의에서는 아니었을 테고, 그런 눈으로밖에 보지 못하는 속되고 교양 없는 사람들이니까. 이번 일로 해서 네가 조금이라도 상처를 받았다면 그건 전부 내 책임이야. 엄마의 생각이 모자랐던 거야."

"어머, 그렇지 않아요, 엄마. 나, 이번 일로 상처받거나 하진 않아요, 절대로. 좋지 않은 일들은 다 잊어버리고 좋았던 일만 기억해 두겠어요. 아무튼 즐거웠던 것만은 사실이고, 보내 주셨던 데 대해서는 감사하고 있어요. 이젠 우울해 하거나 불평하지 않겠어요, 엄마. 스스로의 행위에 책임을 질 수 있을 때까지는 꼭 엄마 곁에 있겠어요. 하지만 남으로부터 칭찬받는 것은 참 기분이 좋더군요. 아무래도 난 그런 기질인가 봐."

메그는 자기 고백에 다소 쑥스러워진 표정이었다.

"그건 지극히 자연스런 감정이에요. 다만 도를 넘지만 않으면."

"엄마, 모파트 부인이 말한 것처럼 우릴 위해 뭔가 속으로 생각하고 계세요?" 메그는 수줍어하며 물었다.

"그럼, 그럼. 어느 어머니든 다 마찬가지예요. 하지만, 모파트 부인의 생각과 내 생각은 조금 달라요. 아무래도 때가 온 것 같으니까 슬슬 얘기해 둘까? 너의 그 로맨틱한, 귀여운 두뇌와 생각을 중요한 방향으로 돌려놓을 수 있으니까. 메그야, 너는 아직 어리지만 이미 내 말귀를 알아들을 나이가 되었고 조, 너도 곧 차례가 돼 가니까 내 생각을 잘 들어보렴. 만일 찬성하거든 실현되도록 협력해줘요, 응?"

조는 다가가 의자 팔걸이에 앉았다. 마치 부인은 딸들의 손을 잡고 그 얼굴을 바라보며 이야기를 시작했다.

"나는 내 딸들이 아름답고 교양 있고 선량한 사람이 되기를 바래요. 그리고 남으로부터 칭찬받고, 사랑받고, 존경받을 수 있기를 바래요. 행복한 청춘기를 보내고, 현명한 결혼을 하고, 신의 뜻을 따르는 범위 안에서 걱정도 고생도 되도록이면 겪지 않고, 유익하고 즐거운 일생을 보내주었으면 해요. 그러나 무엇보다도 착한 사람으로부터 사랑을 받고, 아내로서 선택되는 것이야말로 여자로서는 가장 행복한 일이에요. 그리고 그 아름다운 경험을 각자 자기의 딸들에게 물려주길 나는 바라고 있어요. 이와 같은 것을 바라는 것은 극히 자연스런 일이에요, 메그. 그것을 희망하는 것도 정당한 일이며, 그를 위해 미리 준비를 해두는 것도 현명한 일이에요. 그렇게 해 두면 그 행복의 시기가 왔을 때, 아내로서의 책임을 다할 수 있는 준비도 되는 셈이니까. 난 너희들에게 큰 희망을 두 가지 갖고 있어요. 하지만 서둘러 세상에 내보내고 싶지는 않아요. 다만, 돈이 있다든지 집이 있다는 이유만으로 부잣집 아들과 결혼하기를 바라지 않아. 훌륭한 가문이더라도 애정이 없으면 그건 가정이라고 할 수 없으니까요. 물론 돈이란 너무 없으면 곤란하고, 필요한 것이기도 해서 잘만 쓰면 아름다운 것이기도 해요. 다만 나는 너희들에게 돈을 인생의 제 1로 삼거나 유일한 목적으로 삼거나 오직 그 때문에 일생을 소모하는 일이 없기를 바래요. 나는 너희들에게 자존심도 마음의 평화도 없는 여왕의 자리에 앉기보다는, 가령 가난하더라도 남의 아내로서 행복하고 애정으로 충만된 생활을 하길 바라고 있어요."

"가난한 집 처녀는 적극적으로 행동하지 않으면 팔리기 어렵다고 벨이 말했어요." 메그는 한숨을 쉬었다.

"그럼 우리 둘이서 노처녀가 되자고." 조가 농담을 했다.

"그래, 조! 불행한 결혼을 하거나, 남편감 찾기에 정신을 잃어 처녀답지 않은 행동을 하기보다는 차라리 노처녀가 낫지." 마치 부인은 단호히 말했다.

"괜찮아요, 메그. 진정한 사랑은 가난 앞에 굴복하거나 하진 않아요. 모든 것을 시간에 맡겨 두면 돼요. 그리고 이 집을 평화로운 곳으로 하기 위해 노력하다 보면 자신이 가정을 가졌을 때, 각기 자기 가정을 훌륭하게 지켜갈 수 있을 것이고, 만일 결혼 운이 없더라도 여기서 평화롭게 살면 그만이에요. 다만 두 사람 다 이것만은 기억해 둬요. 엄마는 언제나 너희들의 상담역이 되어 줄 것이고 아빠는 영원한 친구라는 것을. 그리고 엄마 아빠는 딸들이 결혼을 하든 독신으로 있든 간에 딸들에게 있어서 위안이요, 자랑임을 믿고 있다는 것을."

"그렇게 되겠습니다, 반드시! 엄마." 두 딸은 진심으로 맹세하며 어머니에게 굿나잇 키스를 했다.

실험

"6월 1일이야. 킹 가에서는 내일 바다로 떠나니까 나는 석달 간의 휴가야. 아이, 좋아라!"

어느 더운 날, 메그는 집에 돌아오자 이렇게 소리쳤다. 조는 전에 없이 지친 모습으로 먼지투성이의 신을 벗고 있었다. 에이미는 간식을 위해 레모네이드를 만들고 있었다.

"마치 할머니도 오늘 떠났어요. 오, 이를 기뻐하지 않고 무엇을 기뻐하리!" 조는 말했다.

"실은 나도 같이 가잘까봐 혼이 났어. 마차가 움직이자마자 삼십육계 줄행랑을 쳤지."

"가엾게도 조는 곰처럼 씩씩거리며 집에 뛰어 들었어요."

베스는 엄마처럼 다정하게 조의 발을 안아 준다.

"마치 할머니는 산파이어야."

에이미는 레모네이드를 맛보며 말을 거들었다.

"얘 좀 봐. 산파이어, 흡혈귀(뱀파이어)란 뜻이겠지? 바다 풀이 아니고?" 조가 말했다.

"언니들은 휴가 동안에 뭘 해?" 에이미는 교묘하게 화제를 바꾼다.

"실컷 자고 실컷 노는 거야." 메그가 대답하자 "난, 아냐." 하고 조가 말했다.

"빈둥빈둥하는 것은 성미에 맞지 않아. 실컷 책이나 읽고 로리와 종달새처럼……."

"종달새가 아니라 야단법석이겠지(Skylark 종달새, 야단법석)!"

에이미가 아까의 복수를 했다.

"베스 언니, 우리도 당분간 공부는 중지하고 언니들처럼 놀아요."

"그래, 엄마가 좋다고만 하시면."

"엄마, 괜찮죠?" 메그는 '엄마의 코너' 라는 자리에서 바느질을 하고 있는 마치 부인에게 물었다.

"글쎄, 한 일주일 정도만 실험을 해보렴. 토요일 밤에 일 없이 놀기만 하는 게 휴식 없이 일만 하는 것만큼 괴롭다는 걸 느낄 테니까." 엄마는 말했다.

"어머, 그럴 리가 없어요." 메그는 자신만만했다. "그럼 건배! 즐거움은 영원히!" 레모네이드 컵을 들고 조는 외쳤다. 모두 일제히 건배하고 우선 그날은 잠들기 전까지 노는 것으로써 이 실험은 시작되었다.

다음 날 아침, 메그는 열 시까지 자리에 누워 있었다. 혼자 먹는 밥은 맛이 없었고 방은 지저분했다. 그도 그럴 것이 조는 꽃을 꽂지 않았고 베스는 청소를 안 했고 에이미는 여기저기 책을 흩어 놓아 전혀 정돈이 되어 있지 않았다. 오직 한 군데 엄마의 코너만이 깨끗했으므로 메그는 거기서 휴식과 독서를 즐기기로 했으나, 자꾸 하품만 나왔고 월급 탄 것으로 여름 드레스를 살 공상만 했다.

조는 오전 중에 로리와 강에서 놀고, 오후에는 사과나무에 올라 「넓고 넓은 세상(엘리자베스 웨자이을르의 소설. 1819~85)」을 눈물을 흘려가며 읽었다. 베스는 자기의 소지품을 벽장에서 전부 꺼냈다. 그러나 금방 싫증이 나서 팽개쳐 둔 채 피아노를 치러 갔다. 에이미는 제일 좋은 흰옷을 입고 그림을 그렸다. 누군가가 보아주기를 바라면서. 그리고는 오후에 산책을 나갔다가 소나기를 만나 흠뻑 젖어서 돌아왔다.

오후에 쇼핑을 나갔던 메그는 파란색의 모슬린을 사 왔으나, 집에 와서 보니 세탁이 잘 되지 않는 천이었다. 그래서 전에 없이 부어 있었다. 조는 보트 놀이 때 콧등이 타서 허물이 벗어졌고 계속 독서를 해서 머리가 아팠다. 베스는 자기 벽장이 엉망인데다 한꺼번에 여러 곡을 외울 수 없다고 짜증이었다. 그리고 에이미는 소중한 외출복을 망친 것을 후회하고 있었다. 케이티 브라운네의 파티가 내일인데 입을 것이 아무 것도 없었다.

그러나 모든 것이 사소하고 하찮은 일이어서 자매들은 실험이 잘되어 간다고 보고했다. 어머니는 아무 말 없이 미소만 띄고 한나와 함께 딸들이 게을리 한 집안 청소를 했다.

실컷 놀기만 하는데 불쾌한 상태가 된다는 것은 실로 놀라운 일이었다. 날이 갈수록 지루해지고 기분이 자꾸 변했고 모두가 차분하지를 못했다. 사탄은 얼씨구나 하고 나쁜 짓을 찾아 게으름을 피우는 모두의 손에 쥐어주곤 했다.

메그는 모파트 스타일로 드레스를 만들려다 가위질을 잘못하여 옷 한 벌의 천을 아무짝에도 못쓰게 만들었다. 조는 눈이 아프도록 책을 읽어 책이라면 진절머리가 났고, 괜히 신경질을 부려 로리와 싸움을 벌이기까지 했다. 베스는 끝까지 잘해 가고 있었다. 그것은 지금이 '놀기만 하는 때'라는 것을 깜박 잊고, 가끔 본래의 생활로 돌아가 있었기 때문이었다. 그러나 뭔가 집안의 공기가 그녀에게 영향을 끼쳐 한 번은 소중한 자기의 인형 조안나를 '너는 도깨비야'라고 말해버렸다. 에이미는 제일 지쳐 있었다. 할 일이 아무 것도 없는 데다 언니들도 관심을 가져 주지 않았다.

누구나가 이 실험에 지쳤다고 말하지는 않았지만 금요일 밤이 되자, 일주일도 내일이면 끝난다 싶어 모두 내심 안도의 한숨을 쉬었다. 유머와 센스가 풍부한 마치 부인은 이 교훈을 딸들에게 강하게 심어주기 위해 실로 재미있는 방법으로 이 실험을 장식했다. 그래서 우선 한나에게 하루의 휴가를 주었다.

토요일 아침 자매들이 일어나자 부엌에는 불기가 없고, 식탁에는 아침 식사 준비도 되어 있지 않은 데다 어머니까지 보이지 않았다.

"아니! 웬일들일까?" 조는 놀라 주위를 살폈고 메그는 2층으로 달려갔으나 곧 부끄러운 표정으로 내려왔다.

"엄마는 병이 아니에요. 다만 조금 피로하시대. 하루를 조용히 쉬고 싶으니 집안 일을 우리끼리 해보래. 일주일 동안 엄마는 고생을 했으니까 불평 없이 자기 일은 자기가 하래요."

"문제없어. 좋아. 뭐든 하고 싶어서 좀이 쑤시던 참이야." 조는 신이 났다. 정말이지 네 사람은 다행으로 생각했다. 그래서 기꺼이 새로운 일에 착수를 했으나 금방 한나가 입버릇처럼 "가사란 그리 쉬운 게 아니에요." 하던 말의 진리를 깨닫게 되었다.

식료품 장에는 재료가 충분히 있었으므로 베스와 에이미는 식탁을 정리하는 한편, 메그와 조는 식사 준비를 시작했다. 가정부들은 어째서 고달프다고 하는지 모르겠다며 모두들 태평스런 심정이었다.

"엄마한테 좀 갖다 드리자. 엄마는 상관 말라고 하셨지만."

그래서 맛을 보기도 전에 2층으로 가져갔다. 하지만 펄펄 끓인 홍차는 무척 썼고, 오믈렛은 타고 비스킷은 생가루가 쿡쿡 씹혔다. 그래도 마치 부인은 그 식사를 감사히 받고, 조가 돌아가자 까무러칠 듯이 웃었다.

"모두들 가엾게도 고생하겠지만 교훈이 될 거야." 그녀는 미리 준비해 두었던 음식을 살짝 꺼내서 먹고, 딸들이 만든 것은 그녀들의 마음에 상처를 주지 않기 위해 몰래 처리해 버렸다.

한편, 자기 솜씨에 자신만만한 조는 이 기회에 화해를 하려고 점심에 로리를 초대하는 편지를 우체통에 넣었다.

"남을 초대하기 전에, 어떤 재료가 있는지 조사해 봐요." 메그는 성급한 조의 행동을 보고 말했다.

"어머, 문제없어요. 콘 비프도 있고, 감자도 많아요. 모양을 내는 데는 그린 아스파라거스와 새우를 사오면 돼. 샐러드도 만들어야지. 방법은 모르지만 어차피 요리책에 나와 있을 걸 뭐. 디저트는 블러먼쥬와 딸기로 하고 끝으로 커피를 내는 거야."

"그렇게 많이 만들지 않는 게 좋아. 조 아무튼 로리를 초대한 건 너니까 책임은 네가 져."

"그래, 도와주지 않아도 좋아. 하지만 푸딩 만드는 방법만 가르쳐 줘."

"그래, 나도 잘은 모르지만. 하지만 뭘 살 때는 엄마의 허락을 받는 게 좋아."

"나도 바보는 아냐." 조는 발끈하며 2층으로 올라갔다.

"뭐든 필요한 것을 사는 것은 좋지만 나를 방해하진 말아요, 응?"

언제나 바쁘게 움직이는 어머니가 아침부터 태평스럽게 흔들의자에 앉아 있는 모습은 천지이변이라도 일어난 것 같았다.

"모든 것이 이상해." 계단을 내려오며 조는 중얼댔다.

"아니, 베스가 울고 있군. 뭔가 좋지 않은 일이 일어난 증거다. 만일 에이미가 까불었다면 용서하지 않을 테야."

조가 베스에게로 다가가자 그녀는 카나리아의 새장 앞에서 흐느끼고 있었다. 카나리아 피프는 가느다란 다리를 쭉 뻗고 새장 바닥에 죽어 있었다.

"모두 내 탓이야. 내가 피프를 잊고 있었어. 모이 한 톨 물 한모금 없었어, 아아, 피프! 어쩌다 이렇게 가엾게 됐을까." 새를 손에 들고, 어떻게든 살려 보려는 듯이 베스는 슬피 울고 있었다.

조는 새가 회생의 가망이 없는 것을 알고 자기의 도미노 상자를 관으로 제공했다.

"오븐 속에 넣어 보면 어떨까? 따뜻해지면 살아날지도 모르니까." 에이미가 희망을 버리지 않고 말했다.

"피프는 굶어 죽었어. 수의를 만들어 주고, 뜰에 묻어 줘야지. 다시는 새를 안 기를 테야. 난 자격이 없어." 베스는 바닥에 주저앉아 말했다.

"오후에 장례식을 지내기로 하고, 모두 참석키로 해요. 자, 이제 그만 울어요, 베스." 조가 의젓하게 말했다.

베스를 위로하는 것을 모두에게 맡겨두고 조는 주방으로 들어갔다. 그러나 손도 댈 수 없을 만큼 주방은 엉망이었다. 큰 에이프런을 두르고 접시를 닦다 보니 불이 꺼져 있었다.

"아니, 하필이면!" 조는 투덜대며 스토브를 열고 타다 남은 장작을 짓쑤셔 넣었다.

간신히 다시 타기 시작하자, 물이 끓을 동안 시장에 다녀오기로 했다. 밖에 나오니 기분이 새로웠다. 새우와 아스파라거스, 딸기 두 상자를 아주 싸게 사 기분 좋게 돌아왔다.

마이치 부인은 형편이 어떤가 하고 여기저기를 돌아본 다음 베스를 위로해 주고 나서 외출을 했다. 베스는 도미노 상장에 작은 주검을 눕히고, 수의를 만들었다. 어머니가 나간 뒤, 곧 미스 크로커가 점심을 같이 하러 왔다고 말했을 때, 모두 절망에 빠지고 말았다. 이 사람은 깡마르고 심술궂은 올드 미스로, 뭐든 본 것은 가십거리로 삼는 사람이었다. 모두가 그 사람을 싫어했지만 노인이고, 가난하고, 친구가 없었으므로 친절히 해야 된다는 말을 평소에 어머니로부터 들어 온 터였다. 메그는 마지못해 안락의자를 권했고, 미스 크로커는 아는 사람의 험담을 늘어놓고 있었다.

이날 오전 중 조가 경험한 고생은 말로 다 표현할 수 없었다. 아무튼 그녀가 준비한 식사란 것은 당분간 웃음거리가 되었다. 메그에게 물으려 해도 앞서처럼 핀잔이나 맞을 것 같아서 뭐든지 멋대로 했지만, 요리란 성의와 의욕만으로는 해결되지 않음을 알게 되었다.

아스파라거스는 푹 삶아져 잎은 다 풀어지고 줄기는 물컹거렸다. 샐러드 만들기에 정신이 팔려 빵은 새까맣게 탔다. 또한 새우는 어떻게 다루는 것인지 전혀 알 길이 없었고, 두드린다, 쑤신다 해서 간신히 껍질은 벗겼지만 그 조그만 덩어리는 레티스에 묻혀 어디에 있는지 보이지도 않았다. 감자는 서둘다 보니 생감자 그대로였다. 불러먼쥬는 생가루 멍울 투성이었고, 딸기는 보기보다 잘 익지 않았고 상자 겉만 번지르하게 꾸며 속임수를 쓴 것이었다.

'뭐, 아무튼 소고기도 있겠다, 배가 부르지 않음 빵에 버터라도 발라서 먹지 뭘.' 조는 30분이나 늦게 식사를 알렸고, 로리와 호기심이 가득한 눈길로 흠 잡을 곳만 찾는 미스 크로커는 앞에 놓인 고급 요리를 바라보며 풀이 죽었다.

요리란 요리는 모조리 조금씩 맛만 보고 그대로 남자 조는 테이블 밑에 기어들고 싶었다. 에이미는 킬킬거리고, 메그는 난처한 기색이고, 미스 크로커는 입을 삐쭉거렸다. 로리만은 어떻게든 그 자리를 밝게 하려고, 열심히 웃고 떠들었다. 조의 유일한 희망은 과일이었다. 딸기는 설탕을 듬뿍 쳐서, 짙은 크림과 함께 준비되어 있었다. 아름다운 유리 그릇이 나오고 모두들 크림의 바다에 동동 뜬 장밋빛 딸기를 기쁜 눈으로 바라보자 조는 안도의 한숨을 쉬었다.

미스 크로커가 맨 먼저 떠먹더니 얼굴을 찡그리고 급히 물을 마셨다.

모자랄까봐 걱정이 되어 자기는 사양을 하고 있던 조는 흘끔 로리를 보았으나, 그는 부지런히 먹고 있었다. 품위 있는 요리를 좋아하는 에이미는 스푼에 가득히 떠서 입에 넣는 순간, 냅킨으로 입을 막고 황급히 나가 버렸다.

"도대체 왜들 그래?" 조는 떨리는 목소리로 외쳤다.

"설탕 대신에 소금이고, 크림은 시어 빠졌어." 메그는 어이없다는 표정으로 말했다.

조는 신음하며 의자에 주저앉고 말았다. 얼굴이 새빨개져서 금방이라도 울음을 터뜨릴 것 같은 순간 로리와 시선이 마주쳤다. 실로 남자답게 노력은 하고 있었으나, 그 눈길은 웃음을 억지로 참고 있었다. 순간, 이 대 실패가 최고 걸작의 희극임을 깨달은 조는 웃음을 터뜨렸고, 결국은 눈물을 찔금찔금 흘렸다. 모두가 자지러지게 웃고, 미스 크로커까지 웃었다. 이 불운한 디너 파티는 버터 빵과 올리브 절임과 웃음으로 즐겁게 끝났다.

"당장은 설거지 할 기운도 없어. 장례식부터 올려서 머리를 식혀야지." 식사가 끝나자 조가 제안했다. 미스 크로커는 일초라도 빨리 이 뉴스를 사방에 퍼뜨리기 위해 돌아갔다.

일동은 실로 엄숙한 기분이 되었다. 로리가 우거진 양치 식물 밑에 무덤을 파고 조객들의 눈물 속에서 자상한 여주인이 조그만 피프를 정중히 매장하였고, 묘석에는 제비꽃과 별꽃의 꽃다발이 놓였다. 무덤에는 조가 점심 준비를 하느라 그 바쁜 중에도 준비한 비문이 적혀 있었다.

피프 마치 여기 잠들다.

6월 7일 세상을 떠나다.

사랑스러운 그대 모습

우리들 슬픔은 커

영원히 잊지 못하리.

장례식이 끝나자 베스는 슬픔에 젖어 자기 방으로 갔지만 침대를 정
리하지 않아 누울 수도 없어, 이것저것 치우다 보니 슬픔도 잊고 말았다.
메그는 조를 도와 설거지를 하는데 오후 시간이 꼬박 걸렸고, 지칠 대로
지친 두 사람은 저녁 식사를 토스트와 홍차만으로 결정해 버렸다.

로리와 에이미는 드라이브를 했다. 마치 부인이 돌아왔을 때, 위로세
딸은 열심히 일을 하고 있는 중이었다. 벽장을 잠깐 들여다보아도 이 실
험이 성공적이었다는 것을 그녀는 알 수 있었다.

해가 뉘엿뉘엿 넘어가고 이슬이 내려 주위가 고요해지자 자매들은
6월 장미가 아름답게 핀 뒷뜰로 한 사람씩 모여들었다.

"아이고, 오늘 같은 날은 처음이다!" 조가 먼저 말문을 열었다.

"우리 집 같지가 않았어." 에이미가 말했다. "엄마와 귀여운 피프 없
이는 우리 집이란 느낌이 들리 없어요." 베스는 머리 위의 텅 빈 새장을
보며 한숨을 쉬었다.

"엄마는 여기 있어요. 새는 내일이라도 사다 줄께, 원한다면."

이렇게 말하며 마치 부인이 포오치로 나와 딸들 사이에 앉았다. 그녀
의 휴식도 딸들처럼 별로 즐겁지 않았던 모양이다.

"어때, 실험은? 만족들 했니? 일주일 더 할까?"

"난 손 들었어요." 조가 선언했다.

"나도, 나도, 나도." 나머지 세 사람도 조의 말에 동의했다.

"그럼 다시 각자의 짐을 지기로 해요, 응? 때로는 무겁기도 하겠지만 습관이 되면 그리 괴롭지도 않을 것이고, 일한다는 것은 자신감과 독립심을 길러주니까."

"난 꿀벌처럼 일하겠어요." 조가 말했다. "휴가 중에 요리를 배워야지. 다음 디너 파티는 반드시 실패 없이 해볼 테야."

"난 아빠의 셔츠를 만들겠어요."하고 메그가 말했다. "난 공부를 열심히 하겠어요. 인형이나 피아노에만 시간을 소비하지 말고." 베스의 결심이었다.

"난 틀린 말을 쓰지 않도록 단어 공부를 하겠어요." 에이미도 비장하게 선언했다.

"모두 착해요! 이 실험의 효과는 이것으로 충분해요. 다시는 이같은 일을 되풀이하지 않아도 좋을 거야. 다만 노예처럼 노상 일만 하는 것도 좋지 않아요. 매일이 유익하고 동시에 즐겁도록 시간을 잘 활용하는 방법을 배우고 그 가치를 깨닫는 것이 중요해요. 그래야만 청춘은 기쁨으로 넘치고, 늙어서도 후회하는 일이 적을 것이며 비록 가난하더라도 생애는 훌륭한 수확을 거두게 되고 아름답게 결실할 테니까."

"지금의 말씀, 잊지 않겠어요, 엄마!"

딸들은 어머니의 말을 명심하고 실천했다.

로렌스 캠프

거의 항상 집에 있는 베스는 이 집의 우체국 여국장으로 지명되어 있었다. 그녀는 매일 우편물을 나누어주는 일이 무척 즐거운 모양이었다. 7월 어느 날, 우편물을 가득 안고 온 베스는 편지랑 소포를 모두에게 나누어주고 있었다.

"엄마에게 꽃다발이에요. 로리는 잊지 않는군요." 어머니 코너에 있는 꽃병에 새로 배달된 꽃을 꽂으며 베스는 말했다. 마음 착한 소년 로리는 언제나 이 꽃병에 꽃을 제공했다.

"미스 메그 마치, 편지 한 통, 장갑이 한 짝." 베스는 메그의 우편물을 전달했다.

"어머, 한 짝만? 양쪽 다 두고 왔었는데." 메그는 회색 장갑을 보았다.

"오다가 흘린 거 아닐까?"

"아니, 절대로. 우체통에는 한 짝밖에 없었어요."

"뭐, 좋아! 곧 발견될 테니까. 내 편지는 독일어로 된 노래의 번역뿐이군. 미스터 부르크가 번역했나 봐. 로리의 글씨가 아닌 걸 보니."

마치 부인은 흘끔 메그를 보았다. 이마에 조그만 컬을 늘어뜨리고 있는 그 모습은 상당히 아름다웠고, 재봉대 위에 흰 천을 가득 널어놓고 바쁘게 바늘을 움직이고 있는 것도 실로 여성다웠다. 어머니의 마음은 전혀 짐작도 못하고, 그저 노래를 흥얼거리며 재빨리 바늘 쥔 손을 움직이고 있었다. 벨트에 꽂은 팬지처럼, 티없고 신선한 처녀다운 공상이 그 가슴속에 분주히 오가겠지, 마치 부인은 문득 미소 짓고 이것으로 족하다고 생각했다.

"조 박사에게는 편지 두 통과 이 묘한 모자. 우체통에서 삐져나와 있었어. 이렇게 크니까." 서재로 들어가면서 베스는 웃었다. 조는 책상에 앉아서 창작중이었다.

"로리, 정말 짓궂게 구는데. 내가 차양 큰 모자가 유행하면 좋겠다고 했었거든. 한여름에는 톡하면 잘 타니까. 그랬더니 그는 "유행에 신경쓸 것 없이 큰 모자를 쓰면 될 텐데"하는 거야. 그래서 난 있으면 쓰겠다고 했지. 그런데 이게 그 답이야. 나를 시험할 생각이겠지만 좋아, 써 주지. 유행 따위 전혀 신경쓰지 않는다는 것을 보여주지." 그리고 차양 넓은 낡은 모자를 플라톤의 흉상에 털썩 씌우고 조는 편지를 읽었다.

어머니가 보낸 한 통의 편지는 조의 뺨을 빛나게 했고 그 눈에는 눈물이 흥건해졌다. 그 내용은 이러 했다.

아무래도 너에게 말해야겠기에 이렇게 편지를 쓰기로 했어요. 요즈음 네가 급한 성질을 고치려고 열심히 노력하고 있는 것을 나는 계속 지켜보면서, 참으로 기쁘게 생각하고 있어요. 너는 그래서 얻는 시련도, 실패도, 성공도, 무엇 하나 남에게 말하지 않는구나. 그리고 다분히 네가 매일 같이 도움을 청하고 있는 분 이외에는 누구도 너의 노력을 모르는 줄 알고 있겠지. 하지만 엄마도 역시 이제까지의 너의 노력을 다 지켜보고 있어요. 너의 결심이 얼마나 굳은지 진심으로 믿고 있어요. 이미, 그 성과가 여물어 가고 있으니까. 더욱 노력해요. 인내와 용기로써, 그리고 너의 엄마는 언제나 깊은 애정으로 너를 이해하고, 그래서 너의 편이라는 것도 믿어줘요. 엄마가

"아, 고마워라. 엄마, 나 열심히 하겠어요. 엄마가 도와주시고 계시니까." 책상에 엎드린 조는 쓰던 원고지를 두세 방울의 행복한 눈물로 적셨다. 착해지려고 노력하는 그녀의 안간힘을 아무도 모르는 줄 알았던 터라, 이 예기치 않은 격려는 그녀에게 용기를 주었다.

조는 다음 편지를 펼쳤다. 크고 춤추는 듯한 로리의 글씨였다.

조 양께

안녕하십니까?

내일, 영국에서 여자 친구와 남자 친구가 방문해 옵니다. 그래서 마음껏 재미있게 놀까 합니다. 롱메도우에 천막을 치고, 전원 보트를 타고 가서, 점심을 먹고, 크리켓을 할까 합니다. 모닥불을 피우고, 집시 스타일로 요리를 만들고, 완전히 자유롭게 놀까 합니다. 미스터 부르크도 같이 가서 남자아이들을 감독하고, 여자들은 케이트 본이 리더입니다. 꼭 전원이 오시되 특히 베스를 데리고 올

것. 아무 것도 염려할 것 없습니다. 준비는 이쪽에서 다 하겠습니
다. 난필 실례. 로리가

"와아! 신난다!" 조는 펄쩍 뛰며 메그에게로 달려갔다.

"물론 보내주시는 거죠, 엄마?"

"본 가의 사람들, 착실한 사람들이면 좋겠는데. 조 뭔가 들었니?" 하고 메그가 말했다.

"모두 해서 네 사람이란 정도예요. 케이트는 언니보다 위예요. 후레드 와 프랑크는 쌍둥이로 나와 비슷한 나이이고. 그레이스는 아홉이나 열 살? 로리는 그 쪽에서 사귀었나 봐요. 남자 친구들과 친한가 봐."

"조, 입을 것은 있니? 보기 흉하지 않은 걸로."

메그는 기쁨에 들떠 있었다.

"빨강과 회색의 보트 놀이용의 옷이 있어. 어차피 보트를 젓거나 할 테니 그거면 훌륭해. 베스, 가는 거지?"

"남자애들이 말을 걸어오거나 하지 않는다면."

"못하게 할 테야, 절대로." 조는 씩씩하게 말했다.

"나, 로리를 기쁘게 해주고 싶어. 미스터 부르크는 겁 안나, 상냥하니 까. 조 언니, 날 꼭 지켜줘야 해."

"아이 착해라. 베스도 부끄럼쟁이를 면하려고 열심히 노력하고 있구 나. 나도 엄마의 격려로 더욱 용기를 얻었어요. 엄마, 고맙습니다." 조는 마치 부인의 두툼한 뺨에 감사 키스를 했다. 어머니로서는 그것이 장밋 빛 젊은 날을 되돌려 받는 것보다 기뻤다.

"나한테는 초콜릿과 전부터 사모하고 있었던 그림이야." 에이미는 우편물을 공개했다.

"나한테는 할아버지로부터의 편지야. 오늘 저녁, 등불이 켜지기 전에 피아노를 치러 오래요. 가 드려야지." 베스와 노인의 우정은 깊어만 가고 있었다.

다음 날 아침, 맑은 날씨를 알리기 위해 자매들의 방을 들여다 본 태양은 실로 우스꽝스런 광경을 보게 되었다. 네 자매가 오늘의 소풍에 필요한 준비를 제 나름대로의 방법으로 하고 있었다. 메그의 이마에는 머리를 세트하는 컬 페이퍼가 평소보다 훨씬 많이 감겨 있었고 조는 햇살에 탄 얼굴에 콜드 크림을 치덕치덕 바르고 있었다. 베스는 잠시 동안의 이별을 위해 조안나를 안고 자고 있었고, 에이미는 아무래도 불만인 코를 어떻게든 높여 보려고 빨래 집게로 집어 놓고 있었다. 이러한 광경에 해님도 어지간히 우스웠는지 방 안을 갑자기 확 비추자 조는 뒤돌아 보았다. 그리고는 에이미의 꼴을 보고는 배꼽을 잡으며 웃었기 때문에 그 소리에 세 자매도 일어났다.

곧 양쪽 집은 활기가 넘쳤다. 맨 먼저 준비가 끝나 버린 베스는 옆집에서 일어나고 있는 일을 계속 보고하여 준비에 정신없는 언니들을 더욱 들뜨게 했다.

"텐트를 가진 사람이 나갔어요! 파아카아 부인이 등나무 광주리에 요리를 담고 있어요. 아, 로렌스 할아버지가 하늘과 풍향계를 보고있어요. 할아버지도 가면 좋을걸! 로리는 마치 뱃사람 같애, 멋져요! 어머머! 저렇게 많은 사람이 탄 마차가 왔어. 키 큰 여자분과 작은 여자아이, 얄궂게 생긴 남자아이가 둘, 한 아이는 지팡이를 짚고 있어! 빨리빨리 해요. 늦겠어. 어머, 네드 모파트가 왔어, 봐요, 언니. 언젠가 거리에서 언니한 테 인사한 사람이지?'

"정말이야! 고원에 가 있는 줄 알았는데. 어머, 사리도 있구나. 마침 잘 돌아왔어. 이러면 되겠니, 조?'

메그는 마음이 몹시 들떠 있었다.

"실로 데이지 아가씨야. 드레스를 올리고 모자는 똑바로 그렇게 구부 려서 쓰면 슬퍼 보여, 자아, 출발이다!'

"어머, 애! 조! 너 설마 그 거창한 모자를 쓸 생각은 아니겠지? 너무하 다, 애!'

"하지만 쓰겠어요. 왜냐하면 이런 때에 안성맞춤이니까. 남이야 어떻 게 생각하든, 나만 좋으면 됐지 뭐. 시원하고, 가볍고, 크고……."

조는 성큼성큼 걸어갔고 세 사람은 하는 수 없이 뒤따랐다.

로리가 뛰어와 네 사람을 맞이하고 정중하게 친구들과 인사를 시켰 다. 메그는 미스 케이트가 이미 스무 살인데도 별로 과장되지 않은 의상 을 하고 있음이 마음에 들었다. 그리고 네드가 그녀를 만나기 위해 일부 러 왔다고 말해 기분이 좋았다. 조는 로리가 전에 케이트를 얘기할 때 묘 한 어조였던 이유를 알았다. 이 젊은 레이디는 '거기 비켜라, 내가 나간 다' 는 식으로 콧대가 높았다.

텐트와 점심에 필요한 요리와, 크리켓의 도구는 이미 운반되어 있었 다. 그래서 일행은 곧 두 척의 보트를 타고 모자를 흔들어 전송하는 로렌 스 할아버지를 뒤로 한 채 출항했다. 한 척은 로리와 조가 노를 것고, 다른 한 척은 미스터 부르크와 네드였다. 쌍둥이 중의 하나인 개구쟁이 프레드 본은 구명 보트로 마치 물뱀처럼 두 보트 주위를 돌아다니다가 자칫 뒤집힐 뻔하기도 했다.

조의 괴짜 모자는 여러모로 유익했으므로 감사할 만한 가치가 있었다. 우선 처음 만나 서먹한 공기가, 그 모자 때문에 한바탕 웃고 나니 어디론가 사라지고 없었다. 소나기라도 내리거든 모두 이 아래서 비를 피해요, 어쩌고 하며 조는 농담을 했다.

다른 보트에 탄 메그는, 두 사람의 노잡이와 마주보는 자리에 앉아 있었다. 미스터 부르크는 침착하고 말 수 적은 청년으로 아름다운 갈색 눈에 목소리도 퍽 듣기에 좋았다. 메그는 그의 차분한 거동이 마음에 들었고 유익한 지식을 가진 사전 같다고 생각했다. 별로 대화를 나눈 적은 없지만 자주 자기 쪽을 보곤 했으므로 싫어하지 않는다는 것쯤은 짐작하고 있었다. 네드는 대학에 갓 들어간 만큼, 신입생은 모두 그럴 의무가 있다는 듯이 무엇에든 척하며 나서곤 했다. 별로 현명한 편은 아니었지만 명랑해서 피크닉의 동반자로는 그만이었다.

롱메도우는 그리 멀지 않았다. 일행이 도착하기 전에 이미 텐트와 크리켓 용의 삼주문(三柱門)도 세워져 있었다. 마침 한가운데에 큰 떡갈나무가 세 그루 서 있는 쾌적한 초원으로, 크리켓 경기를 위해 깨끗이 손질된 잔디가 있었다.

"환영! 캠프 로렌스." 일행이 상륙하자 젊은 주인은 들뜬 목소리로 외쳤다.

"사령관은 부르크, 나는 병참, 나머지 남자들은 참모. 여자들은 위문

객. 천막은 여성의 편의를 위해 쳤습니다. 저쪽 떡갈나무가 여러분의 객실, 이쪽이 식당 다음 것은 주방입니다. 더워지기 전에 크리켓들 하고 끝나면 식사 준비를 하기로 하겠어요."

프랭크, 베스, 에이미, 그레이스는 다른 8명이 게임 하는 것을 구경하기로 했다. 미스터 부르크는 메그, 케이트, 프레드와 팀이고, 로리, 사리, 조, 네드가 한 패가 되었다. 영국 세력은 상당한 플레이어였지만, 미국 세력은 더욱 우수해서, 1776년의 독립전쟁이 되살아난 듯이 1인치의 땅도 헛되이 하지 않는 치열한 경쟁을 벌였다.

그 중에서도 조와 프레드는 제일 열심이었고, 몇 번이나 아슬아슬한 고비를 겪은 끝에 한 번은 대판 싸움이 벌어질 뻔하기까지 했었다. 조는 최후의 문을 통과하긴 했지만, 공을 잘못 쳐서 잔뜩 화가 나 있었다. 바로 뒤에까지 프레드가 와 있다가 그의 차례가 먼저가 되어 버렸다. 그는 공을 쳤다. 그 공은 문에 맞고 1인치쯤 튀어 나와서 멎었다. 아무도 가까이에 없었다. 프레드는 확인하러 가는 척하더니, 발끝으로 슬쩍 밀어 넣었다.

"들어갔어! 자아, 미스 조, 내가 먼저 실례하겠어요." 프레드는 계속 치려고 크리켓 봉을 쳐들었다.

"밀어 넣은 것 다 봤어요. 이번은 내 차례예요." 조는 날카롭게 항의했다.

"절대로 그렇지 않아! 조금 굴렀는지는 모르지만 그건 규칙 위반이 아냐. 자아 비켜요, 멋지게 맞춰 보일 테니까."

"미국인은 거짓말을 하지 않아요. 하지만 당신네는 맘대로 하는군요." 조는 화가 머리 끝까지 났다.

"양키야말로 교활한 것으로 유명해요. 세상이 다 아는 일이니까. 에에라, 당신 공은 이렇게 해주겠어요." 프레드는 조의 공을 멀리 쳐서 날렸다.

조는 입까지 올라온 거친 말을 꾹 참고 이마까지 새빨개져서 힘껏 위케트(작은 문)를 쳤다. 한편 프레드는 용케 말뚝에 맞추어서 기쁨의 환성을 올리고는 이겼다, 하고 소리를 질렀다. 조는 공을 찾으러가서, 오랫동안 풀밭을 헤맸으므로 돌아왔을 때는 평온한 표정이 되어 참을성 있게 자기 차례를 기다리고 있었다. 그녀가 잃은 땅을 찾자면 앞으로 몇 번 더 쳐야만 했다. 그리고 간신히 차례가 되었을 때는 상대방 편에 케이트의 공이 남아 있을 뿐이었고 그것도 말뚝 바로 곁에까지 와 있어서 이긴 것이나 다름없었다.

"어때, 운은 우리편이야! 케이트, 이것으로 끝이야. 미스 조는 내게 한 점 갚을 게 있으니까 이것으로 승부는 난 셈이야." 최후의 순간을 보려고 모두가 모여들자 프레드는 흥분해서 소리쳤다.

"양키는 적에게 관대한 작전을 써요." 조의 말에 프레드의 얼굴이 붉어졌다. 그녀는 케이트의 공에 맞추지 않고 재치 있게 쳐서 보기 좋게 역전승을 하자 여유 있게 말했다. "특히, 어차피 이길 것을 알고 있을 때는."

로리는 모자를 하늘 높이 던져 올렸다. 그러나 곧 손님의 패배를 기뻐하는 것은 실례란 것을 깨닫고 간신히 환성을 삼키며 조에게 속삭였다.

"잘했어요, 조. 그는 확실히 속였어요. 봤어요. 지금 여기서 그걸 말할 수는 없지만, 그도 다시는 그러지 않을 거야."

150

메그는 흘러내린 조의 머리카락을 쓸어 올려주는 척하며, 동생을 조금 떨어진 곳으로 데리고 가 칭찬을 해주었다.

"많이 분했을 거야. 잘 참았어. 잘한 거야, 조. 나도 굉장히 기뻐."

"그렇게 칭찬하지 마, 메그. 당장이라도 저 애의 뺨을 후려치고 싶으니까." 조는 입술을 꽉 물고 넓은 모자 차양 밑으로 프레드를 노려보았다.

"점심 시간입니다." 미스터 부르크가 시계를 보며 말했다.

"병참, 불을 피우고 물을 길어 오도록. 누가 커피를 맛있게 끓여 주시지 않겠습니까?"

"조가 좋아요." 메그는 조를 추천할 수 있어 무척 기뻤다. 조는 요즈음 열심히 배우고 있는 요리의 실력을 발휘할 때가 왔다는 듯이 커피포트 앞에 턱 버티고 앉았다.

참으로 즐거운 식사였다. 모든 것이 평소와는 전혀 달라 보였고, 모든 것이 즐거웠고, 와아 하는 웃음소리는 가까이서 풀을 뜯던 위엄 있는 말을 깜짝 놀라게 했다. 테이블이 평평하지 않아 커피 컵이나 접시들이 끊임없이 사고를 일으켰으나 그것도 재미있었다. 도토리가 밀크 속으로 다이빙을 하는가 하면, 초대받지도 않은 개미가 과자를 실례하러 오고, 부숭부숭한 털벌레가 도대체 무슨 일인가 하고 나무에서 정찰을 내려왔다.

"소금도 있어요, 취미라면." 딸기 쟁반을 조에게 주면서 로리가 놀렸다.

"아, 더 이상은 도저히 더 먹을 수 없군." 점심 식사가 끝나자 로리는 조의 의견을 물었다.

"케이트가 틀림없이 뭔가 새로운 게임을 알고 있을 거야. 가서 물어봐요. 손님이니까."

미스 케이트는 새로운 게임을 대여섯 가지 알고 있었다. 전원이 떡갈나무 아래의 객실로 옮겨서 '이야기 게임' 을 하기로 했다.

"누구 한 사람이 먼저 이야기를 시작하고, 얘기의 클라이맥스에 와서 다음 사람에게 넘기고, 넘기고 하는 거예요. 희극과 비극이 범벅이 되어 굉장히 우스워요. 시작하세요, 미스터 부르크." 케이트의 명령적인 어조에 메그는 깜짝 놀랐다. 그녀 자신은 이 가정 교사도 다른 신사와 마찬가지로 정중하게 응대해 왔기 때문이었다.

"옛날에 한 기사가 28년간이나 여행을 계속해 한 궁전에 닿았는데 왕은 아무도 탈 수 없는 말을 한 필 갖고 있었습니다. 이 말을 길들이는 사람에겐 큰 상을 줄 것이라고 했습니다. 그래서 기사가 맡아서 길들여 보기로 했습니다. 기사는 이 말을 타고 거리를 한 바퀴 휘이 돌곤 했습니다. 그는 꿈에는 몇 번 만났지만 현실적으로는 만나지 못한 아름다운 사람을 찾고 있었습니다. 어느 날 조용한 거리를 지나다, 황폐한 성의 창에서 그 아름다운 여인을 보았습니다. 주위 사람들의 얘기로는 거기엔 잡혀 온 공주들이 마술로 갇혀서 자유로운 몸이 되기 위해 돈을 벌려고 진종일 길쌈을 하고 있다고 했습니다. 기사는 그 공주들을 구해 내고 싶었지만 돈이 없었습니다. 그는 결심했습니다. 성으로 숨어들어, 어떻게 하면 구해 낼 수 있는지 물어봐야겠다고. 기사는 가서 성문을 두드렸고 성문이 활짝 열리더니 그 안에는……."

"한 아름다운 여인이 있었습니다." 케이트가 뒤를 이었다.

"아아, 공주! 규스타브 백작은 외치며 그녀의 발끝에 무릎을 꿇었습니다. '일어나시오!' 공주는 대리석처럼 아름다운 손을 내밀었습니다. '어떻게 하면 공주를 구할 수 있는지 그 방법을 말씀하시기까지는 일어나지 않겠습니다' '오오, 나의 슬픈 운명은 이 성의 폭군을 없애기 전에는 어쩔 수 없습니다' '그 폭군은 어디에?' '보랏빛 홀에. 용감한 기사여, 가서 나를 절망의 나라에서 구하라' '공주여, 이기고 돌아오지 못할 때는 죽음을 주십시오' 기사는 보랏빛 홀을 향해 뛰어가 문을 밀고 들어가려 했을 때, 갑자기 날아 온 것은……."

"큰 그리스어 사전. 검은 가운을 걸친 노인이 그를 향해 던진 것이었다." 네드가 받았다.

"정통으로 얻어맞은 큐스 뭔가는 아찔했으나 달려들어 그 사내를 창으로 집어던지고, 공주에게로 돌아가려고 하니 문이 잠겨 있지 않은가. 커튼을 찢어 줄사다리를 만들어 타고 내려오다가 끊어져서 60피트 아래의 호(濠)에 빠지고 말았다. 오리처럼 헤엄을 쳐서 한 성문에 닿았는데 문지기가 둘 있었다. 기사는 이 둘의 머리를 딱딱 부딪쳐 호두껍질 깨듯이 해버렸다. 그리고 성문도 깨뜨리고, 먼지가 1피트나 쌓인 돌층계를 올라가니 주먹만한 두꺼비랑, 미스 마치, 당신 같으면 기절을 할 거미 따위가 우글벅적했어요. 거기를 다 올라가자 기사는 또 숨이 막히고 피가 얼어붙을 듯한 광경을 보았어요."

"키가 크고, 머리에서 발끝까지 흰 베일을 쓰고, 마른 나뭇가지 같은 손에 램프를 든 무엇인가가 거기에 서 있었습니다." 메그가 받았다. "그것은 무덤 속처럼 어둡고 서늘한 복도로 기사를 손짓하여 소리도 없이 앞서서 걸어갔습니다. 주위는 주검처럼 고요하고, 파란 불빛 속을 유령

같은 모습이 휙 고개를 돌리고는 흰 베일 너머로 눈을 번쩍거립니다. 이윽고 어느 방 앞에 이르자 안에서 음악이 들려왔습니다. 기사가 뛰어들려고 하자 괴물이 그의 목덜미를 잡고 휙 잡아당겨 그의 코앞에 흔들어 보인 것은……."

"코담배 상자." 조가 무덤 속에서 울려오는 듯한 목소리로 말했으므로 모두 와아 하고 웃었다. "감사 천만. 기사는 우선 하나를 뽑아 코에 대고 냄새를 맡자, 심한 재채기를 일곱 번이나 해서 머리가 날아가 버렸다. '하, 하, 하' 하고 유령은 웃었다. 그리곤 기사를 큰 궤짝에 집어넣었다. 그 안엔 이미 머리 없는 기사가 열 한 명이나 들어 있었다. 그들은 일제히 일어나……."

"춤을 추었다." 프레드가 받았다. "성은 돛을 가득 단 군함으로 변했다. '전원 전투 위치!' 선장이 외쳤다. 포르투갈 해적선이 나타난 것이다. 물론 영국 배의 승리였다. 언제든지 그래."

"꼭 그렇지만은 않아요." 조가 비꼬았다.

"시체는 산처럼 쌓이고, 배수구에서는 피가 냇물처럼 쏟아졌다. 포르투갈 인을 바다에 쳐 넣었다. 그런데 이 독한 놈은 군함 밑으로 들어가 밑바닥에 구멍을 뚫었으므로 군함은 순식간에 가라앉고 말았다."

"어머, 어떡하나!" 사라가 외쳤다. "그래, 인어들이 머리 없는 기사들을 불쌍하게 생각해서 잠수부에게 '이 궤짝을 주겠어요. 진주가 가득 들었어요' 하고 말했습니다. 그래서 잠수부는 그것을 육지로 가지고 와서 열어 보니 진주는 하나도 없었습니다. 그는 그것을 넓은 벌판에 내버렸습니다. 그것을 발견한 것은……."

"거위를 지키던 소녀였습니다." 에이미가 받았다. "소녀는 어떻게 하면 기사들을 살릴 수 있을까 하고 한 할머니에게 물어 보았습니다.' 너의 거위가 가르쳐 줄 거야' 할머니는 말했습니다. 그래서 소녀는 머리가 없으니 무엇을 대신 붙이면 되겠느냐고, 거위에게 물었습니다. 백 마리의 거위는 일제히 소리쳤습니다……."

"양배추!' 로리가 재치 있게 받았다. " '맞았어!' 소녀가 밭에서 열 두 개의 양배추를 가져와 붙여주자 기사들은 되살아나 고맙다고 인사를 한 뒤 각자 자기 갈 길을 찾아갔고 우리들의 그 기사는 다시 공주를 찾아갔습니다. 이미 다 풀려나고 그 공주 혼자만 남아 있었습니다. 그 공주는 정원에서 꽃을 꺾고 있었습니다. '장미를 한 송이 주시지 않겠습니까' '들어와서 꺾어 가세요. 나는 그리로 갈 수 없으니까요' 기사는 울타리를 넘으려 했습니다. 오를수록 울타리는 높아졌습니다. 다음에는 틈으로 기어 들어가려 했습니다. 그러나 울타리는 두꺼워질 뿐이었습니다. 기사는 절망에 빠졌습니다. 기사는 어떻게든 구멍을 비집고 안으로 들어가려 했습니다. 들어갔는지 못 들어갔는지는 프랑크가 얘기해 줄 것입니다."

"안 돼요. 난 들어가지 않아요. 끝까지 못 들어가요."

프랑크는 이 기상천외의 연인들을 절망에서 구해야 될 판이라 당황했습니다.

"그럼, 그 가엾은 기사는 생울타리에 머리를 처박은 채로 있는 겁니까?' 미스터 부르크는 번쩍이는 강물을 바라보며 말했다.

"정말 엉터리 얘기도 다 있다!' 모두가 한바탕 웃은 끝에 사리가 말했다.

　네드, 프랑크, 그리고 어린 여자아이들까지도 빠짐없이 작가(作家) 게임을 시작하고 나이 많은 세 사람은 떨어져 앉아 얘기를 하고 있었다. 미스 케이트는 스케치북을 꺼냈고, 메그는 곁에서 들여다보고, 미스터 부르크는 풀 위에 누워 있었다. 손에 든 책은 전혀 읽는 것 같지 않았다.

　"어쩜 그렇게 잘 그려요! 그림을 그릴 수 있으면 재미있을 거야." 메그의 목소리에는 부러움과 존경이 담겨 있었다.

　"배우면 좋을 텐데. 미스 마치는 재능도 있고, 아주 제격이에요." 미스 케이트는 상냥하게 말했다.

　"시간이 없어요."

　"어머니가 결정을 하시나 보죠? 우리도 그래요. 가정교사한테 부탁해 봐요."

　"없어요, 가정 교사는."

　"아참, 미국에는 모두 학교에 다닌 다죠?"

　"학교에도 안 가요. 나 자신이 가정 교사인 걸요."

　"어머, 그래요?" 미스 케이트는 어처구니가 없다는 표정이었다. 그 어조는 완전히 경멸적이었으므로 메그는 얼굴을 붉히며 괜한 얘기를 했다고 생각했다.

　미스터 부르크는 눈을 들어 재빨리 말했다. "미국의 젊은 여성들은 그 조상들과 마찬가지로 독립적인 것을 존중합니다. 남에게 의지하지 않고 자기 생활은 자기가 해결한다는 것은 존경할 만한 일입니다."

　"그럼요. 그건 훌륭한 일이지요. 영국에도 그처럼 유능한 젊은이들이 많아요. 좋은 집안의 딸들이라 교양도 있고, 그래서 모두 귀족 집안에 고용되어 있어요." 미스 케이트의 이 거만한 말에 메그는 자존심이 상했고 자기가 하고 있는 일이 뭔가 천한 것 같은 느낌조차 들었다.

"그 독일어 어땠어요, 미스 마치?" 미스터 부르크가 침묵을 깨뜨렸다.

"네, 좋아요. 아름답게 번역되어 있었어요. 어느 분이 해주셨든 간에, 고맙게 생각하고 있어요." 메그의 얼굴이 활짝 빛났다.

"독일어 모르나요?" 미스 케이트는 놀란 표정을 했다.

"네, 별로. 아빠한테 배웠지만 지금은 안 계시고 독학은 진도가 느려서."

"여기서 조금 읽어 봐요. 여기 실러의 「마리 스튜어트」가 있습니다. 가르치기 좋아하는 교사도 마침 여기 있으니까요." 미스터 부르크는 들었던 책을 메그의 무릎에 놓고 미소 지으며 권했다.

"이렇게 어려운 건 용기가 나지 않아요." 메그는 고마웠지만 교양 있는 젊은 여성 앞이라 주저했다.

"그럼, 조금만 읽겠어요. 미스 마치가 마음 편하게 읽을 수 있도록." 미스 케이트는 그 중에서도 제일 아름다운 대목을 완전무결하게 그러나 아주 무미건조하게 읽었다. 미스터 부르크는 케이트가 책을 메그에게 돌려주어도 아무 말 하지 않았다. 메그는 무심코 말했다.

"난 시만 있는 줄 알았는데……."

"시도 있습니다. 여길 읽어 봐요."

미스터 부르크는 미소 지었다. 메그는 선생이 풀줄기로 짚어 나가는 대로 따라가며 주저주저 읽었다. 그녀의 음악적인 목소리의 부드러운 억양은 그 어려운 말을 무의식중에 시로 바꾸어 갔다. 메그는 어느새 그

슬픈 장면의 아름다움에 다른 사람의 존재는 잊어버리고 불행한 여왕의 말에 슬픔을 담아 마치 혼자이기나 한 듯이 술술 읽어 나갔다. 그때 그녀가 케이트의 눈동자를 보았더라면 도중에서 그쳐 버렸겠지만 한 번도 시선을 들지 않았으므로 이 수업은 무사히 끝마칠 수가 있었다.

"아주 잘 읽었습니다!" 메그가 멈추자 많은 오독 따위는 무시하고 오직 가르치는 것이 재미있다는 표정으로 부르크는 말했다. 미스 케이트는 자루 달린 안경 너머로 눈앞의 정경을 관찰하고는 스케치북을 접으며 괜한 칭찬을 했다.

"좋은 악센트예요. 금방 잘 읽게 될 거예요. 난 그레이스를 보러 가야겠어요. 워낙에 장난꾸러기라." 그리고 천천히 그 자리를 뜨면서 어깨를 들어올리며 혼잣말을 했다.

"난 뭐, 가정교사를 상대하러 온 게 아니니까. 양키란 정말 이상한 데가 있어!"

"난 영국 사람들이 여자 가정교사를 저처럼 경멸하는 줄은 몰랐어요" 메그는 케이트의 뒷모습을 바라보며 어두운 표정을 지었다.

"아니, 남자도 역시 그래요, 저쪽에서는. 우리 같은 근로자에겐 미국이 최곱니다. 미스 마아가레트." 미스터 부르크가 만족스런 표정이라 메그는 부끄러워졌다.

"그렇다면 다행이군요. 난 내 자신의 직업이 별로 마음에 안 들지만 불평은 하지 않겠어요."

"로리 같은 학생이라면 재미가 날 겁니다. 내년이면 헤어져야 하니, 생각하면 서운해요." 미스터 부르크는 땅을 후벼파고 있었다.

"대학에 가는 거죠?" 메그는 이렇게 말했으나 그 눈은 '그럼, 당신은?' 하고 묻고 있었다.

"네. 준비는 다 되어 있으니까요. 로리가 대학엘 가면 나는 군에 입대하겠습니다. 의무가 있으니까."

"그건 참 좋은 일이에요!" 메그는 말했다. "젊은 분들은 모두 나가니까요. 뒤에 남는 어머니나 자매들에겐 괴로운 일이지만." 슬픈 어조로 메그는 덧붙였다.

"내게는 어머니도 자매도 없습니다. 친구도 거의 없고요. 죽든 살든 아무도 걱정할 사람은 없어요." 부르크는 거칠게 말하고 시들은 장미를 무의식중에 지금 판 구덩이에 묻은 다음 조그만 무덤을 만들었다.

"로리와 할아버지도 걱정하실 것이고, 만일 다치기라도 한다면 우리들도 얼마나 슬퍼할지 몰라요." 메그는 진정으로 말했다.

"고맙습니다." 미스터 부르크는 다시 표정이 밝아졌으나 마침 네드가 말을 타고 솜씨를 자랑하려고 나타났으므로 그날은 그것을 끝으로 다시는 조용한 기회를 얻을 수가 없었다.

"말 타는 것, 참 좋지?" 그레이스가 에이미에게 물었다. 모두가 승마로 벌판을 한 바퀴 돌고 난 뒤였다.

"그럼. 메그 언니는 아빠가 부자였을 때 많이 탔대요. 지금은 말이 없어. 엘렌 트리 외에는." 에이미는 웃었다.

"얘기해 줘. 그 엘렌 트리. 당나귀니?" 그레이스는 흥미를 느꼈다.

"조 언니는 말이라면 미치는 정도야, 나도 그렇지만. 하지만 우리 집엔 여자용의 헌 안장만 있을 뿐 말은 없어요. 그런데 우리 집엔 사과나무가 있고, 알맞게 낮은 가지가 있어요. 조 언니는 거기다 안장을 얹고 앞쪽에다 고삐를 걸고 타고 싶을 때는 언제든지 엘렌 트리에 올라타고는 끼랴! 와, 와, 야."

"아이, 재미있어라!' 그레이스도 웃었다. "난 망아지가 한 필 있어. 매일 아침 공원에 타고 나가. 굉장히 즐거워. 로우(런던의 하이드 파크의 승마길)에는 훌륭한 분들이 가득하니까."

"어머, 어쩌면! 나도 꼭 외국엘 가 볼 테야. 하지만 될 수만 있으면 로우보다는 로마에 가고 싶어." 에이미는 로우가 무슨 뜻인지 알지도 못하면서 절대로 그것을 묻거나 하는 아이가 아니었다.

프랑크는 두 소녀의 바로 뒤에 앉아 그 얘기를 듣고 있었는데 짜증나는 듯이 지팡이를 내던졌다. 유쾌한 운동을 보고나니 속이 상했던 것이다. 곁에서 작가 게임의 카드를 간추리던 베스가 부끄러움이 가득한 상냥한 목소리로 말했다.

"피곤해지셨나 봐. 뭔가 도와 드려요?"

"나와 얘기를 하지 않겠어요? 혼자선 따분해서……."

내성적인 베스에게 이것은 라틴어로 연설을 하라는 것보다도 더 어려운 일이었다. 그러나 사람을 그리워하는 소년의 눈을 보자 베스는 용기를 냈다.

"무슨 얘기를 하고 싶으세요?' 카드를 간추려 묶으려다 반은 와르르 쏟으면서도 베스는 대화의 실마리를 찾았다.

"글쎄, 크리켓이나, 보트에 대해서."

"어떡하나, 나도 모르는데……."

베스는 당황해서 소년의 다리가 불구라는 것을 잊고 말했다.

"난 사냥을 전혀 몰라요. 하지만 프랑크는 잘 알죠?"

"한 번은 해 봤어요. 하지만 다시는 못해요. 말에서 떨어져서 이렇게 됐으니."프랑크는 한숨을 쉬었다. 베스는 자신의 실수를 뼈아프게 생각했다.

"영국의 사슴들은 미국의 들소보다 예뻐요." 베스는 급히 화제를 돌렸다. 들소를 끄집어 낸 것은 대성공이었다. 프랑크는 흥미를 가졌다.

상대방을 즐겁게 하려는 열의에 자신도 잊고, 남자아이와 태연히 얘기하고 있는 이 놀라운 광경을 언니들이 멀리서 보고 있다는 사실을 베스는 전혀 알지 못했다.

"착하기도 해라! 프랑크를 동정해서 상냥하게 대해 주고 있구나." 조가 신기한 듯이 말하자, "그러니까 베스는 작은 성자라니까."라고 당연하다는 듯이 메그가 말했다.

"프랑크가 저렇게 웃는 것은 오랜만이야."

그레이스는 에이미에게 말했다.

"베스 언니는 말야, 그러고 싶을 때는 굉장히 패스티어스 (까다롭다)해요." 에이미는 베스의 성공이 기뻐서 한 말이었지만 패스티어스는 '패스네이팅(매혹적인)'을 잘못 말한 것이었다. 하지만 그레이스는 어차피 양쪽 다 모르니 패스티어스도 멋지게 들렸고 크게 감명을 받았다.

즉석 서커스, 여우와 거위 놀이, 화기애애한 크리켓 게임 등으로 오후는 끝났다. 해질 무렵이 되자 텐트와 짐을 꾸려 보트에 가득 싣고, 일행은 노래를 부르며 강을 내려갔다. 네드는 묘하게 감상적이 되어서 슬픈 후렴을 가진 세레나데를 노래했다.

나는 혼자서, 오직 혼자서 아아!
그리고 다시, 그대는 젊은 마음
나 또한 젊은 마음
어이 헤어져 그리움에 애태우나?

여기까지 오자 참으로 그리움에 몸부림치는 듯한 표정으로 메그를 보았
기 때문에 그만 까르르 웃어 그의 모처럼의 노래도 허사가 되고 말았다.

"어쩌면 그렇게도 냉혹할 수가 있어요?" 다른 사람들의 씩씩한 코러
스 그늘에서 그는 살짝 속삭였다. "진종일 그 째째한 영국 아가씨한테만
붙어 다니고, 지금은 남의 코를 납작하게 하니……."

"그럴 생각은 아니었지만, 너무도 우스운 표정을 하시기에 그만 웃어
버렸어요." 메그는 그의 원망의 첫 부분에만 슬쩍 대답을 했다. 사실 메
그는 진종일 그를 피했었다. 모파트 댁의 파티와 그 뒤의 소문들을 생각
했기 때문이었다.

그날 아침 잔디밭에서 일행은 각기 작별 인사를 나누었다. 본 일가의
다음 행선지는 캐나다였다. 뜰에서 집으로 돌아가는 네 자매를 바라보
면서, 미스 케이트는 이제까지의 거만스러웠던 태도와는 달리 말했다.

"깊은 맛은 없지만 미국의 처녀들도 사귀고 보면 모두 좋은 사람들이야."

"그럼요." 미스터 부르크가 말했다.

비밀

10월이 되자 완연한 가을 기운에 해는 짧아지고 오슬오슬 춥기까지 했다. 조는 다락방 헌 소파에 앉아 책상 대신 트렁크 위에 원고지를 펼쳐 놓고, 정신없이 펜을 굴리고 있었다. 일에 몰두해 온 조는 숨쉴 틈도 없이 써댔고, 마지막 페이지가 완성되자 서명을 하고는 펜을 휙 집어던지며 소리쳤다.

"끝났어! 할 만큼은 했어! 이래 가지고도 안 된다면 잘 쓰게 될 때까지 기다리는 수밖에."

소파에 누워 차분히 원고를 다시 읽으며 여기저기에 가필을 하고 감탄 부호를 많이 써넣었다. 그리고는 빨간 리본으로 철했다. 조는 그것을 잠시 동안 진지하고 슬픈 듯한 얼굴로 들여다보고 있었는데 그 모습이 너무 심각해서 조가 이 원고에 얼마나 정성을 들였는지 알 만했다. 조의 책장은 헌 양철 요리대로 쥐들의 공격에 대비해서 원고와 책들을 이 속에 간수하고 있었다. 이 양철 책장 속에서 다른 원고를 꺼내어 새로 쓴 것과 함께 양쪽 호주머니에 넣고는 발소리를 죽여가며 아래로 내려갔다.

소리 안 나게 조심하면서 모자와 외투를 걸치고는 뒷장으로 나가 풀이 자란 둔덕으로 뛰어내려 빙 돌아서 한길로 나섰다. 한숨 돌리며 마침 지나치던 승합마차를 타고, 즐거워 못 견디겠다는 얼굴을 하고 시내로 들어갔다.

다음에 취한 그녀의 행동을 만일 누군가가 보고 있었다면 실로 묘하게 생각했을 것이다. 마차에서 내린 그녀는 씩씩한 걸음걸이로 어느 번화가에 나섰다. 한참 헤맨 끝에 찾던 건물을 발견하고 안으로 쓱 들어갔다가는 다시 뛰쳐나오고, 다시 뛰어들어갔다가는 나오고. 그러기를 여러 번 되풀이하는 동안 처음부터 흥미진진하게 바라본 사람이 있었다. 길 건너편 건물의 창가에 서 있던 검은 눈동자의 청년 신사였다. 세 번째 반복한 조는 결심한 듯이 어깨를 흔들며 눈 위에까지 모자를 숙여 쓰고 마치 이라는 이는 다 뽑으러 가는 얼굴로 계단을 올라갔다.

그 건물 입구에 걸려 있는 각종 간판 중에 치과 의원도 있었다. 예의 청년 신사는 그 간판을 가만히 보고 있다가 곧 코트를 입고 모자를 들고 부지런히 길을 건너 맞은편 건물 입구에 서서 씩 웃으며 어깨를 부르르 떨고는 혼잣말을 했다. "혼자서 오다니, 정말 그녀다운데. 하지만 무척 아플 때 누군가가 집까지 데려다 주는 것도 싫지 않을 거야."

10분쯤 지나니 조는 뛰어내려왔다. 그러나 청년을 보자 전혀 반갑지 않은 표정으로 가볍게 인사를 하고 성큼성큼 가 버렸다. 하지만 청년은 쫓아가서 상냥하게 물었다.

"고통스러웠어?"

"아니, 별로. 상당히 빨리 끝났군." "그래서 다행이야!" "왜 혼자서 갔어?" "아무한테도 알리고 싶지 않아서." "지독하군. 몇 개 뽑았는데?"

조는 눈이 동그래져서 로리를 보았다. 그러나 다음 순간 까르르 웃고 말았다.

"저 말이야. 두 개를 뽑아 주었으면 했는데, 1주일 기다려 봐야 알아요."

"뭐가 우스워? 가만 있자, 뭔가 음모가 있었구나, 조?" 로리는 여우한테 홀린 심정이다.

"마찬가지지 뭘. 로리는 거기서 뭘하고 있었어. 그 당구장에서?"

"미안하지만 거긴 당구장이 아니고 체육관이었어요. 난 펜싱 연습을 하고 있었어."

"어머, 그래? 다행이야." "어째서?" "나도 배울 수 있으니까. 그러면 이젠 햄릿을 할 때, 로리는 레어티이즈가 되어서 예의 결투 장면을 신나게 할 수 있을 테니까."

로리는 크게 웃었다. "좋지, 좋아. 햄릿이야 하든 안 하든 간에 가르쳐 주겠어요. 그런데 아까 '다행이야!' 하던 말은 단순히 그것만의 의미는 아닌 것 같은데?"

"사실은 로리가 그 당구장에 있지 않았던 것을 다행으로 생각했어요. 그런 데는 절대로 발을 들여놓으면 안돼요. 간 적 있니?"

"가끔." "가지마." "걱정할 정도는 아냐, 조. 가끔 가서 네드 모파트와 게임을 할 뿐이야."

"어머머, 어떡하지? 로리도 그러다가 이제 시간과 돈을 낭비해서 저

작은 아씨들 165

얼간이 청년들처럼 되고 말아요. 로리만은 품행이 방정해서 언제까지나 사귈 만한 사람으로 있어 주었으면 해요."

"아니, 가끔 오락을 즐기기만 해도 품행이 좋지 않은가?" 로리는 발끈했다.

"그야, 장소와 방법에 따라 다르겠지만. 난 네드와 그의 친구들이 싫어요. 그러니 로리도 그네들과 어울리지 말아요. 엄마는 네드를 집에 초대하지 않아요. 저쪽에선 오고 싶어하지만. 로리도 이제 네드처럼 되어 봐, 우리들은 이제까지처럼 즐겁게 사귈 수 없을지도 몰라."

"그런가?" 로리는 걱정스런 표정이 되었다.

"그럼. 엄마는 유행을 쫓는 남자는 딱 질색이에요. 그런 치들과 교제할 정도면 우리들을 모조리 모자통 속에 가둬 버릴 거야."

"아직은 그럴 필요가 없어요. 난 유행의 첨단을 걷는 사람도 아니고 때로는 순진한 개구쟁이가 되고 싶어요. 조는?"

"나도 그런 건 좋아요. 하지만 지나치지 않게."

"좋아. 그럼 성인이 되지."

"성인도 곤란해요. 다만 소박하고, 정직하고, 품행 좋은 소년이면 돼요."

"내가 염려되나요, 조?"

"조금은. 기가 세니까 자칫 잘못 하면 돌이키기가 어려울 것 같아서."

로리는 잠시 말이 없었다. 조는 괜한 말을 했다고 후회를 했다.

"집에 닿을 때까지 설교를 계속할 셈이야?"

이윽고 로리가 물었다.

"천만에. 하지만 왜?"

"그렇다면 마차를 탈까 해서. 그렇지 않다면 같이 걸어가면서 굉장히 재미있는 얘기를 할까 하고."

"다신 설교 안 할게. 그 얘기 무척 듣고 싶어요."

"됐어. 이건 비밀이니까 만일 내가 얘길 하면 조도 비밀을 털어놔야 해요."

"난 비밀이 없는 걸." 그러나 조의 표정은 그 반대였다.

"거 봐요. 조는 속이질 못하는 사람이야. 빨리빨리 자백해요. 아니면 나도 얘기 안 해." 로리는 소리를 질렀다.

"로리의 비밀, 멋져?"

"물론, 조가 잘 아는 사람들의 것인데 꼭 들려주고 싶어요."

"누구에게도 말 안 하지, 꼭?"

"맹세!"

"우리끼리 있을 때도 놀리지 않기?"

"절대로!"

"로리는 타고난 염탐꾼이야. 뭐든지 알아내는데는 천재야."

"황공하오이다. 빨리 빨리."

"저어, 신문사에 소설을 두 편 맡기고 왔어요. 내주엔 가부간에 답이 올 거야."

"미스 마치 만세! 저명한 미국의 여류 작가!"

로리는 모자를 하늘 높이 던졌다가 받았다.

"쉿! 어차피 안 될 줄은 알지만 시험을 해보고 싶었어."

"성공할 거야. 조가 쓰는 것은 다소 셰익스피어적이니까."

조의 눈이 빛났다. "그런데 로리의 비밀은? 공정하게 하자고요, 로리. 아니면 다시는 신용하지 않을 테니까."

칭찬에 들뜬 조는 로리를 재촉했다.

"나, 메그의 한쪽 장갑이 어디 있는지 알아요."

"뭐야, 겨우?" 조는 실망한 표정을 했다. 하지만 로리는 중대한 비밀이라는 듯이 눈으로 웃고 있었다.

"지금은 그것으로 충분해요. 그게 어딘지 말한다면 조도 알게 되겠지만."

"그럼, 말해 봐요." 로리는 허리를 굽혀 조의 귀에 몇 마디 속삭였다. 말이 끝나자 그녀는 막대처럼 서서 놀랐는지, 화났는지 모를 표정으로 로리를 빤히 쳐다보다가 화난 어조로 말했다.

"어떻게 알았어?" "봤거든." "어디 있는 걸?" "호주머니에." "그 뒤부터 쭉?" "음. 로맨틱하지?" "천만에 소름이 끼쳐." "마음에 안 드니, 조?"

"들 턱이 없지. 용서할 수 없어. 그런 건, 으이, 치사해! 메그가 알면 뭐랄까?"

"말하면 안 돼요!" "그런 약속한 적 없어요." "믿고 얘기했는데!"

"좋아요, 뭐 어차피 금방은 말하지 않을 테니까. 하지만 속이 뒤틀려. 안 듣는 것만 못해."

"기뻐할 줄 알았는데?" "누군가가 메그를 데려가게 되었는데? 착각이었어요."

"누군가가 조를 데려갈 때가 되면 이해가 가겠지."

"그런 사람 있으면 보고 싶구먼." 조는 펄펄 뛰었다.

"나 역시!" 로리는 킥킥 웃었다.

"비밀이란 내 성질에 안 맞아. 가슴속이 홀딱 뒤집힌 것 같애."

"저 아래까지 경주해, 기분이 풀릴 거야." 로리가 제의했다. 주위에는 사람도 없었고 눈앞에는 밋밋한 비탈길이 유혹을 하고 있었다. 유혹을 뿌리칠 수 없어 조는 냅다 달렸다. 모자도 빗도 뒤로 날아가고, 헤어핀을 뚝뚝 뿌리면서 달려갔다. 로리는 먼저 골인하여 자기의 요법이 성공한 데 만족했다. 그의 애틀랜타(그리스 신화에 나오는 미녀. 자기와 경주해서 이긴 사람의 아내가 되겠다고 했다)는 머리를 나부끼며 뺨이 새빨개져서 헉헉거리며 달려왔는데 그 얼굴에는 조금전의 불쾌한 표정 따위는 그림자도 없었다.

"아아, 후련해! 아이고, 이 꼴 좀 봐. 천사님, 착한 아기, 내가 떨어뜨린 것 좀 주어다 줘요, 네?" 조는 붉은 잎으로 둔덕을 덮고 있는 단풍나무 아래에 털썩 주저앉았다.

로리는 물건들을 주우러 비탈길을 다시 천천히 올라가고 조는 머리를 저으면서 아무도 지나가지 않기를 은근히 바랬다. 그러나 누군가 있었다. 그것도 하필이면 메그가. 명절용의 외출복 차림으로 전에 없이 숙녀답게 다가오고 있었다.

"이런 데서 뭘 하니?" 머리가 헝클어진 동생을 보고 메그는 놀랐지만 품위를 지키며 물었다.

"단풍잎을 줍고 있어." 한 움큼 주워 든 단풍잎을 보이면서 조는 쩔쩔맸다.

"그리고, 헤어핀도." 한 상자는 족히 될 헤어핀을 조의 무릎에 던져주며 로리가 말했다. "이 길에는 핀이 돋나 봐요, 메그. 빗도, 갈색 밀짚모자도."

"달리기 했구나, 조? 기가 막혀서! 언제쯤 말썽을 멈추겠니?"

메그는 잔소리를 하면서도 동생의 옷을 바로 잡아 주고, 바람에 헝클어진 머리카락을 쓰다듬어 주었다.

"늙어서 지팡이를 짚을 때까지는 그만두지 않을 테야. 그렇게 어른인 척 하는 건 관둬요, 메그." 조는 떨리는 입술을 감추려고 고개를 숙여 단풍잎을 줍는 척했다. 로리로부터 들은 비밀이 언젠가는 다가올 이별을 임박하게 한 듯한 느낌이 들었다. 로리는 메그의 주의를 다른 데로 돌리려고 황급히 물었다. "그렇게 차려 입고 어딜 다녀오는 길입니까?"

"가디나 댁에요. 사리가 벨 모파트의 결혼식 얘기를 자세하게 해 주었어요. 겨울을 파리에서 보내기 위해 이미 떠났대요. 즐거울 거야, 그런 생활!"

"부럽습니까, 메그?" 로리가 물었다. "그야, 조금은." "잘됐어." 모자 리본을 확 잡아매면서 조가 말했다. "어째서?" 메그는 놀란 표정이다.

"그처럼 사치를 좋아한다면 가난한 사람한테 시집 가진 않을 테니까."

"난 누구한테도 시집가지 않아." 메그는 휑하니 걸음을 옮겼고 둘은 그 뒤를 웃고 속삭이고 돌을 차거나 하면서 따라갔다.

그로부터 한두 주일 동안은 조의 거동이 아무래도 이상해서 자매들은 갈피를 잡지 못하고 있었다. 우체부가 현관을 두드리기 무섭게 총알처럼 뛰쳐나가고 미스터 부르크에게는 얼굴을 대할 때마다 실례되는 행동만 하고. 그런가 하면 메그의 얼굴을 가만히 쳐다보고 있다가 갑자기 달려들어 포옹하고 키스했다. 로리와 둘이서 암호를 교환하고, 〈스프레드 이글즈 지(紙)〉의 얘기를 정신없이 하곤 했으므로 모두는 두 사람이 다소 이상해졌다고 말할 정도였다.

조가 창으로 빠져나간 날로부터 두 번째 토요일에 창가에서 바느질을 하던 메그는 로리가 조를 뜰의 여기저기로 쫓아다니다가 마침내 에이미의 정자로 몰아붙인 것을 보았다. 거기서 무엇을 하는지 볼 수는 없었지만 꽥 하는 웃음소리가 들리고 소곤거림과 함께 신문지가 바삭거리는 소리가 들렸다.

"쟤, 정말 큰일났어. 저러다가 숙녀 되기는 틀렸어." 메그는 어이없다는 듯이 말했다.

2, 3분 뒤에 조가 기세 좋게 뛰어들어와 소파에 척 눕더니 신문을 읽는 척한다.

"뭔가 재미있는 기사라도 있니?"

메그가 참지 못해 먼저 말을 걸었다.

"별로, 그저 소설이 한 편 실렸지만 대단치는 않다고 생각하는 중이야."

"소리내어 읽어 봐. 나도 즐길 수 있고 언니도 심심풀이는 될 테니까."

에이미는 의젓한 어조로 말했다.

"무슨 제목인데?" 베스는 조가 어째서 신문으로 얼굴을 가리고 있는지 이상하게 생각하며 물었다.

"〈화가의 사랑싸움〉" "재미있겠다. 읽어 봐."하고 메그가 재촉하자 조는 일사천리(一瀉千里)로 읽었다. 자매들은 열심히 귀를 기울이고 있었다. 이야기는 로맨틱했고 등장 인물의 대부분이 끝에 가서는 죽게 되는 비극적인 면도 있었다.

"그 멋진 그림의 대목이 마음에 들어." 조가 한숨 돌리자 에이미가 이렇게 칭찬을 했다.

"난 연애 장면이 좋다고 생각해. 비올라와 안제로. 우리 연극에 자주 쓰는 이름이구나. 정말 묘한데?" 메그는 손끝으로 눈물을 살짝 찍어냈다. 그 연애는 비극적인 것이었으므로.

"누가 쓴 거니?" 베스는 조를 흘끔 보며 물었다. 조는 천천히 일어나 진지하고 흥분된 표정으로 크게 말했다.

"너희들 형제 중의 한 사람이."

"조, 너니?" 메그는 들었던 바느질감을 떨어뜨렸다.

"참으로 잘 썼어." 에이미는 침착하게 비평했다.

"아아, 조 언니! 기뻐요, 나!" 베스는 언니를 꼭 껴안았다.

가족들의 기쁨은 이만저만이 아니었다. 메그는 '미스 조세핀 마치'라는 활자가 지면에 인쇄되어 있는 것을 자기 눈으로 확인하기까지는 도저히 믿지 않을 정도였다. 에이미는 속편을 위해 아이디어를 제공했으나 남녀 주인공이 다 죽어 버렸으므로 아쉽지만 쓸 수가 없었다.

베스는 깡충깡충 뛰며 기뻐했다. 한나까지 "거참 대견하외다" 하고, 마치 부인도 이 사실을 알고 얼마나 자랑스럽게 생각했던지.

"처음부터 전부 얘기해 봐." "언제 왔지?" "고료는 얼마니?" "아빠가 뭐라 하실까." "로리는 웃지 않을까." 온 가족이 조를 둘러싸고 왁자지껄했다. 순진하고 애정 넘치는 이 가족은 조그만 기쁨도 모두가 법석을 떨며 나누어 갖는 것이 습관이었다.

"가만가만, 전부 얘기할게."

조는 신문사에 원고를 맡긴 얘기를 했다.

"그리고 내가 회답을 들으러 가니까 좋지만 처음에는 원고료가 없대요. 그저 발표만 하는 것이지만 좋은 수업(修業)이 될 거래요. 그리고 차츰 숙달이 되면 어디서든 고료를 낼 거라고……. 그래서 둘 다 놓고 왔지 뭘. 그랬더니 오늘 이 신문이 왔어요. 마침 로리에게 들켜서 할 수 없이 보여 줬어요. 칭찬해 주면서 계속 쓰래요. 다음엔 고료가 나오도록 얘기해 준댔어요. 정말 기뻐. 이제 머지 않아 내 생활은 내 힘으로 하게 될지도 모르고 모두에게 도움이 될지도 모르니까."

조는 여기서 숨이 막혔다. 그리고 신문을 얼굴에 대고 넘쳐나는 눈물로 그 조그만 소설을 적셨다. 사랑하는 이들로부터의 칭찬과 자립은 조가 깊이 바라는 바였다. 그리고 오늘이 그 행복한 장래를 향한 첫걸음처럼 생각되었기 때문이었다.

전보

"11월은 제일 싫은 달이야. 1년 중에서……."

어느 흐린 날 오후 메그는 창 너머로 서리 내린 뜰을 바라보며 말했다.

"하필이면 난 이 달에 태어났으니." 조는 콧등에 잉크가 묻어 있는 것도 모르고 울적한 표정으로 말했다.

"뭔가 좋은 일이라도 생기면 즐거운 달이라고 생각하게 될 텐데."

베스는 매사에 있어서 좋게만 생각하려는 경향이 있다.

"그야 그렇겠지만 우리 집에서는 즐거운 일이 있을 턱이 없어요." 엄청나게 기분이 좋지 않은 메그는 말했다. "날마다 일만 하고 변화라곤 없고 즐거움도 없어요. 감옥에서 맷돌을 돌리는 거나 다름없어."

"가엾게도……, 알겠어요, 메그. 내가 소설의 히로인들에게 해주듯이 메그에게도 해줄 수만 있다면! 메그는 미인인데다 품행도 좋으니까 부자 친척이 굉장한 유산을 남겨주는 것으로 하면 돼. 유산 상속인으로서 사교계에 데뷔해서 외국에도 가고 우아하고 호화로운 레이디가 되어서 돌아오는 거야." 조가 말했다.

"요즈음은 그런 식으로 재산을 남기지 못하게끔 되어 있어요. 남자는 일을 해야 하고 여자는 결혼하는 거예요. 돈이 필요하다면."

메그는 불평스런 어조로 말했다.

"조 언니와 내가 언니를 위해 돈을 벌 테니 10년만 기다려요."

에이미는 찰흙으로 사람의 얼굴을 만들며 말했다.

"그렇게는 못 기다려요. 그리고 잉크와 찰흙은 별로 돈이 되지 않아요. 하지만 난 그 마음만은 고맙게 받겠어."

메그는 한숨을 쉬며 다시 뜰로 시선을 던졌다. 다른 한쪽 창가에 앉았던 베스는 생글거리며 말했다.

"당장 좋은 일이 두 가지 있어요. 엄마가 오고 있고 로리가 뭔가 기쁜 소식이라도 있는지 뜰을 달려오고 있어."

두 사람은 거의 동시에 집으로 들어왔다. 마치 부인은 언제나처럼 이렇게 물었다. "아빠 편지 왔었니?"

그리고 로리는, "누구 드라이브에 가지 않겠습니까? 수학과 씨름을 했더니 머리가 멍해서……."

"물론, 가겠어요." 하고 즉각 조가 반응을 보였다.

"뭔가 심부름시킬 것은 없습니까, 아주머니?" 로리는 정이 넘치는 표정으로 마치 부인에게 물었다.

"별로 없어요. 뭣하면 우체국에 들려 봐 줘요. 오늘은 편지가 올 날인데 우체부가 안 왔던 모양이니까. 아빠는 해님처럼 정확하시니까 틀림없이 중간에서 늑장을 부리고 있을 거야."

말이 채 끝나기도 전에 성급하게 현관이 열리고 한나가 한 통의 전보를 들고 들어왔다.

"그 무서운 전보란 놈이에요, 부인." 그것이 당장 폭발이라도 할 듯이 한나는 손가락으로 집어들고 있었다.

전보란 말을 듣는 순간 마치 부인은 그것을 빼앗듯이 받아서 딱 두 줄인 문구를 훑어보자 하얗게 핏기가 가신 얼굴로 의자에 푹 쓰러지고 말았다. 로리는 물을 뜨러 아래층으로 달려가고 메그와 한나가 양쪽에서 그녀를 부축했다. 조는 떨리는 목소리로 그 전문을 읽었다.

미세스 마치
부군(夫君) 위독 급래(急來)
9 · 헤일 워싱턴 · 브랑크 병원

방 안은 죽은 듯이 고요했고 바깥의 밝음도 갑자기 어두워진 듯했다. 모든 것이 순식간에 변한 것만 같았다. 딸들은 어머니의 주위에 모여 서서 자기들의 행복한 생활도 마음의 지주도 한꺼번에 상실한 듯한 심정에 빠졌다. 마치 부인은 곧 정신을 차렸다. 전보를 다시 읽고 딸들에게 손을 뻗치며 모두의 귀에 평생 남을 어조로 말했다.

"엄마는 곧 떠나겠어요. 어쩌면 이미 늦었을지도 몰라요. 아아 너희들이 나에게 용기를 줘요!'

잠시 동안은 그저 흐느끼는 소리만이 들릴 뿐이었다. 가느다란 위로의 말이나 조력을 맹세하는 말, 희망적인 전망을 속삭이는 말이 사이사이 있었으나 곧 눈물에 잠겨 버리고 말았다. 처음에 마음을 바로잡은 사람은 한나였다.

"하나님께서 소중한 분을 지켜주실 것이외다. 언제까지나 울고만 있을 수도 없어요. 빨리 떠날 준비를 해야지." 에이프런으로 얼굴을 쓱 닦고는 투박한 손으로 여주인의 손을 잡고 상냥하게도 용기를 북돋우어 주고는 일어나 나갔다.

"한나의 말이 맞아. 지금은 울고 있을 때가 아녜요. 침착하게 모두 내게 조용히 생각할 틈을 줘요."

어머니는 침착하려고 애쓰며 차분한 표정으로 딸들의 문제를 생각하고 계획을 세우기 위해 슬픔은 잠시 밀어 놓기로 했다.

"로리는 어디?" 생각을 정리하고 우선 해야 할 일을 결정하자 그녀는 물었다.

"여기에요, 아주머니. 뭐든지 시켜 주세요." 로리는 옆방에서 뛰쳐나왔다. 잠시 자리를 피하는 것이 예의라고 생각했던 것이다.

"곧 가겠다고 전보를 쳐줘요. 내일 아침 차를 타겠어요."

"다른 것은 또 뭐, 없습니까?"

"마치 할머니 댁에 편지를 전해줘요. 종이와 펜을……."

이 슬프고 긴 여행을 위해서 돈을 꾸어야 한다는 사실을 조는 알고 있었다. 그리고 아버지를 위해서 조금이라도 도움이 된다면 자기도 무엇을 해서든 돈을 만들고 싶다는 생각이었다.

"자아, 갔다 와요. 하지만 너무 달리거나 해선 안돼요. 그리 서두를 필요는 없으니까."

마치 부인의 주의는 아무 효과가 없었다. 로리는 준마(駿馬)를 타고 마치 번개처럼 집 앞을 지나갔다.

"조, 내 일터에 가서 킹 부인에게 내가 나갈 수 없음을 전해 줘요. 돌아오는 길에 이걸 좀 사다 줘요, 여기 메모를 했으니까. 간호를 위해서 필요한 것들이에요. 베스, 가서 로렌스 할아버지한테 포도주를 두 병만 얻어와요. 아빠를 위해서니까 체면을 생각하고 있을 때가 아냐. 에이미, 한나에게 검은 트렁크를 내려놓으라고 해줘. 메그, 챙길 것들을 좀 도와줘요. 어쩐지 어지러워서."

편지를 쓰고, 생각하고, 지시를 하고, 이 모든 것을 한꺼번에 해야 하니 어지러운 것도 당연했다. 모두가 질풍에 날리는 가랑잎처럼 사방으로 흩어져 갔다.

로렌스 할아버지는 베스와 함께 달려왔다. 병자를 위해 생각나는 대로 위문품을 가지고 와 주었다. 어머니가 집을 비우는 동안 딸들을 보살피겠다고 친절한 약속을 해주며 무엇 하나 아낌없이 제공하겠다고 했다. 마침내는 자기 자신이 에스코트까지 하겠다고 나섰다. 하지만 이것만은 받아들일 수가 없었다. 이 노인에게 도저히 긴 여행을 시킬 수는 없었던 것이다. 노인은 곧 다시 오겠다고 하며 갑자기 돌아가 버렸다. 그뿐 모두 노인을 잊고 있었는데 메그가 한 손에 덧신을, 그리고 한 손에 홍차를 들고 현관 홀을 지나치려 했을 때 미스터 부르크와 딱 마주치고 말았다.

"들었습니다만, 많이 걱정이 되시죠, 미스 마치?"

그의 상냥하고 차분한 목소리는 머리도 마음도 어지러운 메그를 안심케 하는 무언가가 있었다.

"어머님의 호위 역을 시켜주셨으면 해서 왔어요. 로렌스 할아버지로부터 워싱턴에서 할 일을 지시 받았습니다. 그 쪽에 가서도 뭔가 도움이 되면 다행이겠습니다."

덧신이 소리내며 떨어지고 자칫 홍차도 그 뒤를 이을 판이었다. 메그가 감사의 마음으로 갑자기 손을 내밀었기 때문이었다.

"참으로 감사합니다! 엄마도 틀림없이 기뻐하실 겁니다. 누군가 믿을 만한 분이 동행을 하시면 우리도 얼마나 안심이 될지 몰라요."

메그는 그를 객실로 안내했다. 로리가 마치 할머니의 편지를 가지고 돌아왔을 때는 이미 준비가 다 되어 있었다. 봉투에는 부탁한 금액과 언제나처럼 마치의 자진 입대를 나무라는 잔소리를 대여섯 줄이나 늘어놓고 있었다.

짧은 오후의 해는 이미 지고 있었다. 모든 준비가 끝났는데도 조가 돌아오지 않고 있었다. 모두들 걱정이 되어 로리가 찾으러 나갔다. 그러나 조는 로리와 엇갈려 돌아왔다. 어쩐지 묘한 표정을 하고.

"이거, 아빠를 위문하고 그리고 집으로 모시고 오는데 보태 주세요." 하고 다소 목멘 소리로 어머니 앞에 돈을 내어놓아 모두 놀라고 말했다.

"어머, 조. 어디서 났니, 25달러나?"

"네. 정말 돈이에요. 구걸도 안 했고 꾸지도 않았고 훔치지도 않았어요. 벌었어요. 꾸중하시지 않을 줄 알아요. 왜냐하면 내 물건을 팔았으니까요."

조는 쓰고 있던 모자를 벗어 보였다. 순간 모두가 앗 하고 소리쳤다.

탐스럽게 길던 조의 머리가 짤막하게 잘려 있었다.

"그 머리, 어떻게 된 거니? 그처럼 멋졌던 머리를!" "조, 어째서 이런 짓을. 자랑하던 머리였잖아!" "너, 이렇게까지 할 필요는 없었는데!" "이제까지의 조와 전혀 딴판이야. 하지만 지금도 좋아요."

모두가 소리치고 베스가 짧게 잘린 머리를 상냥하게 쓸어안자 조는 아무렇지도 않은 표정으로—아무도 그것에 속지 않았지만—말했다.

"이걸로 천지개벽이 되는 것도 아닌데 울지 말아요, 베스. 난 요즈음 그 가발 같은 머리를 지나치게 자만하고 있었는데 그 자만심을 꺾는 데는 이게 최고야. 우선 시원해서 좋아. 엄마, 제발 돈을 거두고 저녁 식사나 하기로 해요."

"처음부터 얘기해 봐요, 조. 엄마는 별로 만족하진 않지만, 너를 나무랄 수도 없구나. 네가 진심으로 자만심을 희생시켜 사랑으로 바꾸었다는 것을 잘 아니까. 하지만 조, 그렇게까지 할 필요는 없었어요. 금방 후회하지나 않을까 걱정이에요."

"안 해요, 절대로." 조는 단호히 말했다.

"어째서 이런 짓을 했지?" 에이미는 자기의 아름다운 머리를 자를 바에는 차라리 목이 잘리는 편이 낫겠다고 생각하는지도 몰랐다.

"글쎄. 아무튼 난 아빠를 위해 뭔가 하고 싶어서 못 견딜 지경이었어." 식탁에 둘러앉아 조는 말했다. "메그는 석달분의 월급을 전부 내놨는데 난 내 옷을 샀거든. 그래서 양심의 가책을 받고 있었어요."

"그처럼 가책 받지 않아도 괜찮아요. 너는 겨울옷이 하나도 없는데다 자기가 열심히 일해서 번 돈으로 극히 검소한 것을 샀을 뿐이니까."

마치 부인은 조의 가슴이 활짝 밝아질 것 같은 자상한 눈으로 말했다.

"처음에는 머리카락을 파는 것, 생각조차 못했어요. 그런데 어느 이발
소 문에 써 붙여 놓았잖아요. 그래서 서슴없이 들어갔지. 얼마 줄 테냐고
물어 봤어."

"어머, 어쩜 그런 용기가!" 베스는 감탄을 했다.

"이발소 남자는 머리색깔이 요즘에 유행하는 것이 아니라면서 좋은
값으로 못 사겠다잖아. 난, 시간도 없고 빨리 결정을 짓지 않으면 결국
용기가 꼬리를 내릴 것 같아서 막 사정을 했지 뭘. 그랬더니 그 집 아주
머니가 듣고는 '사줘요, 여보' 하고 권했어요. 그 집 아들도 군엘 갔대요.
주인이 머리를 자르는 동안 그 아주머니는 내 곁에서 자꾸만 잡담을 해
서 내 마음을 딴 데로 돌리려고 했어요."

"처음에 가위를 델 때, 섬뜩하지 않든?"

메그는 몸을 떨며 물었다.

"주인이 도구를 준비하는 동안 거울에 비친 머리를 다시 잘 보았지.
하지만 솔직히 말해서 내 머리카락이 테이블 위에 얹혀 있는 것을 보았
을 때는 묘한 느낌이었어요. 뭐랄까, 팔이나 다리가 하나 싹둑 잘린 것
같았어. 그 집 아주머니가 내 마음을 짐작하고는 긴 것을 하나 뽑아 기념
으로 간직하라면서 주었어요. 옛날의 영광을 생각하는 실마리로써! 난
짧은 머리가 좋으니까 다시는 그렇게 말총처럼 기르지 않을 작정이야."

마치 부인은 물결치는 갈색 머리카락을 종이에 싸서 책상 서랍에 챙
겼다. 짧은 잿빛 머리카락도 함께. 그녀는 오직 '고맙다'고 말했을 뿐이
었지만 딸들은 어머니의 얼굴에 떠오르는 슬픈 표정을 짐작하고 황급히

화제를 바꾸었다.

열 시에 마치 부인은 일을 끝내고, "자아, 모두 와요."라고 말했다. 베스는 피아노 앞에 앉아 아빠가 즐겨 부르던 찬송가를 연주했다. 모두가 힘차게 시작했으나 차츰 소리가 낮아졌다. 베스만이 마음을 다해 끝까지 노래했다. 그녀에게는 음악만이 어떤 경우에도 위안이었다.

자매들은 어머니에게 굿나잇 키스를 하고 조용히 침실로 갔다. 베스와 에이미는 아직 어리므로 이런 때도 금방 잠이 들었지만, 메그는 아무래도 잠이 오지 않았다. 조가 꼼짝도 않기에 메그는 그녀가 자는 줄만 알았는데 갑자기 흐느끼는 소리가 들려서 손을 뻗쳐 동생의 눈물 젖은 뺨을 만져 보고 놀라 소리쳤다.

"조, 왜 그러니, 아빠 문제?"

"아니, 지금은 달라." "그럼, 왜?" "내, 내 머리!' 앙 하고 울음을 터뜨리며 조는 베개에 얼굴을 묻고 울음을 삼키려고 애썼다.

메그는 이 모습을 조금도 우습다고 생각하지 않았다. 그녀는 상냥하게 비탄에 젖은 동생을 위로하고 포옹하여 키스해 주었다.

"나, 후회하고 있는 게 아냐." 흐느끼면서 조는 말했다. "이렇게 우는 것은 내 안에 있는 이기주의의 일부분 때문이야. 아무한테도 말하지 말아 줘. 이제 됐어. 자는 줄만 알고 내 유일한 아름다움을 애도하며 살짝 울어 주려고 했었는데. 왜 안 잤니?"

"잠이 안 와. 걱정이 돼서."

"뭔가 좋은 일을 생각해요. 그럼 잠이 올 테니까."

"해봤지만 안 돼." "어떤 생각인데?" "멋진 얼굴, 특히 그 눈동자." 어둠 속에서 살짝 미소지으며 메그는 대답했다.

"어떤 빛깔의 눈?" "갈색. 저어, 늘 그렇진 않지만 파란 눈도 좋아."

조가 웃었다. 메그는 이제 잡담 금지! 하고 강력히 명하고는 내일 조의 머리를 멋지게 꾸며줄 것을 약속하고 자기의 성에 사는 꿈을 찾아 잠 속으로 빠져들었다.

시계가 열 둘을 치고 집안이 조용해지자 한 그림자가 침대에서 침대로 소리도 없이 돌며 이불을 잘 덮어 주고, 베개를 바로잡아 주며, 하나하나의 얼굴을 상냥하게 지켜보고 축복을 담은 입술로 입맞춤을 했다. 그녀는 이윽고 쓸쓸한 밤의 어둠을 보려고 커튼을 열었다. 그 때 갑자기 구름 사이에서 달이 나타나 엄숙한 얼굴로 그녀를 보며 소리 없이 속삭이는 듯했다.

"마음 편안할 지어다. 사랑스러운 이여! 구름 뒤에는 늘 빛이 있으니……."라고.

편지

　서늘한 잿빛 새벽에 자매들은 램프를 켜고, 전에 없이 진지하게 각기 성서를 한 장(章)씩 읽었다. 고난의 그림자가 비쳐든 지금, 이 작은 성서는 조력과 위안으로 자매들의 정신적 지주가 되었다. 옷을 갈아입으며 자매들은 밝고 희망에 찬 표정으로 "엄마, 다녀오세요!"라고 말하기로 약속을 했다. 그렇지 않아도 쓰라린 여행을, 자기들의 눈물이나 불평 따위로 어둡게 할 필요는 없다고 생각했던 것이다.

　아래층으로 내려와 보니 모든 것이 실로 묘했다. 밖은 아직 어둑하고 조용한데 집 안은 불이 환히 켜져 있고 술렁거렸다. 이처럼 이른 시간의 아침 식사도 이상했고, 한나가 나이트 캡을 쓴 채 뛰어다니는 것도 기묘했다. 커다란 트렁크는 현관에 놓여 있었고 엄마의 외투와 모자는 소파에 놓여 있었다. 어머니는 음식을 조금이라도 입에 넣으려고 애썼지만 그 불면과 근심으로 여윈, 핏기 없는 얼굴을 본 순간 딸들은 방금 하고 내려온 약속을 지킬 수 있을지 의심스러워졌다. 메그는 자꾸만 눈물이 흘렸고, 조는 몇 번이고 행주에 얼굴을 묻어야만 했다. 두 동생은 슬픔이란 것을 처음 경험하는 듯이 심각하고 난처한 표정을 하고 있었다.

이윽고 출발 시간이 다가와, 마차를 기다리며 자매들에게 마치 부인은 말했다.

"자아, 너희들을 한나한테 부탁했고 로렌스 할아버지가 보호자가 될 거예요. 별로 걱정되는 것은 없지만 이 중요한 때를 착실하게 지내 주었으면 해요. 이제까지 했던 것처럼 그대로 자기가 맡은 일을 열심히 해요, 응? 이런 때일수록 제일 위안이 되는 것은 희망을 가지고, 바쁘게 생활하는 거예요. 그리고 설사 어떤 일이 일어나더라도 너희들은 결코 아버지를 잃지 않는다는 것, 너희들은 하늘에 계신 아버지의 아들이란 것을 잊지 말도록."

"네, 엄마."

"메그야, 동생들을 잘 보살펴 줘요. 집안 일은 한나와 상의하고, 만일 모르는 게 있으면 로렌스 할아버지한테 물어보도록. 조, 너는 인내를 잊지 말고, 실망하거나 경박한 짓을 하지 말아야 해요. 자주 편지를 보내요. 그리고 나의 용기 있는 딸로서 우리들 모두에게 힘을 줘요. 베스, 너는 괴로울 때는 피아노랑 노래로 그걸 잊어요. 그리고 집안 일을 꼼꼼하게 해주고. 에이미, 너도 되도록이면 모두를 도와 말 잘 듣고, 명랑하고 즐겁게 지내요."

"네, 엄마. 꼭 지키겠어요!"

가까이서 마차 소리가 들렸다. 마침내 작별의 때가 왔다. 갸륵하게도 자매들은 울지 않았다. 로리와 로렌스 할아버지도 전송을 나왔다. 미스터 부르크는 뭐든지 척척 알아서 했고, 참으로 친절했으므로 자매들은 곧 그를 '미스터 그레이프하아트(천로 역정에 등장하는 주인공의 아내를 도와주는 용)'라고 명명했다.

"다녀오겠어요. 하나님, 우리에게 은총과 힘을 주소서." 마치 부인이 딸들에게 키스하며 이렇게 속삭이고 마차에 올랐다.

마차가 떠나자 마치 부인은 문 앞에 선 모두의 얼굴과 좋은 징조처럼 아침해가 활짝 비추는 것을 볼 수 있었다. 보내는 쪽에서도 이것을 알고 웃으며 손을 흔들었다.

"어쩌면 모두가 이처럼 친절하실까요?" 동행자인 부르크를 보고 마치 부인은 말했다.

"누구도 그렇게 하지 않을 수 없다고 생각합니다만." 미스터 부르크는 이렇게 대답하며 밝게 웃었으므로 마치 부인도 따라 웃고 말았다.

"큰 지진이라도 지나간 것 같애." 조가 말했다. 이웃의 두 사람은 아침 식사를 하러 집으로 돌아간 뒤였다. 베스는 뭔가 말하려다 그만두고, 테이블 위에 얹혀 있는 양말 더미를 손가락질했다. 그처럼 바쁜 밤에도 엄마는 딸들을 생각해 양말을 말쑥하게 손질해 놓고 떠났던 것이다. 이것은 극히 작은 일에 불과했지만 자매들의 가슴을 찡하게 했다. 그리고 울지 않기로 한 갸륵한 마음들은 어디로 갔는지, 모두들 결심을 깨뜨리고 엉엉 울음을 터뜨리고 말았다.

한나는 현명하게도 울만큼 울게 내버려두었다. 그리고는 소나기가 갤 일 때쯤 되자 커피를 들고 모두를 유혹하러 나타났다. 자매들은 10분쯤 지나자 모두 기운을 되찾았다.

"'희망을 갖고 바쁘게 생활한다' 이것이 우리들의 주제잖아? 그러니까 이것을 실행에 옮겨 보지 않겠어? 난 종전대로 마치 할머니한테 갔다올 테야."

커피를 마시는 동안에 차츰 기운을 되찾은 조가 말했다.

"나도 킹 댁에 출근이야. 하지만 오늘은 집에서 뭔가 정리를 하고 싶은데." 메그는 울어서 부은 눈이 걱정이었다.

"문제없어요. 집안 일은 나와 베스에게 맡겨요." 에이미는 여전히 큰 소리였다.

"언니들이 돌아올 때까지는 모든 것을 깨끗이 정리할 수 있어." 베스는 당장 물통과 수세미를 끌어냈다.

한나가 만들어 온 파이를 보자 조는 다시 가슴이 찡했다. 그리고 둘은 직장에 나가면서 늘 어머니의 얼굴이 보이던 창을 슬프게 돌아보았다. 물론, 어머니가 있을 리는 없었다. 그러나 베스가 엄마를 대신해 그 창가에서 두 사람을 향해 손을 흔들고 있었다.

"역시 베스야!" 조는 기뻐서 마구 모자를 흔들었다.

"자아, 다녀와요. 메그, 오늘은 킹 댁의 개구쟁이들도 너무 애를 먹이지 않았으면 좋겠는데. 아빠 걱정 너무 하지 마." 헤어질 때 조는 이렇게 말했다.

"마치 할머니도 얌전했음 좋겠다. 그 머리, 참 어울려! 정말 멋져."

메그는 동생의 우스꽝스러울 만큼 짧은 톰방머리를 보고 웃음을 참으며 말했다.

"그게 최고의 위안이야." 로리처럼 모자에 슬쩍 손을 대어 인사하며 겨울에 털이 깎인 양 같은 심정으로 조는 걸음을 옮겼다.

아버지의 용태를 알리는 소식이 닿기 시작하자, 딸들은 안도의 한숨을 쉬었다. 병환은 아직 낙관할 상태는 아니었지만 최고의 간호부인 아내가 정성을 다하는 것만으로도 부쩍부쩍 좋아질 수 있었다. 미스터 부르크는 매일같이 보고를 해왔고, 메그는 현재 자기가 가장이란 이유로 그것을 혼자 독점해서 읽었다. 그리고 주말쯤에는 그 보고서의 내용도 훨씬 밝아져 있었다. 처음에는 모두가 다투어 편지를 썼고, 터질 듯한 봉투를 네 사람 중 누군가가 소중하게 우체통에 넣으러 갔다. 편지에는 각자의 성격이 잘 나타나 있으므로, 그 중의 어느 것을 실례했다고 가정하고 함께 읽어보는 것도 좋겠다.

그리운 어머님

이번 편지 참으로 반갑게 받아 읽었습니다. 모두 너무 기뻐서 울다가 웃다가 했어요. 미스터 부르크는 어쩜 그렇게도 친절할까요? 그리고 로렌스 할아버지의 용무가 길어 오랫동안 그 쪽에 머무르게 되어 다행이라고 생각합니다. 왜냐하면 엄마한테도, 아빠한테도 많은 도움이 되어 주시니까요.

집에서는 동생들이 모두 착한 아이로 잘 있습니다. 조는 바느질도 돕고, 힘든 일은 뭐든지 맡겠다고 큰소리입니다. 그녀의 '선행발작' 이 그리 오래 가지 않는다는 걸 모른다면 과로하지 않을까 걱정할 정도예요. 베스는 시계처럼 규칙적이고, 아빠를 걱정해서 피아노를 칠 때 외에는 다소 침울합니다. 에이미는 내 말을 잘 듣고,

나도 특별히 보살피고 있습니다. 스스로 머리를 빗어서 땋게 되었으며 단추 구멍 만들기와 양말 깁기를 가르치고 있습니다. 돌아오시면 그 진보에 놀라실 거예요. 로렌스 할아버지는 자상한 늙은 암탉—이건 조의 표현이지만—처럼 우리를 지켜줍니다. 로리도 친절하고 자주 놀러 옵니다. 로리와 조가 우리들을 즐겁게 해줍니다. 엄마가 멀리 계시니까, 역시 가끔 슬퍼지고 고아 같은 느낌도 들어요. 한나는 빈틈없는, 마치 성자(聖者) 같습니다. 나를 미스 마아가레트라고 부르고(이건 당연한 일이지만) 존경해 줍니다. 이처럼 모두가 건강하고 바쁘게 지냅니다. 하지만 하루 빨리 돌아오시도록 아침저녁으로 기도 드립니다. 아빠한테 안부 전해 주시고, 이쪽은 안심하세요.

메그 올림

이 편지는 향수를 뿌린 종이에 아름다운 글씨로 씌어 있었다. 크고 엷은 외국제 종이에 잉크 얼룩이나 과장되게 휘둘러 쓴 장식적인 대문자로 요란한 다음의 편지와는 대조적이었다.

소중한 엄마

아빠에게 만세 삼창. 차츰 쾌차하신다는 소식을 전보로 알려 준 부르크, 훌륭한지고. 그 전보가 왔을 때 난 다락방에 뛰어올라가 신에게 감사드리려고 했어요. 하지만 난 엉엉 울어 버렸고, "아, 기뻐! 아, 기뻐!" 하는 것이 고작이었어요. 제대로의 기도가 아니었지만 하나님은 받아 주셨겠죠? 매일같이 우스운 일로 가득합니다. 모두가 착한 아이가 되려고 애쓰므로 마치 비둘기 집 같아요. 메그가 엄마 행세를 해서, 식탁의 엄마자리에 앉아 있는 모습이라니, 참 웃겨요. 어쩐지 날이 갈수록 미인이 되는 것 같고, 가끔 반할 정도예요. 꼬마들은 그야말로 천사랍니다. 그리고 나는, 나는 역시 조로 변함이 없어요.

아참, 로리와 대판 싸움을 할 뻔했던 일을 보고 드려야지. 내가 사정없이 말해 주었더니 로리가 화를 냈어요. 난 잘못한 게 없었지만 얘기하는 방법이 잘못이었어요. 로리는 내가 사과할 때까지 절대로 오지 않겠다면서 돌아가 버렸어요. 나도 절대로 사과하지 않겠다고 발끈했어요. 진종일을 그대로 보냈어요. 굉장히 불쾌하고, 엄마가 무척 보고 싶었어요. 틀림없이 로리 쪽에서 굽혀 오리라고 생각했어요. 왜냐하면 내가 옳았으니까요. 그런데 그는 사과해 오지 않았어요. 밤이 되어, 나는 에이미가 강에 빠졌을 때, 엄마가 하신 말씀을 생각했어요. 그래서 성경을 읽었더니, 마음도 풀어지고 해서 해가 지기까지 그 날의 노여움을 간직하지 않기로 결심하고, 로리에게 사과하러 가려고 했어요. 그런데 마침 샛문께서 로리와 딱 마주쳤어요. 로리도 사과하러 오는 길이었어요. 두 사람은 웃고, 서로 사과하고, 다시 친해졌어요. 어제 한나를 도와 빨래를 하면서 그녀가 말하는 대로 '포오메'를 지었어요. 아빠는 나의 엉터리 포엠(詩)을 좋아하시니까 웃음거리로 동봉했습니다. 나 대신 아빠를 특별히 꼭 껴안아 주세요. 그리고 나대신 엄마 자신이 엄마에게 키스를 열두 번 하세요.

말괄량이 조 올림

어머님께

모두가 많이 썼으므로 나는 그저, 엄마 아빠를 생각하는 내 마음을
보여 드리려고, 뿌리째 눌러두었던 팬지를 보내 드립니다. 매일 아
침 성경을 읽고, 진종일 착한 아이가 되기 위해 애쓰고, 아빠가 좋
아하시는 찬송가를 부르며 잠듭니다. 하지만 〈하늘 나라〉는 노래
하지 않아요. 눈물이 나서요.

모두가 되도록이면 즐겁게 지내려고 애쓰고 있습니다. 에이미가
나머지 종이에다 쓰겠대요. 그래서 그만 쓰겠어요. 하신 말씀은 잘
지키고 있습니다. 하루도 잊지 않고 시계 밥 주고 방의 공기를 바
꿔요. 아빠가 '베스의 뺨'이라고 하시는 곳에 키스해 주세요. 부디
빨리 돌아오세요, 네?

사랑하는 마마

우리들은 모두 건강하고, 나는 공부 열심히 하고 아무에게도 반항
하지 않습니다. 메그 언니가 옆에서 만항이 아니고 반항이라니까,
두 가지 다 써 둡니다. 어느 쪽이든 마음에 드시는 걸로 골라 읽으
세요. 메그 언니는 참으로 상냥해서, 저녁 식사 때는 늘 잼을 많이
줘요. 조 언니는 잼이 내 마음을 달게 하므로 좋다고 합니다. 로리
는 나를 조금도 어른으로 대우해 주지 않습니다, 벌써 열세 살인데

도. 그리고 나를 병아리라고 부르고 내가 '메르시' 라거나, '봉 ·
쥬우르' 라고 말하면 프랑스 말을 술술 해서 나를 놀립니다.
내 블루의 드레스 소매가 닳아서 메그 언니가 고쳐 주었는데, 소매
끝 색깔이 드레스보다 짙어요. 싫지만 참겠어요. 하지만 한나가 에
이프런에 풀을 더 먹여 주고, 모밀 케이크를 매일 만들어 주면 좋
겠다고 생각합니다. 안될까요? 이 의문 부호 잘 썼죠? 메그 언니는
내 맞춤법과 띄어쓰기가 엉망이래서 굉장히 기분이 나쁘지만 아
무튼 할 일이 너무 많아서 도리가 없어요. 아듀우, 아빠한테
도……

　　　　　　　　엄마의 사랑을 받는 에이미 카아티스 마치

그리운 주인 마님께

잘들 하고 있으니, 염려 놓으십시오. 아가씨들이 모두 똑똑하시고,
팽이처럼 씩씩합니다. 미스 메그는 좋은 며느리가 될 겁니다. 도대
체가 그럴 기질이어서 놀라 자빠질 만큼 빨리 일을 배워요. 조 아
가씨는 뭐든지 서두르지만 아무래도 성질이 급한지라 어떤 결과
를 가져올지 전혀 엄두가 나지 않습니다요. 월요일에 산더미같이
쌓인 빨래를 하긴 했었지만 짜지도 않고 그냥 널어서, 핑크 드레스
가 퍼렇게 되어 눈물이 날 만큼 웃었지요. 베스 아가씨는 제일 똑
똑해서 뭐든지 잘합니다요. 시장도 잘보고, 조금만 도와주면 가계
부도 잘 적어요. 아직까지는 모든 걸 절약해서 커피는 한 주에 한
번, 그밖에 영양 있고 값싼 것만을 먹이고 있습니다. 에이미 아가

씨도 말 잘 듣고, 좋은 옷만 입겠다거나, 단 것만 먹겠다고 하지 않습니다. 로리 도련님은 여전히 혈기왕성해서 온 집안을 뒤집어 놓지만, 덕분에 아가씨들이 명랑해져, 하고 싶은 대로 내버려둡니다. 노인 양반은 산처럼 많은 물건을 주시니 곤란하지만, 진심으로 주시는 거라, 내가 어쩌고저쩌고 할 일이 아닌 줄로 압니다.

반죽이 다 부풀었기로 오늘은 이만 씁니다. 주인 어른께 안부 부탁 올립니다.

한나 마레트

2호 병동 간호 부장 귀하

라파하노크 강반(江畔), 평온 상태. 부대 전원 컨디션 양호. 병참부 운영 우수하며, 로리 대령 휘하의 경비대는 잠시도 위치 이탈 없음. 사령관 로렌스 대장은 연일 사열을 하고, 병참 부장 마아가레트는 숙사 정돈에 힘쓰고, 라이온 소령은 야간 보초를 섬. 24번의 예포는 워싱턴에서의 승전 보고에 따라 울리고, 사령부에서 제1예장(禮裝)의 관병식 행함.

사령장관은 이에 귀하의 건투를 빌고, 불초 소관도 이에 준함.

로리 대령

친애하는 부인

따님들은 실로 건강 양호합니다. 베스와 손자로부터 그쪽 사정을 잘 들었습니다. 한나는 모범적인 가정부로서 최선을 다하고 있고

아름다운 메그양을 무서운 기세로 보호하고 있습니다. 좋은 날씨
가 계속되어 더욱 다행입니다.

부르크에게 무슨 일이든 시켜 주시고 만일의 경우 경비가 부족하
시거든 염려 마시고 이 사람의 예금을 부르크를 시켜 인출 사용키
바랍니다. 부군은 아무 염려 마시고 속히 쾌차하시기만을 빕니다.

제임스 로렌스 배(拜)

작은 성실

지난 일주일 동안에 이 집에 넘쳐 났던 선행은 이웃에 나누어 주고도 남을 만했다. 누구나가 숭고한 마음으로 희생하는 모습은 놀랄 만큼 눈부셨다. 그러나 아버지가 차츰 건강을 회복해가자 딸들의 마땅히 칭찬받을 만한 노력도, 서서히 맥이 풀리고 조금씩 뒷걸음질을 치고 있었다. 뭐, 모토를 까맣게 잊은 것은 아니었지만 희망을 가지고 바쁘게 생활한다는 것을 안이하게 생각하게끔 되었다. 그리고 그처럼 맹렬한 노력을 하였으므로, 노력도 하루쯤은 휴가를 가져도 좋지 않을까 생각하며 휴가가 지속되길 바랐다.

조는 톰방머리를 잘 싸매지 않아서 감기에 걸렸고 나을 때까지 집에 있으라는 할머니의 말이 있었다. 조는 얼씨구나 하고, 다락방에서 지하실까지 샅샅이 뒤져, 감기약과 몇 권의 책을 가지고 소파에 늘어붙었다. 에이미는 예술과 가사는 양립하지 않는다는 것을 깨닫고 다시 찰흙 주무르기에 정신이 없었다. 메그는 매일 출근을 하고, 집안 일을 도우며

긴긴 편지를 어머니에게 쓰고, 워싱턴에서 온 보고를 읽는데 대부분의 시간을 소비하고 있었다.

베스는 엄마가 그리워지거나, 아빠 걱정이 되면 골방에 들어가 낡은 가운에 얼굴을 묻고 울거나 혼자서 기도를 올렸다. 하지만 이런 우울증 발작 뒤에 쉽게 기운을 되찾아 누구도 걱정하게 만들지는 않았다.

마치 부인이 떠난 지 열흘이 된 어느 날 베스는 이렇게 말했다.

"메그 언니, 홈멜즈 댁에 가 봐 주지 않겠어요. 엄마가 그 사람들을 잊지 말라고 하셨잖아?"

"하지만 오늘은 피곤해서……." 바느질을 하던 메그는 대답했다.

"조 언니는?" "감기에 해로워요. 날씨가 이래가지고는."

"다 낫지 않았어?"

"어째서 네가 직접 가지 않니?" 메그가 물었다.

"난 매일 갔었어. 아기가 아파. 난 어떡해야 좋을지 몰라 홈멜즈 아주머니는 일하러 나가지, 로트헨이 애를 보고 있어요. 점점 더 심해지니까, 언니나 한나가 가 봐야 할 것 같아." 베스가 열심히 얘기했으므로 메그는 내일 틀림없이 가겠다고 약속했다.

"한나한테 먹을 걸 달래서 갖다 주면 돼, 베스. 난 가고 싶지만 이걸 마저 써야하니까." 조가 변명 삼아 말했다.

"나, 머리가 아프고 지쳤어." 베스가 말했다.

"에이미가 곧 올 거야. 부탁하면 대신 가 줄지도 몰라."

메그가 방법을 가르쳐 주었다.

"그럼, 좀 쉬면서 기다려 보지." 베스는 소파에 누웠고 언니들은 자기 일에 몰두하여 홈멜즈 댁은 잊어버렸다. 한 시간이 지나도 에이미는 돌아오지 않았고, 한나는 부엌에서 꾸벅꾸벅 졸고 있었다. 베스는 조용히 모자를 쓰고 가엾은 아이들을 위해 바구니에 이것저것 주워담아, 슬픈 빛을 띠고 차가운 바람 속으로 나갔다.

베스가 돌아온 것은 꽤 늦은 시각이어서 그녀가 오자마자 어머니의 방에 틀어박혀 버리는 것을 아무도 알지 못했다. 30분 후에 조가 어머니의 골방에 갔다가 약장 앞에 앉아 있는 베스를 보았다. 침울한 표정으로 눈은 빨갛고 손에는 약병을 들고 있었다.

"아이, 깜짝이야! 도대체 어떻게 된 거니?" 조가 소리치자 베스는 곁에 오지 못하도록 손짓을 하며 말했다.

"언니, 성홍열(猩紅熱) 앓았지?"

"그럼, 메그하고 같이. 왜?"

"그럼 됐어. 언니, 아기가 죽었어!"

"누구의 아기가?"

"홈멜즈 아주머니네. 아주머니가 돌아오기 전에 내 무릎에서 죽었어." 베스는 울음을 터뜨렸다.

"어머나! 무서웠지! 내가 가야 했는데."

조는 후회하며 동생을 껴안았다.

"무섭진 않았어. 하지만 무척 괴로웠어! 로트헨이, 엄마가 의사를 부르러 갔다길래 내가 아기를 안고 로트헨을 쉬게 했어. 잘 자는 것 같았는데, 갑자기 가냘프게 울더니 부들부들 떨다가 축 늘어졌어. 우유를 먹이려 하는데 꿈쩍도 않잖아. 그래서 죽은 줄 알았어."

"울지마, 베스! 그래서……?"

"아주머니가 의사를 데리고 올 때까지 안고 있었어. 의사는 아기가 이미 죽었다면서 하인리히와 민나를 봤어. 둘 다 걸렸대. 난 울고 있었어. 의사는 나를 돌아보더니 빨리 집에 가서 곧 벨라도나를 먹으랬어. 안 그러면 나도 걸린다면서."

"아냐, 걸리지 않아!" 조는 기겁을 하며 동생을 다시 껴안았다.

"아아, 베스, 네가 아프면 난 어떡하지!"

"걱정 마! 엄마의 책을 봤더니, 처음에는 나처럼 머리가 아프대. 하지만 훨씬 나아진 것 같으니까." 베스는 더운 이마에 손을 얹고 애써 기운을 차렸다.

"엄마만 계시다면!" 조는 소리쳤다. "한나를 불러 와야지. 병에 대해서는 뭐든지 알고 있으니까."

"에이미는 못 오게 해. 옮으면 안 되니까. 언니들은 괜찮겠지?"

베스는 걱정스러운 듯이 물었다.

"괜찮을 거야. 난 옮아도 괜찮아. 당연한 벌이니까. 너를 보내고, 그따위 쓸데없는 것이나 쓰고 있는 이기주의자니까!"

조는 한나에게로 달려갔다. 한나는 벌떡 일어나 일을 척척 처리했다.

"자아, 이제부터 할 일을 말하겠수다."

한나는 베스를 살펴보고 메그와 조에게 여러 가지 지시를 했다.

"뱅스 선생님을 불러서 진찰을 받아야지. 그리고 에이미 아가씨는 마치 할머니 댁으로 피난을 보내고, 둘 중 한 사람만 한 이틀 붙어 있어 줘야겠어요."

"내가 있겠어. 내가 맏이니까." 죄책감에 메그가 말했다.

"내가 있을 테야. 베스를 앓게 한 건 나니까." 조도 양보하지 않았다.

"누구로 하겠어요, 베스 아가씨? 한 사람이면 되니까."
한나가 물었다.

"그럼, 조 언니." 베스의 말 한마디로 결정이 났다.

"난 에이미에게 얘기할게." 조와 달리 간호하는 걸 좋아하지 않는 메그는 속으로 안심을 했다. 한편으로는 불쾌했지만.

에이미는 마치 할머니한테 가 있을 바엔 차라리 성홍열에 걸리는 편이 낫겠다며 고집을 부렸다. 달래고 사정하고 명령까지 해 보았지만 전혀 효과가 없었다. 에이미는 절대로 가지 않겠다고 우겼다. 난처해진 메그는 한나에게 상의하러 갔다.

에이미가 거실에서 혼자 울고 있는 사이 로리가 다가왔다. 에이미는 위로를 바라며 자초지종을 얘기했다. 하지만 로리의 반응은 그 반대였다. "에이미는 이제 아이가 아냐. 언니의 말을 따르도록 해요. 그러면 내가 매일 드라이브와 산책을 책임지지. 어때? 여기서 빈둥빈둥하는 것보다야 나을 걸."

"하지만 할머니 댁은 재미도 없고, 할머니는 괴팍하고……."

"그렇지만도 않을걸. 내가 매일 놀아주고 소식도 전해줄 테니까. 할머니는 날 좋아하시니까 우리가 무슨 짓을 해도 잔소리는 안 하실 거야."

"퍼트가 끄는 마차로 데리러 올 테야?"

"신사의 명예를 걸고 맹세해요."

"그리고 매일같이 꼭 와 줄 테야?"

"물론."

"그리고 연극에도 데려가 주고?"

"그래." "그럼 가겠어." 에이미는 비로소 고집을 꺾었다.

"착한 아기! 메그에게 졌다고 말해요." 로리는 에이미의 머리를 쓰다듬어 주었다. 그러나 이것은 에이미의 자존심을 크게 상하게 했다.

메그와 조가 이 기적을 보려고 2층에서 뛰어내려오자 에이미는 갑자기 더욱 콧대가 높아져서 정말 희생이라도 하는 듯이 만일 의사가 베스의 병이 확실하다는 진단을 내리면 가겠다고 약속했다.

"조, 엄마한테 전보를 친다거나, 뭐 그런 심부름을 내게 시키는 게 어떨까?" 로리가 물었다.

"바로 그거야, 문제는." 하고 메그가 말했다. "베스가 정말로 좋지 않은 상태라면 엄마한테 알려야 하지만 한나는, 엄마가 아빠를 두고 올 수도 없으니까, 두 분에게 더욱 걱정만 끼쳐 준다면서 알리지 말라는 거예요. 베스는 곧 나을 것이고, 한나는 간호를 잘 하니까 일단은 그 의견을 따라야겠지만 어쩐지 불안해서……."

"글쎄, 나로서도 판단이 안 서는군. 의사의 진찰을 받아보고 우리 할아버지한테 물어보는 게 어떨까?"

"그게 좋겠어. 조, 빨리 뱅스 선생님을 모셔 와요."

메그가 명령했다.

"조는 가만히 있어요. 이 집의 심부름은 이 몸이 맡았으니까." 로리는 모자를 집어들었다.

"바쁘지 않아요?" 메그가 로리에게 말했다.

"아니, 오늘 공부는 마쳤으니까."

로리는 힘차게 방을 나갔다.

"정말 착실해." 그가 울타리를 단숨에 뛰어넘는 것을 보며 조가 말했다.

"그래. 어린 사람치고는."

메그는 화제의 주인공에게 흥미가 없는 듯이 말했다.

뱅스 선생은 베스의 상태를 살피고 성홍열의 징조가 보이지만, 아마 쉽게 끝날 것이라고 말했다. 그러나 홈멜즈 댁의 얘기를 듣자 걱정스런 표정을 했다. 에이미는 당장 격리가 필요해서 감염을 예방하는 약을 먹고 로리와 조를 따라, 크게 소동을 피운 끝에 나갔다.

"이번엔 또 무슨 일인가?" 안경 너머로 흘끔 일행을 보고, 노인은 말했다. 의자 등에 앉았던 앵무새가 순간 지껄였다.

"나가요, 남자는 들어오지 말아요."

로리는 창가에 서 있고, 조가 사실 전부를 보고했다.

"내가 뭐랬니. 가난한 사람들한테 가서 쓸데없는 참견을 하니까 그래요. 에이미는 맡아두지. 그 대신, 할 일을 다 해야 해요, 아프지 않다면. 아니, 그 안색을 보니 금방이라도 앓을 것 같군. 울지 말아요. 난 질질 짜는 건 질색이니까."

에이미는 울기 일보 직전이었다. 하지만 로리가 앵무새의 꼬리를 잡아당겼기 때문에 깜짝 놀란 포리는 깩! 하더니, "무슨 짓이야!" 하고 외쳤다. 그것이 하도 우스워 에이미는 웃고 말았다.

"하, 하, 하, 웃지 말아요. 코담배나 맡지. 안녕, 안녕" 하고 횃대 위를 팔짝팔짝 뛰어다니며 포리는 짖어댔고 노인의 모자를 발톱으로 걸어 당졌다. 로리가 뒤에서 꼬리를 당긴 것이다.

"가만있어. 버르장머리 없는 늙은 앵무새! 자아, 조, 빨리 돌아가요. 늦게 돌아다니는 게 아냐. 이 선머슴 같은 애야."

'도저히 못 견딜 거야. 하지만, 해 봐야지.'

할머니 댁에 혼자 남은 에이미가 이렇게 결심하는 순간.

"빨랑 꺼져! 얼빠진 놈아!" 포리의 이 험악한 말을 듣고, 마침내 에이미는 눈물을 짰다.

어두운 나날

결국 베스는 성홍열을 앓게 되었고, 모두가 생각했던 것보다도 훨씬 중태였다. 병에 대해 잘 모르는 메그와 조, 노령으로 위문이 금지된 로렌스 할아버지, 바쁜 뱅스 선생을 대신하여 한나가 온종일 베스를 간호했다.

메그는 킹 댁 아이들의 전염을 염려해서 쭉 집에 있었고 워싱턴에 보내는 편지에 베스의 병을 쓸 수 없어 안타까웠다. 조는 밤낮 없이 베스 곁에 붙어 있었다. 베스는 참을성 있게 잘 견디다가도 가끔 고열에 시달리며 헛소리도 하고, 이불 위에서 피아노 치는 흉내를 내기도 했다. 때로는 곁에 있는 사람도 잘 알아보지 못하는지 이름을 잘못 부르기도 하고, 엄마를 찾기도 했다.

조는 어떻게 해야 하는지 몰라 안절부절못했고, 메그는 엄마에게 사실을 알려야 한다고 했다. 하지만 한나는 아직은 심각하지 않으니 어머니를 걱정시키는 일은 하지 말라고 했다. 그때 워싱턴에서 온 소식은 걱정을 더하게 했다. 아빠의 병이 악화되어, 마치 부인은 당분간 귀가가 어렵 겠다는 내용이었다. 날마다 자매들에게는 슬픔과 한숨뿐이었고 행복했 던 집안에는 죽음의 불길한 그림자가 짙게 깔려 있었다.

바느질감 위에 눈물을 떨구면서, 돈으로 살 수 있는 사치스런 물건보 다 훨씬 고귀한 사랑, 보호, 평안, 건강 등이 집안에 얼마나 가득했던가 를 메그는 깊이 느꼈다.

조는 어두운 병실에서 괴로워하는 동생을 밤이고 낮이고 지켜보며 자 신을 희생하여 남을 위해 살려고 한 베스의 고귀함을 새삼 깨달았다.

에이미는 그 답답한 생활 속에서, 집에 돌아가고 싶어 좀이 쑤시면서 도 틈만 나면 베스를 위해 할 수 있는 일들을 생각했다.

로리는 매일같이 들락날락했고, 로렌스 할아버지는 베스 외에는 연주 못하도록 그랜드 피아노를 잠가 버렸다. 모두가 베스를 걱정했다. 우유 배달도, 빵집에서도, 반찬 가게에서도, 정육점에서도 모두 차도를 물었 다. 이웃 사람들은 뭐든지 위문품을 보내고는 하루 속히 쾌차하기를 빌 었다. 가족조차도, 내성적인 베스가 그처럼 많은 사람을 알고 있으리라 고는 생각지 못했으므로 놀라곤 했다.

베스는 인형 조안나를 곁에 눕혀 놓고 있었다. 열에 들뜬 때에도 그녀 는 이 가엾은 고아 인형을 잊지 않았고 의식이 또렷할 때는 조 걱정만을 했다. 에이미에게 상냥한 인사를 전하고, 몇 번이나 아빠에게 편지를 쓰 려고 애쓰기도 했다.

하지만 그 순간도 잠시, 몇 시간을 내리 고통스러워 하다가 혼수상태 에 빠지곤 했다. 뱅스 의사는 하루 두 번씩 왕진을 왔고, 한나는 철야로 간호했고, 메그는 언제든지 전보를 칠 수 있도록 전신 용지를 책상 위에 준비해 두었고, 조는 베스 곁을 잠시도 떠나지 않았다.

12월 1일은 그녀들에게 있어서 모진 겨울의 모습 그대로 눈보라가 휘몰아치는 날이었다. 뱅스 선생은 그날 아침, 전에 없이 오랫동안 진찰한 끝에 낮은 목소리로 한나에게 말했다.

"마치 부인이 만일 부군 곁을 떠날 수 있으시다면 곧 부르는 편이 좋겠어요."

한나는 말없이 고개를 끄덕이며 입술을 떨고 있었다. 메그는 이 말을 듣자마자 팔 다리의 맥이 쑥 빠져 의자에 주저앉고 말았다. 조는 새파랗게 질려 잠시 멍청히 섰다가는 전신 용지를 움켜쥐고, 눈보라 속으로 뛰쳐나갔다. 그녀가 곧 돌아와 소리 없이 외투를 벗고 있는데, 로리가 한 통의 편지를 들고 들어와, 마치 씨의 병환이 호전되었다는 소식을 알렸다. 기쁜 소식에도 자매들의 표정이 어둡자 로리가 물었다.

"왜 그래? 베스가 심해졌니?"

"지금 엄마한테 전보를 치고 왔어." 조의 표정은 심각했다.

"잘했어, 조! 스스로 결정한 거니?" 로리는 조를 현관 의자에 앉히고, 손이 떨려 벗지 못하는 장화를 벗겨 주었다.

"의사 선생님의 지시야."

"설마. 그렇게 중태니, 조?" 로리는 놀라 소리쳤다.

"중태야. 내 얼굴도 몰라보고, 나의 베스 같지가 않아. 그런데도 아무한테도 의지할 데가 없어. 이렇게 괴로운데 엄마 아빠는 안 계시지, 하나님도 너무 멀리 있어서, 나한테는 안 보이는 것 같고……."

조는 눈물을 줄줄 흘리며, 어둠을 더듬듯이 손을 내밀었다. 로리는 그 손을 꼭 잡고, 솟구치는 눈물을 꾹 참으며 목멘 소리로 속삭였다.

"내가 있어요. 내게 의지해요, 조!"

조는 말도 나오지 않았지만, 그의 말대로 그 손에 의지했다. 진심이 담긴 따뜻한 손은 조의 괴로움을 한결 가볍게 했다. 로리는 뭔가 상냥한 위로의 말을 해주고 싶었지만 적당한 말이 떠오르지 않아 말없이 그녀 곁에 서서, 그녀의 어머니가 늘 하듯이 떨구어진 머리를 살짝 쓰다듬어 주었다. 조에게는 그것이 최고였다. 조는 로리의 가슴에서 넘쳐나는 자상함을 느끼며 슬픔속에서도 애정의 따뜻함을 깨달았다.

"고마와, 로리. 마음이 많이 편해졌어. 이젠 그렇게 외롭지 않고, 어떤 일에도 견딜 것 같아."

"최선의 경우만을 바라는 거야. 엄마도 곧 돌아오실 거고, 모두가 좋아질 거야."

"아빠가 호전되어 다행이야. 엄마도 안심하고 오실 테니까. 아아, 어려움이 한꺼번에 몰려온 것 같아. 내가 제일 무거운 짐을 진 것 같고."

조는 한숨을 쉬며 눈물에 젖은 손수건을 무릎에 펼쳤다.

"메그는 힘이 되지 않니?"

"물론 메그도 열심이에요. 하지만 베스는 내 반쪽이에요. 어떤 일이 있어도 베스를 잃을 수는 없어. 절대로!" 조는 젖은 손수건에 얼굴을 묻고 다시 흐느껴 울었다. 이제까지는 한 방울의 눈물도 흘리지 않으려고 꾹꾹 참아 왔는데.

이윽고 조가 울음을 그치자 로리는 밝은 어조로 말했다.

"베스는 살아요. 착하고, 모두가 이렇게 사랑하고 있으니까."

"남의 사랑을 받고, 착한 사람은 모두 일찍 죽어." 조는 중얼거렸다.

"많이 지쳤구나. 조답지 않아. 잠깐만. 금방 기운이 나도록 해줄 테니." 로리는 계단을 뛰어올라 갔고, 조는 피곤한 머리를 베스의 작은 갈색 모자 위에 얹었다.

그 모자는 병에 걸린 날, 베스가 그 테이블에 놓은 채 아무도 치우지 않았던 것이다. 로리가 글라스에 포도주를 가득 담아 내려왔다.

"베스의 건강을 빌며! 로리는 명의야. 그리고 더없이 좋은 친구야. 이 우정을 언제 갚지?"

조의 피곤한 마음은 많이 회복되었다.

"이제 곧 청구서를 낼 거야. 그리고 포도주 이상으로 포근한 것을 하나 더 주지." 로리는 뭔가 감추고 있는 듯이 싱글벙글했다.

"뭔데?" 조는 호기심에 슬픔도 잊은 듯이 외쳤다.

"아주머니한테 어제 전보를 쳤더니, 부르크 선생님으로부터 출발했다는 회답이 왔어요. 그러니까 오늘밤에는 도착하실 거야. 전보 치길 잘했지?"

조는 벌떡 일어나, 갑자기 로리를 꽉 껴안아서 그를 깜짝 놀라게 했다.

"아아, 로리! 엄마! 아아, 기뻐!" 조는 울지는 않았지만 히스테릭하게 웃으며 로리에게 매달렸다. 갑작스런 뉴스에 충격을 받은 것 같았다.

로리는 조의 등을 침착하고 상냥하게 어루만져 주고 마음이 가라앉는 것을 보자, 쑥스러운 듯이 한두 번 키스를 했다. 조는 순간 번쩍 제정신이 들었는지, 난간을 잡아 바로 서서는 로리를 살짝 밀어내며 떨리는 목소리로 말했다.

"그만. 그게 아니었는데, 엉뚱한 짓을 하고 말았어. 너무 기뻐서 로리에게 매달려 버렸네. 어떻게 한나의 허락도 없이 전보를 쳤는지 얘기해 봐요. 하지만 술을 먹이진 말아요. 또 바보 같은 짓을 할지도 모르니까."

"난 걱정 안 해." 로리는 웃으며 넥타이를 고쳤다. "난, 무척 걱정이 됐어요, 할아버지도. 한나가 너무 권력을 휘두르는 것 같기도 했고. 그래서 어제 할아버지가 어떻게든 해야 하겠다고 말했을 때 우체국으로 달려갔지. 막차는 밤 두 시야. 나, 마중 나갈 거야."

"로리는 너무도 좋은 사람이야. 어떻게 감사를 해야 좋을지……."

"한번 더 매달려 주지 않겠어?" 로리는 장난스런 눈을 했다.

"그만. 놀리지 말고 집에 가서 푹 쉬어요. 오늘밤은 철야잖아? 감사해요, 로리. 축복을 빌겠어요!" 조는 말을 마치자 주방으로 들어가 버렸다. 로리도 유쾌한 마음으로 돌아갔다.

"그렇게 잘 나서는 애는 처음 보네요. 아무튼 부인만 빨리 돌아오시면 그런 다행이 없지요." 조가 기쁜 소식을 전하자 한나는 안도의 빛을 띠면서도 이렇게 말했다.

신선한 공기가 온 집안에 퍼지는 듯했고, 햇살 같은 따스함이 고요한 방을 환하게 했다. 베스의 작은 새는 다시 지저귀기 시작했고, 창가에 내버려두었던 에이미의 화분에서 장미 한 송이가 반쯤 피어 있었다. 난롯불까지 전에 없이 밝게 타는 듯했다. 자매는 얼굴을 마주볼 때마다 그 창백한 얼굴에 미소를 띠고, 부둥켜안으며 서로 격려하듯이 속삭였다.

"엄마가 돌아오신다! 엄마가 돌아오셔!"

모두가 기쁨으로 가득했지만 베스는 달랐다. 계속 혼수상태인 채로 희망도 기쁨도 없이 누워 있었다. 진종일 메그와 조는 베스의 곁에서 지켜보며 신과 어머니를 믿고 기도했다. 눈은 계속 내렸고, 열풍은 휘몰아쳤고, 시간은 어쩌면 그처럼 더딘지 몰랐다.

시계의 종이 울릴 때마다 자매는 빛나는 눈을 마주보며 다가오는 구원의 손길을 기다렸다. 의사는 열두 시쯤이면 좋든 나쁘든 간에 뭔가 변화가 올 테니까 그 때 다시 오겠다며 돌아갔다.

한나는 결국 지쳐서, 침대 끝의 소파에 누워 잠들어 있었고, 로렌스 할아버지는 초조하게 거실을 서성였다. 로리는 생각에 잠겨 가만히 난로의 불꽃을 바라보고 있었다.

자매는 그날 밤을 일생 동안 잊지 못할 것이다.

"만일, 하나님이 베스를 살려 주신다면 난 다시는 불평을 하지 않겠어." 메그는 진지한 목소리로 말했다.

"인생에 이처럼 괴로운 일이 계속된다면 도저히 오래 살지 못할 거야." 조는 지친 듯이 말했다.

시계가 열두 시를 알렸다. 집안은 죽은 듯이 고요했고, 바람 소리만이 그 고요를 깨뜨리고 있었다. 한 시간이 지났지만 아무런 변화도 없었다. 두 시가 지났을 때였다. 조는, 침대 쪽에서 무슨 소리가 나는 것을 듣고 돌아보았다. 메그가 어머니의 안락 의자 옆에 무릎을 꿇고, 두 손에 얼굴을 묻고 있었다. 조의 전신에 얼음처럼 싸늘한 공포가 스쳐갔다.

'베스가 죽었어! 메그는 내게 말을 못하고 있는 거야.'

조는 베스 곁으로 황급히 갔다. 뭔가 큰 변화가 일어난 듯했다. 고열도, 그 때문에 겪었던 고통의 빛도 사라지고 없었다. 귀엽고 조그만 얼굴이 핏기 없이, 평안해 보였기 때문에 조는 울거나 슬퍼하지 않았다. 자매들 중에서 가장 사랑하는 귀여운 동생 위에 몸을 숙이고, 마음을 다해 그 젖은 이마에 살짝 입술을 대고 속삭였다. "안녕, 베스. 안녕!'

그 기척에 눈을 떴는지, 자고 있던 한나가 벌떡 일어나 황급히 침대로 다가가 베스를 들여다보고, 손을 만져보고, 입술에 귀를 대보더니 갑자기 에이프런을 얼굴에 뒤집어쓰고 주저앉아 덩치 큰 몸을 흔들며 엉엉 울면서 말했다.

"고비는 넘겼수다. 열도 내리고 호흡도 좋아졌고. 아아, 하나님 감사합니다. 감사합니다!'

자매가 이 꿈 같은 말을 아직 믿지 못하고 있을 때, 마침 뱅스 선생이 와서 그것을 증명해 주었다.

"동생은 이제 좋아질 거야. 푹 자게 해둬요. 그리고 깨거든……."

깨면 어떻게 해야 한다는 말 따위는 둘 다 듣고 있지 않았다. 둘은 어두운 복도로 살짝 나와 서로 얼싸안고 말로는 다할 수 없는 기쁨을 억제하고 있었다. 다시 병실로 돌아와 자세히 보니 베스는 금방 잠든 듯이 규칙적이고 조용한 호흡을 하고 있었다. 소름끼치는 죽음의 그림자는 그 얼굴에 자취도 없었다.

두 사람이 힘든 밤샘을 끝내고 새벽 하늘을 보았을 때, 이처럼 멋진 해돋이는 본 적이 없었고, 이처럼 세상이 아름답게 느껴진 적도 없었다.

"동화의 나라 같애."

눈부신 경치를 바라보면서 커튼 그늘에 섰던 메그가 말했다.

"저봐, 들리지!"

조가 벌떡 일어났다. 현관의 딸랑이가 흔들리고 있었다. 이어 로리가 나직하게 말하는 소리가 들렸다.

"어이, 아주머니가 돌아오셨어요, 아주머니가!"

에이미의 유언장

　집에서 이런 일들이 있는 동안, 에이미는 마치 할머니 댁에서 고난의 세월을 보내고 있었다. 난데없는 귀양살이에 서러움을 느끼며 그 동안 집에서 얼마나 사랑을 받고, 어리광을 부렸는지를 깨닫게 되었다. 마치 할머니는 어리광 따위는 근본적으로 싫어했지만 에이미에게는 상냥하게 대해 주고 싶었다. 이 행실 착한 조그만 여자아이가 썩 마음에 들었기 때문이다. 그래서 에이미를 기쁘게 해주려고 최선을 다했지만 결과는 항상 그 반대였다.

　아이들과 함께 지내본 노인들은 아이들이 무얼 좋아하는지 알아 함께 즐겁게 생활할 수 있지만 마치 할머니는 그런 재능을 타고나지를 못했다. 규칙과 명령으로 에이미를 괴롭혔으며 딱딱한 예의범절이나, 재미도 없는 긴 이야기로 고통을 주는 것이 애정 표현의 방법이었다.

　노인은 에이미가 언니보다도 조용하고 애교가 있음을 알자 집에서의 나쁜 습관을 최대한으로 바로잡아 주는 것이 자기 임무라고 느꼈다. 그래서 에이미를 노상 곁에다 두고, 60년 전에 자기가 배운 대로 가르치려고 했다. 그 60년 전의 교육 또한 에이미를 괴롭혔고, 심술궂은 거미줄에 걸린 파리 같은 기분이 되게 했다.

아침 일과는 홍차 잔을 씻는 것에서부터 시작되었다. 그리고는 은스푼, 티 포트, 컵 따위를 반짝반짝 하도록 닦아야만 했다. 다음에는 방의 먼지를 터는 것인데 이것이 또한 엄청난 고행이었다. 마치 할머니는 조금이라도 먼지가 남아 있는 것을 용납하지 않았다.

그리고는 포리에게 먹이를 주고, 강아지의 털을 빗겨야 했다. 이런 고된 일들이 끝나면 에이미는 공부를 해야 했고, 그 다음에 노는 시간이 한 시간만 허락되었다. 로리는 약속대로 매일 찾아와, 마치 할머니를 교묘히 설득해 에이미를 밖으로 데리고 나가 산책도 하고, 마차도 타며 즐겁게 해주었다.

점심 뒤에는 노인에게 책을 읽어주어야 했고, 다음에는 자수를 하거나 타월의 가장자리를 손질해야 했다. 에이미는 겉으로는 조용했지만, 마음에는 반항심이 가득해 저녁때까지 부지런히 손을 움직였다. 그 뒤 저녁 식사까지는 자유시간이 허락되었다.

제일 고통스런 것이 밤이었다. 노인은 자기 젊었을 때의 얘기를 끝도 없이 늘어놓는데, 전부가 시들한 얘기뿐이어서, 에이미는 빨리 침실에 들어가, 자기의 쓰라린 운명을 한탄하며 실컷 울고 싶은 마음뿐이었다. 하지만 막상 침실에서는 한두 방울의 눈물을 짤까말까하고는 이내 잠들곤 했다.

로리와 가정부 에스터가 없었더라면 에이미는 도저히 이 암흑시대를 살아 나가지 못했을 것 같았다. 앵무새만으로도 그녀를 화나게 하는 데 충분했다. 포리는 에이미가 자기를 좋아하지 않는다는 것을 느끼자, 갖가지 방법으로 에이미에게 복수를 했다. 가까이 가면 반드시 머리카락을 잡아당기고, 새장을 청소하고 돌아서면 먹이통을 뒤집고, 노인이 졸면 강아지 모프를 쪼아서 짖게 하고, 손님이 오면 에이미에게 욕을 퍼붓는, 실로 늙다리 새답게 굴었다. 이 집의 개 또한 못말리는 녀석이었다. 뚱보에다 신경질이고, 털을 빗겨 줄 때는 이빨을 허옇게 물고 으르렁대고, 뭐든지 먹고 싶을 때는 벌렁 누워서 네 발을 버둥거리며 졸라댄다. 보기에도 딱한 바보 같은 짓이었다. 그것을 하루에 열 번도 더 했다. 요리사는 화를 잘 내고, 늙은 마부는 귀머거리고, 이 젊은 숙녀에게 관심을 가져 주는 것은 에스터 한 사람뿐이었다.

프랑스 여자인 에스터는 에이미에게 큰 집안을 여기저기 돌아다니며, 벽장이나 옛 장롱 속에 넣어 둔 진기하고 아름다운 물건들을 마음껏 보게 해주었다. 마치 할머니는 까치처럼 뭐든지 모아 두고 있었다. 에이미가 가장 흥미를 느낀 것은 인도제의 서랍장으로, 수많은 장신구가 들어 있었다. 특별히 마음에 든 것은 벨벳에 싸여 있는 보석상자였다. 그 안에는 40년 전에 마치 할머니가 사교계에 데뷔했을 때 쓰던 보석과 아버지와 연인으로부터 받은 갖가지 보물이 들어 있었다.

"할머님이 유물을 주신다면, 어느 것을 받겠어요?" 에스터가 물었다.

"글쎄, 다이아가 제일 좋지만, 다이아로 된 목걸이는 없죠? 나한테는 목걸이가 어울려요. 주신다면 이걸로나 할까?" 에이미는 금과 흑단(黑檀)의 구슬이 꿰어 있고, 같은 것으로 된 십자가가 달려 있는 목걸이를 보고 눈을 빛냈다.

"나도 그게 제일 마음에 들어요. 단순한 목걸이로서가 아니라 염주로서 말입니다."

"그럼, 에스터의 거울 위에 걸려 있는, 향기 나는 나무로 된 염주처럼 쓰게?"

"그럼요. 기도를 드리기 위해서죠. 이처럼 아름다운 염주는 허영을 위한 장식으로보다 기도에 쓰면 성자님들도 기뻐하시겠죠. 만일, 마드모아젤이 내가 전에 있던 댁의 부인처럼, 매일 기도와 명상을 한다면 얼마나 좋을까요. 그 부인은 조그만 예배당이 있었고 어떤 괴로움도 거기서 위로 받을 수 있었어요."

"나도 그렇게 해 볼까?"

에이미는 외로움에 어디든지 의지하고 싶었다.

"그렇다면 작은 공간을 적당히 꾸며 주겠어요. 마담에게는 알리지 마세요. 마담이 잘 때, 그곳에서 혼자 조용히 언니를 구해 달라고 신께 기도를 드려요."

에스터는 믿음이 두터운 사람이었기 때문에 그것을 권하는 데도 진심이 담겨 있었다. 에이미는 흥미를 느껴 자기 방의 벽장을 기도 장소로 꾸며 줄 것을 부탁했다.

"마치 할머니가 돌아가시면 이 아름다운 물건들은 어떻게 될까?"

에이미는 목걸이를 챙겨 제자리에 넣고, 보석상자를 닫으며 말했다.

"마드모아젤과 언니들이 받는 거예요. 난 알고 있어요. 유언장의 입회인이 되기도 했는데, 분명히 그렇게 씌어 있었어요."

"아이, 좋아라! 하지만 지금 주시면 더 좋을 텐데."

에이미는 다시 한 번 다이아를 보면서 말했다.

"아가씨들은 아직 이런 것을 갖기에 일러요. 이건 내 상상이지만, 마드모아젤이 집으로 돌아갈 때는 이 작은 터키석(石)의 반지를 주실 거예요. 마담은 마드모아젤이 착실하고 얌전하다고 칭찬하고 있으니까요."

"정말? 그 귀여운 반지만 준다면 난 아기 양처럼 순하게 행동할 거야. 마치 할머님은 역시 최고야!" 에이미는 꼭 그것을 획득해야 겠다고 결심했다.

그날부터 에이미는 모범생이 되었고, 노인은 자기의 교육이 훌륭한 성과를 거둔 데 대해 크게 만족했다. 에스터는 약속대로 벽장을 기도소로 꾸며 주었다. 작은 테이블과 발판을 마련하고, 빈방에서 한 폭의 그림을 가져다 책상 위에 걸어 주었다. 그녀는 대단치 않은 그림으로 생각했지만 사실은 세계에서 손꼽히는 명화를 유명한 화가가 모사한 것이었다. 에이미의 심미안은 그 성스러운 성모상을 아무리 보아도 싫증이 나지 않았고, 그렇게 하고 있는 동안에 마음이 따뜻해졌다. 테이블 위에는 자기의 조그만 성경과 찬송가책을 얹고, 로리가 가져다주는 꽃으로 꽃병을 채웠다. 매일 거기에 와서 착한 일을 생각했고, '언니를 구해 주소서' 하고 신에게 기도했다.

하지만 그녀는 아직 어렸으므로 자신이 처한 상황을 힘들어 하고 있었다. 그래도 애써 괴로운 일을 잊고, 명랑하고, 바른 행동을 하려고 애썼다. 착한 사람이 되려는 최초의 시도로써, 그녀는 마치 할머니가 한 것처럼 유언장을 만들기로 결심했다. 만일, 자기가 병에 걸려 죽더라도 자기의 소유물이 헛되이 쓰이지 않고 적당하게 분배되도록.

마치 할머니의 보석과 마찬가지로 귀중하게 여기는 작은 보물을, 체념하는 것만으로도 에이미는 가슴이 미어지는 듯했다.

어느 날 자유시간에 이 중요 서류를 꾸몄다. 법률 용어는 에스터의 도움을 받았다. 끝으로 에스터가 서명을 해주자 에이미는 제 2의 증인이 될 로리에게 보이려고 소중히 간직했다. 그날은 비가 내렸으므로 포리를 데리고 2층의 넓은 방에서 놀았다. 이 방에는 구식 의상이 가득했다. 에이미는 이 낡은 옷을 입고, 벽 거울에 비춰보며 노는 게 무엇보다도 즐거웠다.

무늬가 새겨진 옷감에 노란색으로 수놓은 속치마를 입고 머리에는 핑크 빛 터번을 두른 채 부채를 팔랑거리며 도도하게 걸었다. 그러나 발에는 헐렁한 하이힐을 신었으므로 아무리 애를 써도 뒤뚱거리지 않을 수 없었다. 그 뒤를 포리가 흉내를 내며 따랐다.

"어때? 멋지지? 꺼져, 멍청아! 입 다물지 못해! 키스해줘요. 하하하."

이 광경을 보고 가까스로 웃음을 참은 로리는 가볍게 벽을 두드려 정중하게 인사를 했다.

"거기서 잠깐 기다려요. 중대한 문제로 상의할 게 있어요." 훌륭한 차림을 한차례 자랑하고 나서 포리를 구석으로 쫓아보낸 뒤, 에이미는 말했다. "저 새는 말썽꾸러기야." 터번을 벗으며 그녀는 계속했다.

"어제 할머님이 졸 때, 포리가 새장 속에서 깩깩 비명을 지르잖아. 가서 꺼내주고 보니 안에 큰 거미가 한 마리 있었어요. 막대로 쑤셔서 밖으로 몰아냈더니, 책상 밑으로 들어가 버렸어요. 포리는 쫓아가 눈을 깜박

거리면서 들여다보더니 '얘, 이리 나와 산책 가자' 하잖아요. 너무도 우스워서 깔깔대고 웃었더니 '야아!' 하고 소리치고, 마침내는 할머님을 깨워서 야단 맞았어요."

"거미가 포리의 초대를 받아들였어?" 로리는 물었다.

"음, 포리는 깜짝 놀라서 정신없이 할머니의 의자에 뛰어오르더니 '붙잡아! 빨리, 붙잡아!' 하고 외치잖아." "거짓말! 정신 차려!" 앵무새는 외치며 로리의 손톱을 쪼았다.

"내 것이라면 너 따위 가만두지 않을 테다. 이 늙다리 새야!" 로리가 주먹을 휘두르자, 앵무새는 고개를 가웃하며, "할렐루야! 너에게 축복을!" 하고, 쉰 목소리로 진지하게 말했다. "이제 끝났어." 에이미는 장롱을 닫고 호주머니에서 한 장의 종이를 꺼냈다.

"이걸 좀 봐줘요. 법률적으로 정당한지 어떤지 가르쳐 주고. 무슨 일이 일어날지 모르니까, 무덤에 들어가서도 미움을 사지 않으려고."

로리는 웃음을 참고, 진지한 표정을 지으며 그 서류를 읽었다.

유언장

나, 에이미 · 카아티스 · 마치는 맑은 정신으로 이 세상 소유물 전부를 아래에 적은 사람들에게 양도한다. 곧,

1. 아버님에게는 가장 잘 그린 그림, 스케치, 지도, 기타 액자를 포함하여 회화 전부를. 또 지금 1백 달러를 자유로 쓰게끔 드립니다.
2. 어머님에게는 포켓이 달린 에이프런 외에 의류 전부를. 또 나의 초상과 메달을 사랑과 함께.

3. 사랑하는 마아가레트 언니에게는 터키석의 반지를(만일 얻게 되다면). 또 비둘기가 달린 푸른 상자와, 레이스. 그리고 언니의 어릴 적 추억으로써 내가 스케치한 언니의 초상화를.

4. 조 언니에게는 브로우치와(비록 고친 것이지만) 청동의 잉크통 (뚜껑은 언니가 잃었어요). 그리고 제일 소중한 석고의 토끼를, 언니의 소중한 원고를 태운 사죄로.

5. 베스에게는, 만일 나보다 오래 산다면 나의 인형 전부와 작은 장롱, 부채, 삼베 칼라를. 그리고 병이 나아, 발이 작아져서 만일 신을 수 있다면 나의 새 덧신을. 나는 이에 조안나 양을 무시했던 것을 삼가 사과합니다.

6. 내 벗이며 이웃인 데오도르 로렌스에게는 화판과 찰흙으로 만든 말을(당신은 머리가 없다고 웃었지만). 또 어려웠을 때 받은 많은 친절에 감사하는 뜻으로, 내 그림 중에서 마음에 드는 것을 (노틀담이 제일 좋다고 생각합니다).

7. 친절한 키티 브라이엔트에게는 푸른 비단의 에이프런과 금으로 된 염주 반지를 키스와 함께 보냄.

8. 한나에게는 언제나 갖고 싶어하던 모자 상자와 자수를 전부, '이것으로 나를 기억하시라우요' 하고 빌면서.

이상 나의 소중한 소유물 전부를 드렸으므로 여러분은 이것으로 만족하고, 죽은 사람을 원망하지 마세요. 나는 여러분의 죄를 용서하고, 최후 심판의 나팔이 울릴 때 다시 만날 것을 믿습니다. 아멘. 1861년 11월 20일. 나, 이에 서명하고, 봉인함.

에이미 · 카아티스 · 마치

증인 _ 에스터 · 바르노, 데오도르 · 로렌스

맨 끝의 이름은 연필로 씌어 있었는데, 에이미는 로리에게 잉크로 정식 서명을 하고 법식대로 봉함을 해 달라고 했다.

"어째서 이런 생각을 했지? 누군가가 베스 얘기를 했던가?"

로리는 진지한 표정으로 물었다.

에이미는 사실 전부를 설명하고 나서 걱정스럽게 물었다.

"베스는 어때요?"

"글쎄, 이왕 얘기가 났으니 말이지만, 어느 날은 아주 중태여서, 피아노는 메그에게, 고양이는 에이미에게, 가엾은 조안나는 조에게 주겠다고 말했어요. 조라면 자기 대신 충분히 사랑해 줄 것이라고. 베스는 가진 것이 별로 없으니까 남은 우리들에게는 머리카락을, 할아버지에게는 사랑을 주었어. 유언장 따위, 베스는 생각지도 않았어요."

로리는 말하면서도 서명을 하고, 봉함도 했는데, 굵은 눈물 방울이 종이 위에 뚝 떨어졌다. 에이미는 난처한 표정을 하고 있다가 오직 이렇게 말했다.

"유언장에, 편지에서처럼 추신을 달 순 없나?"

"있어요, 유언 보충서란 거야."

"그럼 내게도 그걸 해 줘요. 저어, 나의 곱슬머리를 전부 잘라, 친구들 모두에게 나누어주라고. 우스운 얼굴이 되겠지만 그래도 그렇게 하고 싶어요."

220

로리는 에이미의 최후, 최대의 희생을 웃으며 듣고 그것을 보충해 주었다. 로리가 돌아갈 때, 에이미는 입술을 떨며 물었다.

"베스의 병이 그렇게 무거워?"

"하지만 반드시 좋아질 거야. 희망을 가져야지. 그러니까 울지 말아야 해요. 응?"

로리는 오빠처럼 에이미의 어깨를 두드려 주었다.

로리가 돌아가자 에이미는 혼자만의 기도실로 가서 베스를 위해 기도했다. 저 상냥한 작은 언니를 잃을 바엔 터키석의 반지 따위 백만 개 주어도 싫을 것 같았다. 자꾸만 눈물이 흐르고 가슴이 아팠다.

밀담

어머니와 딸들의 재회를 이야기하기에 적당한 말을 나는 찾지 못했다. 다만 여기에, 진정한 행복이 이 집안에 넘치고, 메그의 아름다운 희망이 이루어졌음을 전해 두기로 하겠다. 다음날 아침 베스가 숙면에서 깨어났을 때, 처음 눈에 비친 것은 작은 장미와 어머니의 얼굴이었다.

쇠약해진 베스는 포근한 어머니의 팔에 뺨을 비비고, 오랜만의 평온함이 주는 만족감으로 가슴이 뻐근했다. 그리고는 다시 잠이 들었지만 어머니는 베스의 곁을 떠날 수 없었다. 잠든 사이에도 꼭 쥐고 놓지 않는 작은 베스의 손을 뿌리칠 수 없었으므로.

한나는 아침 요리에 최고의 솜씨를 발휘했고, 메그와 조는 어머니의 아침 식사를 도와주면서 그동안 못나눈 이야기를 했다. 아버지의 차도와 미스터 부르크가 남아 간호를 계속해 주겠다고 약속한 것, 눈 때문에 기차가 연착한 것, 피로와 추위와 근심에 지쳐 역에 닿았을 때 로리가 밝은 얼굴로 마중을 나와 있어 얼마나 반가웠는지 몰랐다는 등의 얘기로 시간 가는 줄 몰랐다.

그 날은 정말 즐거운 날이었다. 바깥은 햇살로 눈이 부셨지만, 집 안은 고요했다. 철야의 간호로 모두 지쳐 잠이 들었기 때문이다.

어깨의 무거운 짐을 내려놓은 기쁨을 맛보면서, 메그와 조는 평온하게 침대에서 자고 있었다. 마치 부인은 베스의 곁에서 꾸벅꾸벅 졸다가는 눈을 뜨고 잃어버린 보석을 되찾은 양 딸을 들여다보고, 만져보고 했다.

한편, 로리가 에이미에게 달려가, 슬프고도 기쁜 소식을 모두 전하자 오히려 마치 할머니가 에이미보다 먼저 훌쩍훌쩍 울며, 입버릇인 '그러니까 내가 뭐랬어'를 말했다. 에이미는 이때까지와는 달리 아주 훌륭한 태도를 보여 주었다. 아무래도 그 조그만 기도소에서의 수양이 결실을 가져온 듯했다. 눈물을 쓱 닦고, 마치 작은 숙녀처럼 행동했으므로, 로리까지도 감명을 받아, "착하구나!" 라고 했고 "이리 나와라, 산책 가자." 하며 최대한으로 애교를 떨었다.

로리의 말대로 그녀는 눈부신 눈 속으로 나가고 싶었지만 꾸벅꾸벅 졸고 있는 로리를 보자 소파에 눕도록 권하고 그 사이에 엄마에게 편지를 쓰기로 했다. 로리는 깊이 잠들었다. 마치 할머니는 커튼을 전부 닫고 조용히 앉아 있었다. 신기하게도 친절의 발작을 일으킨 모양이었다.

로리는 어쩌면 밤까지 계속 잤을지도 모른다. 만일 에이미가 어머니의 모습을 보고 환성을 올리지 않았더라면. 에이미는 행복했다. 엄마의 무릎에 안겨, 이제까지의 어려움을 호소하고, 상냥한 포옹을 상으로 받았으니까. 에이미는 곧 자신의 기도소로 어머니를 안내했다.

"괴로운 일이나 슬픈 일이 있을 때, 마음을 달랠 수 있는 장소를 가진다는 것은 참으로 좋은 일이에요. 인생에는 괴로울 때가 많이 있어요. 하지만 어떻게 구원 받을 것인가를 알고 있으면 언제든지 그것을 극복할 수가 있어요. 에이미도 그걸 깨달은 모양이구나." 마치 부인은 에이미의 손에 있는 물건을 보고 미소 지었다. 그것에 대해서는 아무 말도 하지 않았지만 에이미는 어머니의 표정을 보고 먼저 말을 꺼냈다.

"이 반지, 오늘 할머님이 주셨어요. 방으로 불러서 키스해 주시고, 이걸 끼워 주셨어요. 착한 애라면서. 이것, 늘 끼고 있어도 돼요, 엄마?"

"고운 반지구나. 하지만 좀더 큰 뒤가 좋지 않을까, 에이미." 아이답게 포동포동한 손을 보면서 마치 부인은 말했다.

"난, 그저 자랑삼아 끼려는 건 아녜요. 어떤 일을 기억하기 위한 거예요."

"마치 할머니를?" 마치 부인은 웃으며 말했다.

"아녜요, 이기주의가 되지 않기 위해서예요. 난 요즈음 이기심이란 무거운 짐에 대해 많이 생각해 봤어요. 그리고 이기주의자라는 게 제일 나쁘다는 것을 알았어요. 베스는 이기주의자가 아니니까 아프면 모두가 그처럼 걱정을 하잖아요. 만약 내가 아파면 모두 베스의 반만큼도 걱정하지 않을 것이고, 그게 또 당연해요. 나도 최선을 다해서 베스처럼 모두로부터 사랑을 받고 싶어요. 하지만 난 결심이 굳지 못하니까 이걸 끼고 있으면 항상 그 결심을 생각할 수가 있어요. 그럼 괜찮아요?"

"그래, 하지만 벽장의 기도소가 더 믿음직하구나. 아무튼 열심히 해봐요. 꼭 성공할 테니까. 자아, 이제 베스한테 가 봐야지. 힘을 내요, 응? 곧 데리러 올 테니까."

그날 밤 메그가 아버지에게 편지를 쓰고 있는 동안 조는 2층 베스의 방으로 들어가 뭔가 난처한 기색으로 머리카락을 잡아당기며 망설이고 있었다. "왜 그러니, 조?" "할 얘기가 있어요, 엄마." "메그 얘기니?" "어쩜 그렇게 금방 아세요? 네. 작은 일이지만 걱정이 돼서." "베스가 자고 있으니 낮은 소리로 얘기해 봐." 약간은 엄한 어조로 마치 부인이 말했다. 어머니의 발끝에 앉으며 조는 말했다.

"작년 여름에 메그가 로렌스 가에다 장갑을 두고 왔어요. 그런데 그게 한 짝밖에 돌아오지 않았어요. 우리들은 까맣게 잊고 있었죠. 그런데 로리가 미스터 부르크가 갖고 있다는 거예요. 조끼 호주머니에 넣고 있다가 한 번은 떨어뜨려서 로리가 놀려 주었더니, 미스터 부르크가 고백을 했대요. 메그를 좋아하지만 아직 어리고, 자기도 가난하므로 말을 못하겠다고. 엄마, 너무한 얘기죠?"

"메그도 애정을 느끼는 것 같니?" 걱정스러운 듯이 마치 부인이 물었다.

"어머머! 사랑이니, 연애니, 그런 것 몰라요."

흥미와 경멸이 묘하게 뒤섞인 말투로 조가 말했다.

"소설에서는 그런 감정에 빠진 처녀는 깜짝 놀라기도 하고, 얼굴이 새빨개지기도 하고, 졸도하기도 하고, 여위거나 전혀 엉뚱한 말을 하기도 해요. 하지만 메그에게는 그런 증세가 전혀 안 보여요."

"그럼 메그는 존에게 전혀 관심이 없는 건가?"

"누구요?" 조는 깜짝 놀랐다.

"미스터 부르크 말이야. 이젠 존이라 불러요. 병원에서 친하게 지내다 보니, 그게 좋을 것 같아서."

"어머, 어쩌나! 엄마는 틀림없이 그 사람 편들 줄 알았어요. 그 남자 비겁해요, 방법이! 엄마 아빠를 도와주는 척하며 자기 편을 만들었어요."
조는 화가 나서, 자기 머리카락을 쓱쓱 잡아당겼다.

"얘, 그렇게 화내는 게 아냐. 존은 로렌스 할아버지의 부탁으로 우리를
성심껏 도와주었어요. 그러니 우리도 좋아하는 게 당연해요. 메그에 관
해서도, 남자다운 태도로 솔직하게 얘기했어요. 메그를 사랑하고 있지만
구혼하기 전에 생활을 위한 자금을 마련하겠다고. 다만 메그의 사랑을
얻기 위해 노력할 수 있도록 허락해 달라고 했어요. 존은 훌륭한 청년이
에요. 다만, 메그가 그렇게 일찍 약혼을 하는 것은 찬성할 수 없지만."

"그럼요. 당치도 않은 얘기예요. 아아, 내가 메그와 결혼해서 집에다
확 잡아두면 얼마나 좋을까." 이 엉터리 고집에는 마치 부인도 웃었으
나, 곧 진지한 표정으로 말했다.

"조, 이건 비밀이니까, 메그에게는 아무 소리도 하지 말아요. 존이 돌
아와서 둘이 같이 있는 것을 보면 메그가 그를 어떻게 생각하고 있는지
알게 될 테니까."

"메그가 흔히 말하는 그 남자의 멋진 눈에서, 그의 진심을 깨닫는다면
그걸로 끝이예요. 메그는 마음이 고와서 누군가가 진정을 다해 바라보
기만 해도 햇볕 속의 버터처럼 녹아버릴 거야. 그렇게 되면 난 절망의 구
렁텅이에 빠져서 비참하게 될 거야. 아아, 우리가 모두 남자로 태어났더
라면 좋았을 걸."

조는 아무래도 존을 용납하지 못하겠다는 태도다. 마치 부인이 한숨
을 쉬자, "엄마도 싫군요? 아, 다행이야. 그 남자를 어떻게든 쫓아 보내
고, 메그에겐 말하지 않기로 해요. 그러면 지금처럼 모두 행복하게 지낼

수 있으니까."

"조, 너희들이 언젠가 가정을 갖게 되어 독립하는 건 자연스럽고 당연한 일이예요. 다만, 이번 일이 너무 갑작스러워서 조금 아쉬울 뿐이야. 메그는 아직 열 일곱이고, 존이 가정을 갖자면 몇 년 뒤라야 할 것이고. 아빠와 엄마는 메그가 스무 살이 되기까지는 참고 기다려주길 바래요. 존도 메그도. 둘 다 성실하니까 서로의 마음에 상처를 주지 않을 거예요. 아름답고 착한 메그! 그 애를 위해 모든 것이 순조로우면 좋겠는데."

"엄마는 메그가 부자와 결혼하는 걸 원하지 않으세요?"

어머니의 말끝이 떨린 것 같아서, 조는 물었다.

"돈은 좋은 것이기도 하고, 필요한 것이기도 해요. 나는 너희들이 돈에 쪼들리거나, 돈에 휘말리지 않기를 바라고 있어요. 그래서 존도 좋은 일자리를 찾아 착실하게 생활을 확립해 메그가 고생하지 않을 만큼의 수입을 얻게 되기를 바라고 있어요. 나는 딸들을 위해, 막대한 재산이라든가 지위라든가 명성 따위를 바라는 욕심쟁이는 아녜요. 하지만 만일, 지위나 재산이 애정이나 인격과 함께라면 물론 대환영이고, 기쁘겠지. 그러나 나는 너희들이 소박한 삶의 기쁨을 느꼈으면 해요. 다소 부족한 생활일지라도 훌륭한 남성과 진실된 사랑을 나눈다면 그게 진정한 풍족일 테니까."

"알겠어요, 엄마. 나도 그렇게 생각하고 있어요. 하지만 메그에 대해선 다소 실망했어요. 언젠가는 로리와 결혼시키려고 했었는데. 그렇게 하면 평생 호강할 수 있을 텐데."

"하지만 로리는 도저히 메그의 상대로는 생각할 수 없어요. 아직 어린

애 같으니까. 조, 그런 일은 시간과 각자의 마음에 결정을 맡겨야 해요. 쓸 데 없는 참견은 금물이에요. 그리고 네가 말하는 '대 로렌스' 따위를 모두의 머리에 불어넣어서 소중한 우정을 망가뜨리지 말아야 해요."

"네, 알았어요. 엄마, 우리들이 자라지 못하도록 다리미라도 머리 위에 얹어둘까요? 그러면 시집 같은 건 안 가도 될 텐데. 하지만 언젠가는 장미 봉오리는 장미꽃이 되고, 새끼고양이는 어미고양이가 되는 현실이라니. 아, 슬퍼!"

"다리미와 고양이가 어떻게 됐다는 거니?"

다 쓴 편지를 들고 메그가 들어오면서 물었다.

"뭐, 나의 허튼 수작이야. 그만 가자, 메그."

조는 살아 있는 퍼즐처럼 구부렸던 팔다리를 폈다.

"잘 썼어요. 이 끝에는 내가 존에게 안부 전한다고 덧붙여 주렴."

"엄마, 존이라고 부르세요?"

메그는 미소를 띠고, 순진하게 어머니를 보았다.

"그래. 그 사람은 우리를 자기 부모처럼 대해 주었고 우리도 퍽 호감이 가서." 메그의 시선을 주의 깊게 살피면서 마치 부인은 대답했다.

"아, 다행이야. 그 분, 친척이 없어서 참 외로웠을 거예요. 안녕히 주무세요, 엄마. 엄마가 집에 계시니 마음이 푸근해요."

메그의 반응은 담담했다. 메그가 나가자 마치 부인은 만족과 후회가 뒤섞인 표정으로 말했다.

"저 애는 아직 존을 사랑하지 않는군. 하지만 틀림없이 곧 사랑을 깨닫게 될 거야."

로리와 조

　다음 날, 조의 얼굴은 정말 볼 만했다. 뭔가 비밀을 가슴에 품은 듯 심각한 표정이었다. 메그는 재빨리 눈치를 챘지만 굳이 물어 보려고도 하지 않았다. 오랜 경험으로 볼 때, 조를 조종하는 최상의 수단은 뭐든지 역으로 행동하는 것으로 가만히 내버려두면 틀림없이 조가 먼저 얘기하기 때문이었다. 그러나 시간이 지나도 조는 전혀 그런 기색을 나타내지 않았고, 메그를 무시하는 태도를 취하므로 완전히 기대가 어긋나고 말았다. 그러한 조의 태도는 여간 불쾌한 게 아니었으므로 메그는 메그대로 토라져서 어머니 곁에만 붙어 있었다.

　그래서 조는 그 날을 혼자 자유롭게 지내게 되었다. 놀이 상대라곤 로리밖에 없었지만 지금 그를 만나기가 다소 두려웠다. 그는 비밀을 캐는 데는 선천적으로 소질을 타고났기 때문에 당장 냄새를 맡지나 않을까 걱정이 되었다.

　그런 그녀의 예감은 적중했다. 이 장난꾸러기 소년은 당장 냄새를 맡고 비밀을 캐내려 끝까지 조를 괴롭혔다. 그는 조를 추켜세우기도 하고 매수하려고 했다가, 놀렸다가, 협박했다가, 꾸짖기까지 했다. 마침내는 그것이 메그와 부르크에 관한 것임을 캐내고는 만족했지만 이내 가정교사가 이 비밀을 자기에게 공개하지 않은 데에 틀어지고, 무시당한 것에 대해 보복을 해야겠다고 머리를 짜기 시작했다.

한편 메그는 아버지의 귀가를 앞두고 아버지 맞을 준비에 몰두하고 있었다. 그러다가 갑자기 어떤 변화가 그녀에게 일어난 듯 하루하루가 지나면서, 전혀 메그답지 않게 되어 버렸다.

"메그는 느끼고 있어요, 그 사랑이란 것을. 그것도 상당히 중증인가 봐요. 대개의 증상이 이미 나타나고 있어요. 깜짝깜짝 놀라고, 불끈불끈 화를 내고, 잘 먹지도 않고, 밤엔 잠도 못 자고, 방구석에서 골똘히 생각에 잠기고. 하루는 그 남자가 번역해 준 노래를 흥얼대는 것을 들었어요. 한번은 엄마처럼 존이라고 부르고는 양귀비꽃처럼 새빨개졌어요. 아아, 저 병을 어떻게 고치지?' 조는 어떤 수단이라도 사양하지 않을 기세다.

"그냥 가만히 기다리는 거예요. 아빠가 돌아오시면 만사가 해결될 테니까." 마치 부인은 대답했다.

다음 날, 조가 우편물을 돌리며 말했다. "자, 메그에게 편지예요. 어머, 굳게 봉함이 되어 있네. 로리는 나한테 줄 때는 봉함 따위 안 하는데."

마치 부인과 조는 각기 자기 일에 몰두하고 있다가 메그가 작게 비명을 올려, 문득 고개를 들었다. 메그는 편지를 가만히 들여다보며 겁에 질린 얼굴을 하고 있었다.

"왜 그러니, 메그?' 마치 부인이 소리치며 달려갔고, 조는 언니를 놀라게 한 편지를 빼앗으려 했다.

"모두가 거짓말이었어. 그 분이 아니었어. 조, 정말 이러기야!"

"내가? 난 아무짓도 하지 않았어. 도대체 무슨 일인데?"

조는 어이가 없었다. 메그는 평소의 온화하던 눈에 분노를 담고, 꾸깃 꾸깃해진 편지를 꺼내 조에게 집어던지며 소리쳤다.

"네가 쓴 거지? 그리고 저 망나니 머슴애가 심부름을 한 거야. 어쩜 이 렇게 잔혹할 수가 있니, 우리들에게?"

조는 그 묘한 필체의 편지를 엄마와 같이 읽었다.

사랑하는 마아가레트

나는 더 이상 이 가슴의 벅찬 상념을 억제할 수 없습니다. 그 쪽으 로 돌아가기까지 자신의 운명을 알지 않고는 견딜 수 없습니다. 아 직 양친께 말씀드릴 용기는 없지만, 두 사람이 이처럼 사랑한다는 것을 아시면 틀림없이 허락해 주시리라 믿습니다. 로렌스 씨가 적 당한 직장을 구해주실 것이니, 머지 않아 사랑하는 사람이여, 나를 행복하게 해주실 것으로 믿습니다. 아직 가족들에게는 아무 말씀 마세요. 로리를 통해 오직 한마디 희망을 가질 만한 말씀만 들려주 세요.

전부를 바쳐, 존

"어머, 저 악한! 내가 엄마와의 약속을 지키려고 했기 때문에 이런 보 복을 해왔어. 끌고 와서 사과하게 해야지."

조는 펄펄 뛰었다.그러나 마치 부인은 그걸 제지하고 엄한 표정으로 말했다.

"조, 우선 자신이 무관하다는 것부터 증명을 해요. 몇 번이나 심한 장난을 한 경험이 있으니까, 너는. 이 일에도 한몫 거든 게 아니니?"

"엄마, 맹세해도 좋아요. 난 절대로 관계 없어요!"

조의 어조가 너무도 진지했으므로 둘은 그것을 믿었다.

"메그, 설마 답장을 쓰진 않았겠지?" 마치 부인은 물었다.

"썼어요, 엄마!" 메그는 수치를 견디지 못해 다시 얼굴을 감쌌다.

"아아, 큰일 났다! 엄마, 제발, 저 악동을 끌고 오겠어요. 사실을 고백하게 하고 혼을 내 줘야지." 조는 또 뛰쳐나가려고 했다.

"조용히 해요! 이 일은 나한테 맡겨. 생각보다 사태가 좋지 않은 것 같으니까. 메그, 처음부터 전부 얘기해 봐."

마치 부인은 메그 앞에 앉아서 명령했다. 한 손으로는 조가 뛰쳐나가지 못하도록 꽉 잡고.

"첫 편지는 로리를 통해 받았어요. 엄마한테 말씀드릴까도 생각해 봤지만 하루 이틀은 나만의 작은 비밀로 해두고 싶었어요. 난 정말 바보였어요. 죄송해요, 엄마, 난 지금 바보 같은 행위에 대한 벌을 받고 있는 거예요. 다시는 그 분의 얼굴을 볼 수가 없어요."

"그래, 뭐라고 답을 썼니?" 마치 부인이 다그쳐 물었다.

"그냥, 아직은 그런 것을 생각할 때가 아닌 줄로 압니다. 양친에게는 비밀을 가지는 것은 싫으니 그 쪽에서 아빠께 말씀드려 주세요. 이제까지의 친절에는 감사하고, 친구로는 계속 사귀고 싶습니다만 그 이상의 교제는 앞으로도 쭉 생각지 마시기를. 이것뿐이에요." 마치 부인은 과연 내 딸이다 싶어 미소짓고, 조는 손뼉을 쳤다.

"메그는 모범 여성 중에 모범이야. 그래서 저쪽의 답은?"

"전혀 엉뚱한 편지가 왔어. '러브레터를 쓴 기억은 없습니다. 틀림없이 장난꾸러기 동생 조가 거짓 편지를 쓴 모양입니다'라고. 참으로 상냥하고 훌륭한 편지였어요. 하지만 땅 속으로 꺼지고 싶은 심정이었어요."

메그는 절망한 나머지 어머니의 가슴에 매달리고, 조는 로리를 저주하며 오락가락했다. 그러다 갑자기 걸음을 멈추고 두 통의 편지를 가만히 비교해 보다가 결론을 내렸다.

"내 생각으로는 미스터 부르크는 아무것도 모르는 것 같아. 양쪽 다 로리가 쓴 거야. 그리고 메그의 편지도 자기가 갖고 있으면서 날 놀릴 속셈이야. 내가 비밀을 가르쳐 주지 않았기 때문에."

"비밀 같은 것 갖지 마, 조. 엄마한테 얘기해 버려요. 그래서 일이 커지지 않도록 하는 거야. 나도 그랬으면 좋았을 걸." 메그는 경고했다.

"하지만 그렇게는 안 돼! 이건 엄마한테서 들은 비밀이니까."

"이제 됐어요, 조. 메그는 내가 위로할 테니 가서 로리를 불러 와요. 깨끗이 처리돼야 하니까." 조는 좋아라고 뛰쳐나가고, 마치 부인은 미스터 부르크의 참마음을 차분히 메그에게 얘기해 주었다. "그런데 메그, 너의 마음은 어떠니? 그 사람이 가정을 가질 수 있게 되기까지 기다릴 만큼 사랑하니? 아니면 당분간은 자유로운 입장에 있고 싶니?"

"난 너무 놀라서, 애인이고 뭐고 당분간은 생각하고 싶지도 않아요. 난 어쩌면 평생……."

메그는 담담하게 말했다.

현관에 로리의 발소리가 나자 메그는 당황해서 서재로 뛰어들고, 마치 부인이 혼자서 죄인과 대면했다. 조는 로리가 오지 않을까 봐 엄마가 만나고 싶어하는 이유를 말하지 않았지만, 그는 마치 부인의 얼굴을 보자 당장 그것을 깨달았고 기가 죽은 듯이 고개를 떨구고 모자를 만지작거렸다. 그 태도를 보니 그의 죄상은 더욱 확실해졌다.

조는 임무가 끝났으므로 퇴장했으나, 죄인의 도망을 막기 위해 보초를 자원해서 홀을 왔다갔다하고 있었다. 거실에서는 30분쯤 얘기가 계속되었지만 무슨 일이 있었는지 딸들은 전혀 알지 못했다.

어머니가 불러 안으로 들어가자, 로리는 자책감에 괴로운 표정을 하고 있었다. 메그는 그의 진심에서 우러나는 사과와 이 사실을 미스터 부르크가 전혀 모른다는 증언을 듣고 나자 크게 안심을 했다.

"절대로 말하지 않겠어요. 용서해줘요, 메그."

"용서는 하겠지만 정말 신사답지 못한 짓이었어요, 로리." 마음의 동요를 감추기 위해 메그는 심각한 표정으로 말했다.

조는 쉽게 용서하기 싫어서 일부러 외면하고 서 있었는데, 로리는 한두 번 조를 흘끔거리다가 영 풀릴 기색이 없자 약이 올랐는지 마치 부인과 메그에게만 사죄를 하고 그냥 돌아가 버렸다. 로리가 사라지자, 조는 '좀더 일찍 용서해 줄 걸.' 하고 후회했다. 메그와 어머니가 2층으로 올라가자 심심해진 조는 마침 돌려줄 책이 있는 것을 구실로 이웃의 큰 저택으로 달려갔다.

"로렌스 할아버지는 댁에 계세요?" 마침 2층에서 내려오는 가정부에게 조는 물었다.

"네, 아가씨. 하지만 지금은 아무도 만나시지 않으시겠대요." "어디, 편찮으세요?" "그렇지는 않지만, 로리 도련님과 다투셨어요."

"로리는 어딨어요?" "방에서 문을 잠그고, 노크를 해도 열어주지 않아요. 식사 때가 됐는데, 두 분 다 드실 생각도 않고 있어요."

"제가 가 볼게요. 전 양쪽 다 무섭지 않으니까." 조는 2층으로 올라가 로리의 서재를 쾅쾅 두드렸다.

"시끄러워, 혼나고 싶니?" 젊은 주인은 신경질적으로 대답했다. 조는 계속 두드렸다. 문이 확 열리고, 로리가 놀라서 주춤하는 사이에 조는 안으로 들어섰다. 가정부의 말대로 그가 잔뜩 화가 나 있음을 재빨리 눈치챈 조는, 그를 다루는 방법을 잘 알고 있으므로, 실로 기묘한 표정을 하고는 연극처럼 무릎을 척 꿇고 정중하게 말했다.

"아까는 지나치게 화를 내서 정말 미안해. 사과하러 왔어요. 로리가 용서해주지 않는 한 돌아가지 않을 테야."

"좋아요, 좋요. 일어서요, 바보 같은 흉내는 그만두고."

"고마워. 그럼, 일어서겠어요. 그런데 도대체 어떻게 된 일이지?"

"목덜미를 잡고 휘둘렀단 말야. 이건 도저히 참을 수 없어!" 로리는 격한 어조로 말했다.

"누가 휘둘렀는데?"

"할아버지가. 만일 다른 사람이 그랬다면 그냥······."

상처받은 젊은이는 팔을 휘둘렀다.

"나도 자주 그랬었지만, 로리, 가만 있었잖아?"

"흠, 조는 여자거든. 그리고 장난으로 한 거란 말야. 하지만 남자는 용서 못해, 절대로."

"그런데 어쩌다 그랬지?" "너희 엄마한테 왜 불려 갔었는지, 그 이유를 말하지 않아서. 난 말하지 않겠다고 약속했거든. 그러니 무슨 일이 있어도 말 못할 수밖에."

"그야, 할아버지도 잘못하기는 했지만 틀림없이 후회하고 계실 거야. 난 알아. 그러니까 내려가서 화해해요."

"절대로 안 돼! 메그한테는 확실히 잘못했어. 그러니까 사내답게 사과했어요. 하지만 이번엔 내 잘못이 아니야."

"그렇지만 할아버지는 그걸 모르신단 말야."

"나를 좀더 신용해야지. 언제까지나 어린애 취급은 싫단 말야."

"정말 고집불통이군." 조는 한숨을 쉬었다.

"이 분쟁을 어떻게 해결할 셈이니?"

"할아버지가 먼저 사과하셔야지. 이유를 말할 수 없다고 하면 잠자코 나를 믿어 줘야 하잖아."

"하지만 그렇게는 안 돼요."

"저쪽에서 사과할 때까지 난 절대로 내려가지 않겠어."

"로리, 이번만 참아. 설마, 이 방에서 한 발자국도 나가지 않겠다는 것은 아닐 테고, 허세를 부려봤자 별 수 없어요."

"어차피 여긴 오래 있지 않을 거야. 살짝 탈출해서 여행을 떠날 작정이야. 그렇게 되면 할아버지도 외로워져서 굽힐 걸."

"그야 그렇겠지만 가출 따위를 해서 걱정을 끼치는 건 좋지 않아요."

"설교는 그만둬! 난 워싱턴에 가서 부르크 선생님을 만나겠어. 그 쪽은 번화가니까 기분 전환에는 제일이야."

"무척 즐거울 거야! 나도 탈출하고 싶어." 조는 방금 전의 상황을 잊어 버리고, 워싱턴의 활기에 찬 군대 생활을 상상해 보았다.

"같이 가자! 조는 아빠를, 나는 선생님을, 깜짝 놀라게 하는 거야. 정말이야, 조. 돈은 나한테 있어. 편지 한 장 써 놓고 나가버리는 거야. 아버지를 만나러 가는 거니까 나쁠 것도 없어요."

잠시 동안, 조는 이 음모에 가담할 듯했다. 무모하기도 했으나, 조의 기질에 딱 맞는 계획이었다. 창 밖을 바라보는 그녀의 눈동자는 순간 동경에 빛나고 있었으나, 맞은편의 낡은 집에 눈길이 머물자 머리를 가로저었다.

"내가 남자였다면 같이 도망가서 즐거움을 맛볼 수도 있겠지만 불행하게도 여자로 태어났으니, 얌전하게 집에 있어야 해. 로리, 나를 방황하게 하지 마."

"그 점이 오히려 좋지 않아?"

로리는 그래도 설득하려고 들었다.

"그만!" 조는 귀를 막고 소리쳤다. "그야 메그 같으면 이런 일에 동조하지 않겠지만 조는 그래도 배짱이 있는 줄 알았는데."

로리는 체념하지 않고 자꾸만 충동질했다.

"나쁜 사람, 그만! 자기 죄나 반성해요. 나까지 끌어들이지 말고. 만일에 말야, 할아버지께서 먼저 사과하게 되면 가출, 포기하겠니?"

조는 진지하게 물었다.

"글쎄, 하지만 그건 어려울 걸."

로리는 은근히 화해하고 싶었지만 상처받은 자존심이 문제였다.

"젊은 쪽이 잘 요리가 됐으니까 노인도 문제없어."

조는 방을 나가며 말했다.

"들어와요." 조가 노크하자 로렌스 할아버지의 굵은 목소리가 전에 없이 무섭게 들렸다.

"저예요. 책을 돌려 드리려고요." 조는 상냥하게 말하며 들어갔다.

"다른 걸 또 읽을 테냐?" 노인은 성난 얼굴을 애써 감추려고 했다.

"네, 할아버지. 사뮤엘(사뮤엘 존슨. 영국 문학자)은 참 재미있는 인물이라고 생각했어요. 제2권도 빌려 주셨으면 해요."

노인은 이동 사다리를 존슨 관련 책장 쪽으로 밀어 넣었고 조는 성큼성큼 올라가서 꼭대기에 앉아 책을 찾는 척하면서, 이 방문의 위험한 목적을 어떻게 꺼내야 좋을지 생각하고 있었다. 조가 가슴속에 뭔가 생각을 품고 있다는 것을 재빨리 알아차린 노인은 방안을 오락가락하더니 갑자기 획 돌아서며 말했다. 그 순간 놀란 조는 손에 들었던 「라세라스(1759년 존슨의 저서. 인간사회의 허영을 풍자한 것)」를 떨어뜨리고 말았다.

"로리가 무슨 짓을 했지? 감싸도 소용없어! 돌아왔을 때의 모습을 보면 다 알아요. 그런데 녀석이 고집스럽게 자백을 안 해요. 화가 나서 좀 쥐고 흔들었더니 2층으로 달아나서 문을 잠가 버렸어요."

"확실히 좋지 않은 짓을 했어요. 하지만 우리는 용서해 주었어요. 그리고 모두가 그 일은 입 밖에 내지 않기로 약속을 했어요." 조는 하는 수 없이 얘기를 시작했다.

"그건 안 돼. 마음 착한 아가씨들의 약속을 방패로 삼다니, 나빠. 나쁜 짓을 했으면 사내답게 자백하고, 사과하고 벌을 받아야지. 자아, 털어봐요, 조. 숨기는 것은 좋지 않아."

노인은 무서운 표정을 하고 재촉했다. 조는 가능하면 거기서 도망치고 싶었지만, 사다리 위에 있는데다 노인이 사자처럼 길을 막고 있었으므로 어쩔 수가 없었다.

"하지만 도저히 말씀드릴 수가 없어요. 엄마의 명령이에요. 로리는 자백하고, 사죄하고, 충분히 벌도 받았어요. 우리들은 로리를 위해서가 아니라, 다른 사람을 위해 침묵을 지키고 있어요. 그리고 할아버지까지 알게 되시면 일이 더욱 얽혀 버려요. 제발 눈감아 주세요. 이제 이 일은 잊으시고 〈란블러(1750~52년 사이의 존슨의 평론을 실은 간행물)〉나 뭔가 보다 재미있는 얘기를 해요."

"란블러 따위, 아무래도 좋아! 내려와서 저 놈이 배은망덕한 아이가 아니란 것을 맹세해 줘요. 그처럼 친절하게 해주시는데 만일 그런 짓을 했다면 내가 가만두지 않을 테니까."

노인의 말은 거창했지만 조는 태평이었다. 노인이 말로는 저래도 손자에게 손가락 하나 대지 못한다는 것을 조는 알고 있었다. 사다리에서 내려오자 메그의 이름은 빼놓고 사실 전부를 이야기했다.

"음. 그랬구나. 약속 때문에 입을 열지 않았다면 뭐 용서해 줄 수도 있지." 노인은 안도의 빛을 띠고 찌푸렸던 미간도 폈다.

"저도 그래요. 하지만 로리는 왕이나 군대나 말이 총동원 되도 꼼짝 않다가, 한마디 친절한 말에는 홀딱 넘어가요."

조는 한 고개는 넘었으나 또 한 고개가 남아 있음을 생각했다.

"그럼, 내가 저 애한테 덜 친절하다는 건가?"

"어머, 오히려 때로는 지나치게 친절하셔요. 하지만 마음에 안 드실 때는 다소 성급하게 다그치시는 것 같아요. 안 그러세요?"

조는 자신의 대담한 발언에 다소 가슴이 뛰었다. 그러나 조가 놀란 것은 노인의 솔직한 대답이었다.

"확실히 그래! 난, 저 애를 사랑하고 있어요. 하지만 녀석은 속만 썩인단 말야. 이대로 가다간 어떻게 될지……."

"글쎄요, 틀림없이 가출을 할 거예요."

이렇게 말하고 나서 조는 후회했다. 노인은 아들의 초상화를 우울한 눈으로 보았다. 로리의 아버지야말로 옛날에 노인의 뜻을 거역하고 가출하여 불행한 결혼을 했던 것이다. 조는 지금 이 노인이 과거를 생각하며 후회하고 있음을 알 수 있었다.

"하지만 로리도 여간한 일이 아니고는 가출하지 않을 거예요. 저도 가끔 그런 생각이 들어요. 특히, 머리를 잘라 버린 요즈음에는. 그러니까 만일 저희들이 안 보이거든 소년 2명 실종이란 광고를 내시고, 인도행의 배를 찾아보시면 될 거예요."

노인은 모두가 농담이었음을 알고 안심했다.

"이 말괄량이 처녀야, 노인에게는 다소 경의를 표할 줄 알아야 해요. 그래 가지고는 댁의 훌륭한 가정 교육이 울겠어. 남자아이고 여자아이고 모두 엉뚱하기만 하니. 그렇다고 해서 그나마도 없으면 또 인생이 재미없고……."

노인은 기분이 좋아져서 조의 뺨을 만졌다.

"녀석을 데려 와요. 식사 시간이니까. 그 연극 같은 비장한 표정은 그만 하라고 해요. 보기 싫으니까."

"하지만, 로리는 오지 않을 거예요. 말할 수 없다고 했을 때 믿어 주지 않았기 때문에 기분이 상했어요. 아니면 목덜미를 잡고 흔들어서 감정이 상했는지도 모르죠."

조가 비장한 표정으로 말하자 노인은 껄껄 웃었고 조는 자기의 작전이 성공했음을 알았다.

"그래. 그건 내가 옳지 않았어. 그래, 그 녀석은 나더러 어떡하라는 거지?"

"나 같으면 사과문을 쓰겠어요. 정식 사과문을 받아보면 자기가 오히려 미안하게 생각하겠죠. 로리는 장난을 좋아하니까, 말씀으로 하시기보다는 그게 훨씬 효과적이에요. 내가 전하고, 말을 잘 해보겠어요."

노인은 조의 얼굴을 흘끔 보고는 안경을 쓰면서 말했다. "대담한 계략이군. 하지만 너와 베스에게라면 그렇게 조종당해도 좋아. 자아, 종이를 가져와요."

그 사과문은 한 신사가 동등한 상대에게 보내는 것처럼 정식으로 작성됐다. 조는 노인의 벗겨진 정수리에 키스하고, 계단을 뛰어올라가 문 밑으로 그 사과문을 밀어 넣었다. 그리고 열쇠 구멍으로, "저자세로 나가요"라든가 "할아버지께 잘 해 드려요"라고 몇 마디 해주고는 아래로 내려왔는데, 로리가 난간을 타고 미끄러져 내려와 감사의 표정으로 말했다. "고마워, 조! 혼났니?"

"아니, 대체적으로 평온했어."

"아아, 아까는 정말 난처했어. 조한테마저 버림을 받았으니……. 절망이었어." 로리는 변명 비슷하게 말했다.

"그런 소리 말아요. 새 페이지를 펼치고 다시 시작하는 거야. 로리 아가."

"난 항상 페이지를 펼치고는 더럽힐 뿐이야."

그는 암담한 표정으로 말했다.

"가서 식사나 해요. 남성 여러분은 배가 고프면 꼭 기분이 틀어지니까." 로리는 할아버지에게 멋지게 사과하려고 식당으로 들어갔다. 그러나 의외로 할아버지의 기분은 최고로 좋았고, 그 날은 진종일 실로 정중하게 대해 주었으므로 그는 오히려 당황하고 말았다. 이렇게 모두가 이 문제는 완전히 끝이 났다고 생각하고 있을 즈음 메그만은 그렇지 않았다. 그녀는 어느 인물을 절대로 입에 담지 않았으나, 반대로 더욱 깊이 생각했고, 전보다 더 깊은 꿈에 잠기곤 했다.

즐거운 목장

폭풍우가 지나간 뒤의 맑은 날씨처럼 두 사람의 병은 차츰 회복됐고, 마치 씨는 신년 초면 돌아올 수 있다고 했다. 한편, 베스는 서재의 소파에 누워 고양이와 놀기도 하고, 인형들의 옷을 만들기도 할 정도로 회복되었다. 조는 수척해진 베스를 껴안고 근처를 돌아다니며 신선한 공기를 마시게 해주었고 메그는 귀여운 동생을 위해 손까지 데어가며 영양식을 만들기에 열심이었다. 에이미는 자기 소유의 모든 보물을 언니들에게 억지로 분배하며 귀가를 자축했다.

크리스마스가 다가오자 모두들 멋진 선물과 파티 준비에 관한 애기로 들뜨기 시작했다. 그리고 신기하게도 화창한 날씨가 계속되었고 마치 씨로부터는 곧 모두와 만나게 된다는 기쁜 소식이 들려왔다. 그렇게 모든 일들이 순조롭게 진행되더니 드디어 멋진 크리스마스 아침이 밝아왔다.

베스는 어머니가 선물로 주신 분홍 빛 가운을 입고, 조와 로리의 선물을 보러 모두의 부축을 받으며 창가로 갔다. 엉뚱한 커플은 최선의 노력을 한 결과, 대 걸작을 만들어냈다. 부지런한 난쟁이들처럼 두 사람은 밤새껏 일해서 실로 즐거운 선물을 완성했다. 놀랍게도 뜰 한가운데에 백설공주가 서 있었다. 호랑가시나무 관을 쓰고, 한 손에는 과일과 꽃을 담은 바구니, 다른 한 손에는 새 악보를 말아서 쥐고, 추운 듯한 어깨에는 무지개처럼 영롱한 망토를 걸치고, 그 입술에서는 핑크빛 종이에 쓴 크리스마스 캐롤이 나풀거리고 있었다. 거기에는 〈융프라우가 베스에게〉라는 시가 적혀 있었다.

이것을 보고 베스는 깔깔댔고, 로리는 몇 번이나 왕복하여 선물을 가져다 주었고, 조는 그것을 증정할 때마다 얄궂은 농담을 하는 등 즐거운 소란을 피워댔다.

"나, 지금도 너무 기쁜데 만일 여기에 아빠라도 돌아오신다면 가슴이 터져 버릴 거야." 베스는 만족스레 숨을 돌리며 이렇게 말했다. 너무 흥분해서 피곤해지면 안 된다며 조는 베스를 안고 서재로 들어가 융프라우가 보낸 맛있는 포도를 먹이고 있는 참이었다. 모두가 선물을 자랑하며 행복을 즐겼고 마치 부인도 딸들이 서로의 머리카락을 모아 만들어 준 부로우치를 만지작거리며 감사했다.

이 각박한 세상에도 가끔은 소설에서나 볼 수 있을 것 같은 행복한 일이 실제로 일어나는가 보다. 로리가 조용하던 거실 문을 열고, 슬쩍 안을 엿보더니 거꾸러질 듯이 안으로 뛰어들어왔다. 그의 얼굴은 흥분에 이글거렸고, 기쁨을 감추고 있는 듯 묘하게 들떴으며, 숨찬 듯이 쉰 목소리로 이렇게 말했다.

"마치 가의 여러분에게 또 하나의 선물이 있습니다."

말이 채 끝나기도 전에 누군가에게 끌려 로리가 뒤로 물러나자, 눈 아래까지 목도리로 칭칭 감은 키 큰 사람이 부축을 받으며 나타났다. 물론, 모두가 일제히 일어났다. 잠시 동안은 모두들 어안이 벙벙했고 너무나 뜻밖의 일이었으므로 아무도 말을 하지 못했다. 조는 자칫 기절을 할 뻔해서 로리의 부축을 받았고, 미스터 부르크는 그만 메그에게 키스를 해 버리고는 실수를 했으니 어쩌니 변명하기에 바빴다. 그리고 에이미는 평소의 침착성이 어딜 갔는지, 발판에 걸려 엎어져서 그대로 일어나지도 않고 아버지의 장화를 끌어안고 왕, 하고 울음을 터뜨렸다. 먼저 침착성을 되찾은 것은 마치 부인으로 손을 들어 모두를 제지했다.

"쉿! 베스가 있어요!"

그러나 이미 늦었다. 서재의 문이 활짝 열리자 조그만 분홍 가운이 나타났다. 환희가 그 수척한 팔 다리에 힘을 넣어 준 것이다. 베스는 아버지의 가슴속에 똑바로 뛰어들었다. 행복으로 가득하던 마음에 더해진 마지막 한 방울로 마침내 기쁨은 넘쳐서 이제까지의 괴로움을 씻어 가고, 현재의 즐거움만이 남았다.

너무 놀라서, 주방에서 그냥 뛰어나온 한나가 살찐 칠면조를 든 채 훌쩍거리는 모습을 보고 모두가 한바탕 웃는 것으로 절정의 순간은 진정이 되었다. 마치 부인이 미스터 부르크에게 극진한 간호에 대해 감사를 전하자 그는 마치 씨를 편안히 쉬게 하기 위해서 로리와 함께 황급히 돌아갔다. 두 병자에게는 휴식하라는 명령이 내려졌고 그들은 안락의자에 앉아 즐겁게 얘기하는 것으로 명령에 따랐다.

그날 마치 가의 식탁을 장식한 크리스마스 저녁 식사만큼 훌륭한 것은 없었을 것이다. 로렌스 노인과 로리와 부르크도 동석했다. 식사 후 썰매놀이가 미리 계획되어 있었으나 딸들은 아버지 곁을 떠나려 하지 않았다. 그래서 손님들은 일찍 돌아가고, 황혼이 내리자 가족들은 난롯가에 둘러앉았다.

"꼭 1년 전에 우리들이 쓸쓸한 크리스마스라고 불평했던 일, 기억나?"

여러 가지 이야기 끝에 잠시 조용해지자 조가 말했다.

"지나고 보니, 즐거웠던 해라고 할 수 있을 것 같애."

메그는 불꽃을 들여다보며 미소짓고, 미스터 부르크에 대한 태도가 스스로 생각하기에도 훌륭했다고 속으로 자찬했다.

"난 꽤나 쓰라린 해였다고 생각해."

반지에 비치는 불을 보며 에이미는 뭔가 생각에 잠기고 있었다.

"난, 이미 지나갔으니 다행이라고 생각해. 아빠를 되찾았으니까."

아빠의 무릎에 앉아 베스가 속삭였다.

"꽤 고생스러웠나 보지, 우리 작은 아가씨들이? 하지만 모두 용기로써 잘 극복했어요. 이젠 어깨의 짐도 가벼워질 거야."

마치 씨는 자기를 둘러싼 네 딸의 얼굴을 만족스럽게 둘러보았다.

"어떻게 아세요? 엄마가 얘기하셨어요?" 하고 조가 물었다.

"음, 대강은. 그리고 나는 오늘 여러 가지로 그걸 발견했어요."

"어머, 뭔대요, 가르쳐 주세요!" 메그가 소리쳤다.

"이것이 그 첫째 증거지."

마치 씨는 자기 의자의 팔걸이에 얹혀 있는 메그의 손을 잡고, 그 손등의 덴 자국과 거칠어진 손바닥의 굳은살을 어루만졌다.

"난, 이 손이 하얗고 보드랍고 고왔던 때를 기억한다. 하지만 나는 이 편이 훨씬 고와 보여. 이 또렷한 자국에서 조그만 역사를 읽을 수 있기 때문이야. 이 상처는 허영을 버린 데 대한 희생이야. 부지런했던 이 조그만 손을 잡을 수 있음을 나는 자랑스럽게 생각해요."

만일 메그가 오랜 고생에 대한 보답을 바랐다면 아버지의 따스한 손길과 이 칭찬 한마디로 충분했을 것이다.

"조 언니는 어때요? 뭔가 칭찬해 줘요." 베스는 아빠의 귀에 대고 속삭였다. 마치 씨는 웃으며 맞은편에 앉아 있는 키가 훌쩍 큰 딸을 본다.

"톰방머리지만 1년 전에 헤어진 아들 조는 아닌 것 같구나. 옷차림도 단정하고 신발도 깔끔한 젊은 숙녀로, 휘파람도 안 불고, 전처럼 길게 드러눕지도 않는 것 같애. 얼굴이 조금 갸름해지고 안색이 좀 어둡지만 간호하느라 고생이 돼서 그럴 테니 걱정할 것 없겠지. 전보다 상냥해 보이고 아주 예뻐졌어요. 정말 기뻐요. 하지만 난 전에 그 선머슴애 같던 딸도 그리워지는군. 그러나 착실하고 믿음직한 딸을 대신 얻었으니 만족해야지. 털을 깎아서 염소가 얌전해졌는지는 모르지만 온 워싱턴을 다 찾아도 내 딸이 보내 준 25달러로 살 수 있을 만큼 아름다운 것은 없었어요."

조의 빛나던 눈이 잠시 흐려지고, 여윈 뺨은 난로 불빛 속에서 붉게 물들었다. 그리고 이 황송한 아버지의 찬사도 조금쯤은 받을 자격이 있을 거라고 내심 자부했다.

"다음은 베스예요." 에이미는 빨리 자기 차례가 되었으면 싶었지만 얌전하게 기다렸다.

"베스는 요렇게 작아졌으니 칭찬을 많이 하면 감당을 못할까봐 걱정이야. 하지만, 예전 보다 부끄럼을 덜 타는 것 같구나." 마치 씨는 이 소중한 딸을 자칫 잃을 뻔했던 기억에 뺨을 마주 비비며 다시 말했다. "다행이야 베스. 무사히 이렇게 만날 수가 있어서. 언제까지나 이렇게 있자. 신이여 이 아이에게 은총을."

짧은 묵도를 끝낸 뒤, 발끝에 앉아 있는 에이미의 조그만 머리를 쓰다듬어 주며 말했다.

"아빠는 다 알고 있었어요. 에이미가 식사 때 양보를 해서 닭고기의 다리 쪽을 택한 것도, 또 오후에 몇 번이나 엄마의 심부름을 다닌 것도, 밤에는 메그에게 자리를 양보한 것도. 그리고 전처럼 토라지지도 않고, 거울도 보지 않고, 손가락에 끼고 있는 그 고운 반지 얘기도 꺼내지 않는 것을. 그래서 나는 에이미가 자기만을 생각지 않고, 남을 위해서 도움이 되려 노력하는 것을 알 수 있었어요. 그리고 찰흙 공작을 할 때처럼 세심한 주의를 기울이면서, 자기 성격을 다듬는 것도. 이건 대단히 반가운 일이에요. 자신과 남을 위해 인생을 아름답게 꾸미는 재능을 가진 귀여운 딸이 얼마나 자랑스러운지 몰라요."

"뭘 생각하니, 베스?" 에이미가 아빠에게 감사한 뒤 반지에 얽힌 이야기를 마치자 조가 물었다.

"오늘 〈천로역정〉을 읽어 봤더니, 여러 가지 어려움 끝에 '기독교인'과 '희망의 사람'이 여행이 끝나기 직전에 평화로운 푸른 목장에 닿는 대목이 있었어요. 거기는 1년 내내 백합이 피어 있고, 두 사람은 거기서 즐겁게 휴식을 했어요. 마치 지금 우리들이 하고 있듯이."

베스는 이렇게 말하고, 아버지의 품에서 빠져 나와 피아노 쪽으로 가면서, 다시 말했다.

"벌써 노래 시간이에요. 길손들이 듣는 목동의 노래를 불러 보겠어요. 아빠가 그 시를 좋아하시기에, 작곡을 해봤어요."

베스는 작은 피아노의 건반에 손을 얹고 다시는 듣지 못할지도 모른다고 생각했던 저 아름다운, 밝은 목소리로 자신이 작곡한 고풍스런 찬송가를 노래했다. 그것이야말로 베스에게 딱 어울리는 노래였다.

마치 할머니의 공로

여왕벌 주위에 몰려드는 벌떼처럼 다음 날도 어머니와 딸들은 아버지 주위에서만 맴돌며 다른 일은 뒤로 밀어 놓은 상태였다. 하지만 한가지 일만은 해결이 필요했다. 부부는 메그 쪽에 시선을 돌리며 걱정스러운 표정으로 얼굴을 마주보았다. 그 모습을 본 조는 갑자기 발작을 일으킨 듯한 얼굴로 현관에 놓고 간 미스터 부르크의 우산에 주먹을 휘둘러댔다. 메그는 괜히 마음이 들떠서 말도 별로 하지 않고, 수줍어하고, 현관의 딸랑이만 울려도 깜짝 놀라고, 존의 이름만 누가 말해도 뺨을 살짝 붉히곤 했다.

오후가 되어 로리가 창 앞을 지나다가, 창가에 선 메그를 보고는 한쪽 무릎을 꿇고, 가슴을 치며 머리를 쥐어뜯는 시늉을 하다가 손을 내밀어 뭔가를 간절히 기원하는 모습을 해 보였다. 그리고 메그가 "바보 같은 짓은 그만하고 저리 가요." 라고 말하자 눈물에 젖은 손수건을 짜는 시늉을 하며 절망적인 표정으로 비틀비틀 모퉁이를 돌아갔다.

"바보 같애. 도대체 왜 저러지?"

메그는 웃으면서 시치미를 뗐다.

"언니의 존이 지금 저런 상태라는 거야. 가슴이 찡하게 아프지?"

조는 경멸하는 듯한 어조로 말했다.

"언니의 존이라니, 그런 말 마. 천한 표현인 데다, 우선 그건 사실이 아니니까."

그러나 메그는 그 이름의 여운이 듣기에 좋았던지 다시 말했다.

"나를 난처하게 하지 말아요, 조. 전에도 말했잖아. 그분을 그토록 좋아하지 않는다고. 그러니 이러쿵저러쿵할 이유가 없어요. 그저 모두가 친절하게, 전처럼 친구로 지내면 돼요."

"그건 무리야. 아무 것도 모른다면 또 몰라도. 이미 언니는 변했고 자꾸만 내게서 멀어지는 것 같아. 굳이 난처하게 하고 싶은 생각이 없어서 참고는 있어요. 하지만 빨리 결말이 났으면 좋겠어요. 그럴 생각이라면 척척 일을 진행시켜서 끝장을 내 버려요."

조는 기분이 상한 듯이 말했다.

"내가 먼저 무슨 말을 하니? 저쪽에서 먼저 얘기해 오기 전에……. 그리고 아빠가, 난 아직 어리다고 하셨다니까 그분은 말하지 않을 테고."

메그는 아버지의 아직 어리다는 의견에 별로 찬성하지 않는 듯했다.

"하지만 만일 그가 무슨 말이라도 한다면 어떻게 대답해야 좋을지 몰라서, 당황한 나머지 '싫어요' 하는 대신 그 사람의 뜻대로 되어 버릴걸."

"난 그렇게 바보가 아냐. 어떻게 대답해야 할 것인가 쯤은 다 알고 있어요. 미리미리 다 생각을 해두었어요."

메그가 무의식중에 보인 도도한 태도에 조는 미소지었다.

"그 미리 연습했다는 것을 한번 들어볼까?"

조는 다소 경의를 표하며 말했다.

"좋아요. 너도 이제 열 여섯이니까, 내 상담역이 되어도 좋은 나이야. 그리고 내 경험은 머지않아, 네 자신이 이런 문제에 부딪쳤을 때 다분히 도움이 될 테니까."

"그런 생각은 전혀 없어. 다른 사람이 연애하는 것을 곁에서 바라보는 것은 재미있지만 정작 내 차례가 되면 꽤 웃길 걸."

조는 생각만 해도 징그럽다는 표정이었다.

"그렇지는 않을 거야. 만일 네가 누군가를 좋아하게 되고 그 사람도 너를 좋아한다면."

메그는 혼잣말처럼 말하며 앞의 오솔길을 보았다.

"그 사람에게 어떻게 대답할 것인지 얘기해 준댔잖아?"

조는 언니의 생각을 일부러 방해하듯이 말했다.

"그래. 그저 조용히, 분명하게, 이렇게 말할 작정이야. '고맙습니다, 미스터 부르크. 그렇게 말씀해 주시니. 하지만 저는 지금 당장 답을 드리기 전에 아직 어리다는 아빠의 의견이 옳았다고 생각합니다. 그러니, 이제 아무 말씀도 마시고 예전처럼 친구로 지내요, 네? 라고."

"어이구, 딱딱해. 아무튼 그렇게 순조롭지도 않을 것이고 또 그렇게 말했다 해도 그가 가만히 있지 않을 거야. 만일 그 사람이 소설에 나오는 실연한 사람처럼 굴면 언니는 상처를 주는 게 안타까워서 생각을 바꾸고 말 걸."

"그럴 리는 없어. 나, 결심을 바꿀 수는 없어요, 하고 방에서 후딱 나가 버릴 거야."

메그가 일어나 그 후딱 나가 버리는 장면을 연습하려고 하는 순간 현관에 인기척이 났다. 메그는 후다닥 본래의 자리로 뛰어가 바느질감을 들고 정신없이 바늘을 움직였다. 조는 언니의 이런 태도에 웃음을 참으며 문을 열었다.

"안녕하세요? 우산을 놓고 가서. 아니, 저어, 아버님의 차도는 좀 어떠신가 하고……."

미스터 부르크는 두 사람을 보자 당황했다.

"네, 우산 꽂이에 있어요. 갖다 드리겠어요. 아버지께 오셨다고 말씀 전하겠어요." 조도 갑작스런 일이라 당황스럽게 방을 나갔다. 미리 연습한 대답을 차분히 할 수 있는 기회를 언니에게 주기 위해서. 그러나 조가 나가자 메그는 문 쪽으로 걸음을 옮기며 모기 소리만 하게 말했다.

"좀 앉으세요. 엄마를 모셔 오겠어요."

"아니, 여기 그냥 계서 주세요. 내가 두렵습니까, 마아가레트?"

미스터 부르크가 너무도 괴로운 표정을 지었으므로 메그는 뭔가 크게 실례되는 행동을 한 느낌이었다. 마아가레트라고 불리는 것도 처음이었고, 그 목소리의 울림이 달콤하게 가슴에 스머드는 듯해서 깜짝 놀라 이마까지 새빨개졌다. 그러나 친구처럼 자연스런 태도를 취하려고 친절하게 손을 내밀며 감사의 말을 했다.

"아빠한테 그처럼 잘해 주셨는데 무서워할 리가 없잖아요? 어떻게 감사드려야 좋을지……."

"지금 그걸 가르쳐 드릴까요?'

미스터 부르크가 조그만 메그의 손을 두 손으로 꼭 쥐고 그 갈색 눈동자에 사랑을 담아 그윽이 쳐다봤기 때문에 메그는 마구 가슴이 뛰었다.

"아니, 안 돼요. 저어, 그것은 말씀 않는 편이." 잡힌 손을 빼려고 하면서, 메그는 정말 겁먹은 듯이 말했다.

"그렇게 걱정 않으셔도 됩니다. 다만 나를 조금은 생각해 주시는지 어떤지 알고 싶을 뿐입니다. 메그, 나는 당신을 쭉 생각하고 있어요."

바야흐로 분명하게 거절해야 할 때인 것이다. 하지만 메그는 미리 연습해 두었던 말을 까맣게 잊고 말았다.

"저어 잘 모르겠어요."하고 들릴 듯 말 듯하게 말했으므로 존은 메그의 입가에 귀를 갖다 대어야만 할 형편이었다. 존은 기쁜 미소를 띄며 포동포동한 손을 꼭 쥐고, 더욱 간절하게 말했다.

"생각해 봐 주세요. 아무래도 알고 싶어요. 일도 손에 잡히질 않아요. 언젠가는 이 마음을 알아주실 날이 있을지 없을지 알기까지는……."

"전 아직 어려요." 메그는 말을 더듬었다.

"기다리겠습니다. 그러다 보면 당신도 나를 좋아하게 될지 모르니까요. 그것도 어려운가요?'

"그야, 어려운 일은 아니지만."

"메그, 언제까지고 기다리겠어요."

존이 메그의 다른 한 손도 잡아 버렸기 때문에 그녀는 얼굴을 돌릴 수도 없었다. 메그는 용기를 내어 그의 얼굴을 살짝 훔쳐보았다. 그 눈동자에는 기쁨이 넘치고, 입가에는 성공을 의심하지 않는 사람의 만족한 미소가 떠올라 있었다.

메그는 순간 발끈하게 약이 올랐다. 순진하기만 하던 그녀는 갑자기 남자를 휘어잡아 보고 싶은 묘한 욕망에 잡혔던 손을 잡아 빼고는, 느닷없이 말했다.

"그럴 마음은 전혀 없어요. 돌아가 주세요. 나, 혼자 있고 싶어요."

가엾게도 미스터 부르크는 상상 속의 성이 와르르 무너진 듯한 표정이 되었다. 메그의 이런 태도는 처음 보았기 때문에 깜짝 놀랐다.

"정말입니까, 지금 말씀하신 것이?"

성큼성큼 걸음을 옮겨 놓는 메그에게 매달리듯 물었다.

"네, 정말이에요. 아빠도 아직은 어리다고 말씀하시니 생각해 보고 싶지도 않아요."

"기다리는 것도 안 되겠습니까, 메그? 아까의 말은 당신답지 않았어요."

"나답든, 나답지 않든 이제 내 생각은 말아 주세요. 그 편이 좋겠어요."

연인을 괴롭히고 자기의 힘을 시험해 봄으로써 묘한 만족감을 맛보면서 메그는 말했다. 그는 침통한 표정으로 슬픈 듯이 메그를 바라보았는데 그 모습이 너무도 괴로워 보였기 때문에 메그는 자신도 모르게 태도가 누그러질 것 같았다.

때마침 마치 할머니가 불쑥 나타나지 않았더라면 그 뒤 어떻게 되었을지 필자로서도 예측할 수가 없다. 마치 할머니는 조카를 만나고 싶어 달려왔던 것이다. 산책을 나왔다가 로리를 만나, 조카가 돌아온 것을 전해 들은 이 노인은 모두를 놀라게 해주려고 몰래 슬쩍 들어섰다. 확실히 둘은 너무 놀랐다. 그것도 보통 놀란 정도가 아니고 메그는 유령을 만난 듯이 안색이 변했고 미스터 부르크는 서재로 달아났다.

"아니, 아니, 이건 도대체 어떻게 된 일인가?" 마치 할머니는 창백한 얼굴을 한 청년에게서 새빨개진 처녀 쪽으로 얼굴을 돌리며 손에 들었던 지팡이를 땅땅 울렸다.

"아빠의 친구예요. 정말 몰랐어요, 오실 줄은 전혀 몰랐기 때문에."

메그는 곧 시작될 설교를 직감하며 말했다.

"그런 것 같군."

마치 할머니는 이렇게 말하고는 털썩 자리에 앉았다.

"그런데 그 아버지의 친구란 사람은 무슨 말을 해서 너를 모란꽃처럼 새빨갛게 만들었니? 아무래도 좋지 않은 일이 시작된 것 같구나. 어디, 얘기 좀 해 봐."

지팡이가 또 다시 땅! 했다.

"그저 얘기하고 있었어요. 미스터 부르크는 잊고 간 우산을 가지러 왔어요." 메그는 진심으로 미스터 부르크와 우산이 무사히 집을 빠져나가면 좋겠다고 생각하며 말했다.

"부르크라고? 아아, 그 애의 가정교사구나! 하하하! 알았어요. 다 알고 있어. 조가 너의 아버지가 내게 보내온 안부편지를 읽어 줄 때, 필요 없는 대목까지 읽어 주었단 말야. 그래서 전부 자백을 받았어요. 설마 너, 승낙할 생각은 아니겠지?"

정말 불쾌하다는 듯이 노인은 떠들어댔다.

"쉿! 들려요. 엄마를 불러 올까요?"

메그는 어찌할 바를 몰라 하며 말했다.

"아니, 천천히 해도 좋아. 그보다는 너한테 말해 둘 게 있어. 너, 그 부르크인가, 뭔가 하는 남자하고 결혼할 생각이니? 만일 그렇다면 나는 단 1페니도 너한테는 안 줄 테다. 잘 생각해서 바보 같은 짓은 않는 게 좋아요." 노인은 거만하게 다짐을 두었다.

그런데 마치 할머니의 이 말은 온순한 사람에게도 반항심을 불러일으키기에 충분했다. 그리고 인간이란 아무리 얌전한 사람이라 할지라도 외고집인 일면이 있는 법이다. 특히, 젊어서 사랑을 할 때는. 만일 마치 할머니가 메그에게 부르크 청년의 구애를 받아들이라고 했더라면 다분히 메그 쪽에서 펄쩍 뛰었을 것이다. 그러나 그녀는 막무가내로 사랑해서는 안 된다는 명령을 받았으므로 즉석에서 마음을 굳히고, 싫어도 좋아하겠다고 마음먹었다. 이미 마음도 움직이고 있었던 터에 이런 고집이 작용해서 메그는 빠르게 결단을 내렸다. 그리고 할머니가 나타나기 전에 이미 흥분했던 메그는 전에 없이 용감하게 할머니에게 도전했다.

"나는 자신이 선택한 사람과 결혼하겠어요, 할머니! 할머니의 돈은 할머니 마음대로 하시면 돼요."

한 발자국도 양보 않겠다는 듯이 메그는 고개를 반짝 들고 말했다.

"흠! 이건 놀랐다. 나의 충고에 대해 그런 대답을 해도 괜찮을까? 곧 후회할걸. 통나무집에서 살아보면 사랑이 문제가 아니란 것을 알게 될 거야."

"하지만 좋은 집에서 살면서 그런 생각을 하는 것보다는 낫다고 생각해요." 메그는 지지 않았다. 마치 할머니는 안경을 꺼내어 메그의 얼굴을 찬찬히 훑어본다. 메그는 정신이 없었다. 갑자기 용기가 생겨 존을 변호하고, 그를 사랑할 권리를 주장하는 것이 기뻤다. 마치 할머니는 얘기를 잘못 시작했음을 깨닫고 잠시 쉬었다가 다시 시작하며 되도록이면 평온한 어조로 말하려 노력했다.

"메그야, 잘 생각해서 내 충고를 받아들여요. 이것도 다 너를 위해 하는 소리야. 괜히 발을 잘못 내딛어서, 일생을 헛되이 하는 일이 없도록 하기 위해서야. 너는 좋은 데로 시집을 가서 친정에 도움이 되어야 해요. 부잣집 아들과 결혼하는 것이 너의 의무다. 이것을 명심해요."

"아빠도 엄마도 그렇게는 생각지 않고 계세요. 두 분 모두 존을 좋아하세요. 그 분은 돈도 없지만……."

"너의 양친은 세상 모르는, 그야말로 애들과 마찬가지야."

"그래서 더 좋아요." 메그는 결연히 말했다. 마치 할머니는 메그의 말에는 귀도 안 기울이고 자기 설교만 계속했다.

"부르크란 사람은 가난하고, 특히 부자 친척도 없지?"

"없어요. 하지만 힘이 되어 줄 친구들은 많아요."

"우정은 생활에 보탬이 되지 않아요. 특히, 돈 문제가 되면 전부 모른 척해요. 당해 보면 알아요. 직장은 갖고 있니?"

"아직은요. 하지만 로렌스 할아버지가 주선해 주실 거예요."

"그게 어느 세월이 될지, 제임스 로렌스란 영감은 믿을 만한 사람이 못돼요. 내 말을 듣고 좋은 인연을 맺으면 평생을 편하게 지낼 텐데. 너는 머리가 좋은 아이인 줄 알았는데."

"평생의 반을 기다려도 이렇게 좋은 연분은 없다고 생각해요. 존은 홀

룽한 분으로 머리도 좋아요. 재능도 타고났어요. 무척 부지런하니까 뭘 해도 잘될 거예요, 용기도 있고 실력도 있으니까요. 저는 오히려 돈도 없고 어려서 아무 것도 볼 게 없는 저를 그 분이 사랑해 주시는 것이 기뻐요."

단숨에 이렇게 말한 메그의 얼굴은 더 아름다워 보였다.

"저쪽은 너에게 부자 친척이 있다는 것을 알고 있어요. 아무래도 목적이 그것 같애."

"할머니, 어쩌면 그런 말을! 존은 그런 천박한 생각을 할 리가 없어요." 메그는 발끈했다. 이 노인의 지나친 생각에 흥분하여 언성을 높이고 말았다.

"나의 존은 돈을 목적으로 한 결혼 따위 절대로 하지 않아요. 우리들은 열심히 일하고, 그리고 기다리겠어요. 가난한 것쯤 조금도 두렵지 않아요. 이제까지도 쭉 행복했었고 그 분과 함께라면 앞으로도 쭉 행복할 거예요. 왜냐하면 그 분은 나를 사랑해 주시고, 나도 그 분을……."

여기서 메그는 말이 막혔다. 아직 그처럼 확실하게 마음이 결정되지 않았음이 갑자기 생각났기 때문이었다. 그리고 그 나의 존에게 돌아가 달라고 말했던 사실도 함께. 이와 같은 모순된 행동을 그가 엿듣고 있을지도 모른다는 생각이 들었다.

마치 할머니는 벌컥 화를 냈다. 전부터 이 아름다운 소녀에게는 좋은 짝을 만들어 줘야지, 하고 마음속으로 생각하고 있었기 때문이었다.

"그래? 그럼 난 이 일에서 완전히 손을 떼야겠군. 너도 고집 불통이구나. 이 바보 같은 짓으로 네가 생각한 것 이상으로 많은 것을 잃어버렸어요. 가야지, 너한테 이처럼 실망을 하고는 아버지의 얼굴을 볼 기운도 없어요. 너의 그 미스터 부르크인가, 뭔가 하는 친구가 잘 보살펴 줄 테니까, 너하고도 이젠 마지막이야."

노인은 문을 쾅 닫고 나가더니 무서운 속도로 마차를 몰고 돌아가 버렸다. 혼자 남은 메그는 울어야 좋을지 웃어야 좋을지 몰라서 막연히 서 있었다. 그리고 정신을 차려보니 어느새 미스터 부르크가 눈앞에 서 있었다.

"다 들었어요, 메그. 나를 변호해 주어서 고마워요. 나는 오히려 마치 할머님께 감사 드려요. 당신이 나를 조금은 사랑하고 있다는 것을 증명해 주었으니까."

"할머니가 당신을 나쁘게 얘기할 때는 어느 정도인지 몰랐어요."

메그는 말했다.

"그럼, 돌아가지 않아도 좋습니까, 메그? 이렇게 행복에 젖어 있어도 괜찮을까요?"

지금 연습한 것처럼 분명하게 말하고 후딱 퇴장할 절호의 찬스가 다시 왔다. 그러나 메그는 그런 것을 깜박 잊고, 조의 말을 빌리자면 돌이킬 수 없는 우행(愚行)을 저질러 버린 것이다. 그녀는 가느다랗게 "네, 존"하고 말하고 그의 가슴에 얼굴을 묻고 말았다.

마치 할머니가 돌아간 뒤 15분 후에 조는 살짝 아래로 내려와 거실 문 앞에 서서 아무 소리도 들리지 않는 것을 확인하자, 만족스럽게 미소짓고, 속으로 중얼거렸다. '처음에 얘기한 대로 쫓아 버렸구나. 이것으로 한가지 문제는 끝났어. 어디 얘기나 좀 들어볼까? 꽤 우스울 거야.'

그러나 가엾게도 조는 완전히 배신을 당했다. 눈앞의 광경에 깜짝 놀라 눈은 휘둥그래지고 입은 쩍 벌어지고, 문 앞에 못 박힌 듯이 서 버렸다. 쫓겨났을 적을 약올려주고 능글맞은 연인을 격퇴한 언니에게 박수를 보내려고 생각한 참이었는데, 그 적이라는 작자가 태연히 소파에 앉아 있고 언니는 그 무릎에 앉아 애교를 떠는 모습이라니.

조에게는 여간 쇼크가 아니었다. 찬물을 뒤집어 쓴 듯이 혹하고 느꼈다. 정말 숨이 막히는 느낌이었다. 이 묘한 소리에 연인들은 놀라 조를 돌아보았다. 메그는 펄떡 일어나, 부끄럽지만 자랑스러운 듯한 표정을 했다. 게다가 '그 남자'라고 늘 조가 부르던 인물은 태연히 웃으며 기절 초풍하게 놀란 조에게 키스하고, 시치미를 떼며 말하는 게 아닌가.

"우리들을 축복해 주십시오. 우리들의 조!"

최후의 일격이었다. 아무리 봐도 너무했다. 조는 마구 두 팔을 휘저어 불만의 뜻을 나타내고는 그냥 자취를 감추고 말았다. 2층으로 뛰어올라가, 비탄에 젖은 목소리로 부르짖으며 두 병자를 놀라게 했다.

"빨리, 누가 좀 아래에 가 봐요! 존 부르크가 끔찍한 짓을 하고, 메그는 그걸 좋아하고 있어요."

마치 부부는 황급히 방을 나갔다. 한편 조는 침대에 몸을 던지고, 이 무서운 뉴스를 베스와 에이미에게 얘기하면서 울고, 소리치고 했다. 그러나 동생들은 그것을 실로 흥미로운 사건으로 생각했다. 마침내 두 동생으로부터 전혀 위로 받지 못한 조는 다락방으로 올라가 쥐들에게 이 한을 털어놓았다.

그 날 오후, 거실에서 어떤 얘기가 있었는지, 딸들은 아무도 알지 못했다. 그러나, 그 회담은 꽤 활발히 진행되어, 미스터 부르크는 평소의 얌전한 태도와는 달리 능란한 말솜씨로 부부를 설득하는 데 성공했다.

그가 메그를 위해 설계하고 있는 미래에 대한 설명이 채 끝나기도 전에 저녁 식사의 딸랑이가 울렸다. 그리고 메그를 자랑스럽게 호위하며 들어선 존을 보고, 두 사람이 진정으로 행복함을 알자 그처럼 펄펄뛰던 조도 모든 울분을 까맣게 잊고 말았다. 에이미는 존의 메그에 대한 자상한 행동과 메그의 의젓한 태도에 크게 감명을 받았고, 베스는 멀리서 생글생글 축복을 보냈다. 그리고 마치 부부는 흐뭇한 만족감에 도취되어 젊은 두 사람을 지켜보고 있었다. 이 집의 최초의 로맨스가 시작된 지금, 오래된 이 식당까지 갑자기 밝아진 것 같았다.

"언니, 이젠 좋은 일이 일어나지 않는다는 말 못할 거야."

에이미는 말했다.

"그래, 물론 못하게 됐어요. 그런 말을 하고 나서 얼마나 많은 일들이 있었는지!"

메그는 평화롭고 즐거운 꿈속에서 헤매고 있었다.

"이번에는 슬픈 일들의 뒤를 이어서, 차례차례로 기쁜 일들이 생기는군요. 이제부터는 좋은 일들만 있을 것 같아요." 마치 부인은 말했다.

"어느 가정이든 가끔 연속적으로 일이 생기는 해가 있는 법이에요. 금년은 아마 그런 해였던가 보지만 끝이 좋은 것 같군요."

"내년도 좋은 해이기를……. 조가 말했다. 자기 앞에서 메그가 다른 사람에게 마음이 빼앗겨 황홀해 하고 있는 것을 보기란, 그녀로서는 괴로운 일이었다. 조는 한정된 사람을 진정으로 사랑하는 성격이었으므로 그 사랑을 잃거나 하는 것은 두려운 일이었다.

"내년에는 더욱 좋은 일이 있기를. 아니, 꼭 그렇게 되도록 노력하겠습니다." 미스터 부르크는 그에게 있어서 모든 일이 가능해진 듯 메그에게 미소지으며 말했다.

"기다리기 지루하지 않을까?"

에이미는 하루 빨리 결혼식을 보고 싶었다.

"배울 것이 산처럼 쌓여 있어, 그 사이에. 난 오히려 빠른 느낌이야."

메그는 전에 없이 상냥하고 엄숙하게 말했다.

"당신은 그저 기다리고만 있으면 돼요. 내게 모든 것을 맡겨 줘요."

존은 우선 그 시작으로 메그가 떨어뜨린 냅킨을 주우며 말했다. 그때의 표정을 보고 조는 '기가 막혀' 라고 생각했지만 현관에서 노크 소리가 나자 안도의 한숨을 쉬었다.

"로리야. 이제 좀 그럴 듯한 대화가 될 것 같군."

그러나 그것은 조의 착각이었다. 로리는 '미세스·존·부르크' 라고 쓴, 신부용의 큰 꽃다발을 안고 밝은 표정으로 나타났다.

"선생님은 반드시 성공하리라고 생각했어요. 언제나 그랬으니까. 한 번 하려고 마음먹은 것은 하늘이 무너져도 반드시 해치우니까." 로리는 축복의 말과 함께 선물을 증정하고 나서 이렇게 말했다.

"칭찬의 말씀 감사합니다. 그것은 장래를 위한 길조로써 받아들이고, 이 자리에서 즉각 결혼식에 초대합니다." 미스터 부르크는 장난스럽게 대답했다. 지금 그는 전 세계를 얻은 듯한 기분인 것이다. 장난꾸러기 제자까지도.

"지구 끝에 있더라도 오겠어요. 그 때의 조의 표정을 보는 것만으로도 긴 여행을 할 가치가 있을 테니까. 뭔가 심드렁한 표정이군, 조 아가씨는. 웬일이지?" 거실 구석까지 조를 쫓아가서 로리는 짓궂게 물었다. 다른 사람들은 로렌스 할아버지를 맞으러 나갔다.

"메그를 체념하는 것이 얼마나 괴로운 일인지, 로리는 몰라요."

조의 목소리는 떨렸다.

"체념하다니, 우스운데? 반씩 나눠 갖는다고 생각하면 돼요."

로리는 위로했다.

"하지만 다시는 전처럼 되지 않아요. 나는 가장 친한 벗을 잃어 버렸어." 조는 한숨을 쉬었다.

"내가 있어요. 별로 힘이 되지 못한다는 것은 알고 있지만. 하지만 내가 언제든지 곁에 있겠어. 평생이라도 좋아요, 조." 로리는 진정이었다.

"그건 알고 있어요. 항상 감사하고 있어요. 덕분에 무척 즐거워요, 로리."

조는 감사의 마음으로 로리와 악수했다.

"좋아. 그럼 이제 우울할 건 없어요. 그래, 이것으로 족해요. 메그는 행복하지, 부르크 선생은 곧 직장을 마련할 것이고. 메그가 자기의 작은 집에서 살림하는 것을 상상만 해도 즐거워요. 메그가 시집가고 나거든 둘이서 왕창 즐겁게 지내요. 같이 외국엘 가거나 여행을 하든가. 이제 조금은 마음이 풀렸을까?"

"그야, 기뻐요. 하지만 3년 사이에 무슨 일이 일어날지 모르는 걸요." 조는 생각에 잠긴다.

"그건 그렇겠지. 앞날이 훤히 내다보여서 우리들이 그 무렵에는 어떻게 되어 있을지, 알고 싶지 않니? 난 알고 싶어."

"난 싫어. 뭔가 슬픈 일이라도 있으면 어쩌지? 저 봐요. 모두가 지금은 저렇게들 행복해. 이 이상 행복해질 리가 없다고 생각해."

조는 천천히 방 안을 둘러보았다. 그리고, 그 눈동자는 장래의 행복이 비치기라도 하는 듯, 아름답게 빛났다.

아빠와 엄마는 나란히 다가앉아 20년 전에 있었던 로맨스의 첫 장(章)을 다시 조용히 펼치고 있었다. 에이미는 혼자 떨어져서 둘만의 아름다운 세계에 있는 연인을 그리려고 애를 쓰고 있었다. 그러나 그들이 발산하는 빛은 이 애송이 화가가 그리기에는 다소 어려운 아름다움을 간직하고 있었다. 베스는 소파에 누워 로렌스 할아버지와 즐겁게 얘기하고 있었다. 이 늙은 친구는 그의 어린 친구의 손을 꼭 잡고 있었다. 그 손에 인도되어 그녀가 걸어 온 평화의 길을 함께 걸을 수 있다고 믿기라도 하듯이.

조는 낮은 의자에 편안히 앉아, 그녀에게 가장 어울리는, 조용한 사색적인 표정을 띠고 있었다. 그리고 로리는 그 의자의 등받이에 기대어 서서 우정이 담긴 미소를 지으며 조를 보았다.

＊　　＊　　＊

메그, 조, 베스, 에이미 네 자매 위로 막이 내린다. 이 막이 다시 오르고 이야기가 계속 될지는 오직 이 〈작은 아씨들〉로 명명된 가정극 제1막의 반향에 달려 있다.

작가와 작품 해설

루이자 M. 올컷의 생애와 작품 세계

　루이자 메이 올컷은 1832년 11월 19일 미국의 펜실베이니아 주 저먼 타운에서 올컷 집안의 둘째 딸로 태어났다. 올컷의 집안이 바로 『작은 아씨들』의 마치 집안이며, 사내아이 같은 둘째 딸 조가 소녀시절의 루이자이다. 어머니 올컷 부인을 비롯하여 세 자매는 약간씩의 차이가 있긴 하지만 거의 다 실제인물 그대로이다.

　루이자 메이 올컷은 감수성이 예민한 어린 시절과 소녀 시절을 콩코드에서 보내게 된다. 당시 콩코드는 남부에서 북부로 자유를 찾아 도망치는 흑인 노예가 거쳐야 하는 중요한 곳이었기에 루이자는 그곳에서 공포, 용기, 위험 따위의 생생한 경험을 할 수 있었다.

　올컷이 『작은 아씨들』을 쓸 당시, 베스는 이미 세상을 떠난 후였지만 어머니와 자매들은 올컷이 이 소설을 쓸 수 있도록 조언과 격려를 아끼지 않았다. 마치 부인은 루이자의 어머니인 올컷 부인 그대로였는데, 그녀 자신은 "진짜 어머니의 모습을 절반도 제대로 그리지 못했다."고 했다. 자매들 또한 거의 그대로여서 메그는 안나를 그린 것이고, 에이미는 메이라고 불리었다. 베스는 그대로 베스였으나 이 책에서와는 달리 성홍열에 걸려 끝내 완쾌되지 못한 채 짧은 일생을 마쳤다. 로리는 실제 인물은 아니다. 루이자의 소꿉친구였던 소년과 그녀가 훗날 유럽에서 만난 폴란드 청년을 적당히 배합한 인물이다. 로렌스 노인은 그녀의 외할아버지인 조셉 메이 대령이다.

작자 자신이나 출판사도 별로 기대를 걸지 않았던 『작은 아씨들』의 성공으로 마치 집안은 부유해졌으며 루이자는 유럽 여행을 즐기면서, 평생을 독신으로 보스턴에서 아버지와 함께 살았다.

올컷은 아버지의 영향을 많이 받았다. 그녀의 아버지는 교육 개혁자이자 철학자로서 그 시대 미국의 정신을 이끌어가는 데 중요한 역할을 했으며, 『월든』을 집필한 헨리 소로나 사상가이자 시인이었던 랄프 왈슨 에머슨과도 교분을 쌓고 있었다. 덕분에 올컷은 자연스럽게 두 사람의 제자가 되었고, 그들의 이념이었던 초월주의적 운동(청교도주의와 이상주의) 개념이 작품 속에 그대로 녹아 흐르게 되었던 것이다.

올컷은 어린 시절부터 글재주가 있었는데, 아버지의 가르침으로 매일 일기를 쓰면서 그 능력을 더욱 키워 나갔다. 그녀는 '천재란 끊임없는 노력의 대가일 뿐이다.' 라는 말을 신조로 삼아 작품을 창작했던 것으로 알려진다. 작가는 제각기 자기 나름의 방법으로 일을 해나가며 쉬지 않고 써야 하고, 비평을 들으며 훈련을 쌓아야 한다는 나름대로의 창작법을 갖고 있었던 것이다.

올컷은 글쓰기에만 관심을 가졌던 것은 아니었다. 아버지가 교육 개혁자였듯이, 그녀도 사회 개혁을 위해 적극적으로 활동했다. 노예제도 철폐, 금주운동, 교육 개혁에 관심을 가졌을 뿐만 아니라, 진정한 페미니스트로서 여성의 권리, 특히 참정권을 얻기 위한 투쟁을 벌이기도 했다.

1860년 링컨이 대통령으로 선출되면서 미국이 남북전쟁에 휘말리자 루이자는 북군의 간호원이 되어 야전병원에서 복무하게 되는데, 그때의 경험을 토대로 해서 어머니에게 야전병원의 일상생활을 알리는 서간체 형식의 소설을 내놓기도 했다.

이 무렵부터 루이자의 작품 방향이 달라지기 시작했다. 추상적이며 공상적이었던 것에서 구체적이며 신변적인 것으로 전환한 것이다. 그러한 경향을 정면으로 드러내고 있는 작품이 바로 『작은 아씨들』이다. 이 소설에 흐르고 있는 밝은 유머, 진실을 바탕으로 한 선의의 사람들, 그리고 그 속에 넘치는 이해와 사랑의 세계, 이러한 요인들이 이 소설을 세계적인 작품으로 만들었고 루이자의 작품 세계에도 영향을 주었다.

작품 줄거리 및 해설

미국의 한 마을에 어머니와 네 딸들이 살고 있다. 아버지는 전쟁터에서 목회 활동을 하느라 집을 떠나 있다. 검소하고 너그러운 어머니와 메그, 조, 베스, 에이미 네 딸들은 가난하면서도 행복하게 살아간다. 검소

함과 신앙심, 미래에 대한 희망이 이들을 지켜 주기 때문이다.

어느 크리스마스 날, 제대로 된 선물 하나 받을 수 없었던 네 딸들은 각자 자신의 처지에 대해 불만을 늘어놓기도 하지만 결국은 자신들보다 더 가난한 이들을 생각하며 자선을 베푼다.

그러던 어느 날, 이들에게 전쟁터에 계시는 아버지가 위독하다는 내용의 전보가 도착한다. 어머니는 아버지의 병간호를 위해 집을 떠나고 네 딸들만 남게 된다. 업친 데 덮친 격으로, 어머니가 없는 와중에 셋째 베스가 병에 걸린다. 하지만 이들은 절망하지 않고 서로를 배려하며 자신에게 주어진 고난을 헤쳐 나간다.

그 해 겨울, 베스의 병이 호전되고 건강을 되찾은 아버지도 집으로 돌아오자 가족들은 기쁨의 눈물을 흘리며 서로에게서 진한 가족애와 함께 사랑을 확인한다. 그리고 첫째 메그가 가정교사 부르크와 결혼을 약속하는 것으로 이야기는 끝을 맺는다.

이 작품은, 1865년 어린이 잡지 〈메리스 뮤지엄〉의 편집을 맡게 된 올컷에게 어린이들을 위한 작품을 써 달라는 발행인의 요청으로 쓴 글이다. 당시 35세였던 올컷은 이 요청을 받아들여 자신의 어린 시절을 그린 소설을 썼는데, 그것이 바로『작은 아씨들』이다. 이『작은 아씨들』은 나오자마자 전 세계 독자들로부터 폭발적인 반응을 얻었는데, 그 이듬해에는 속편이 나오기까지 했다.

어찌 보면 이 책은 현대를 살아가는 우리에게 있어 좀 고루해 보일지도 모른다. 그러나 그 안에 담겨진 눈물겨운 가족애는 우리를 슬프고도 행복한 세계로 인도해 준다. 네 자매와 그 주변 인물들에게 일어나는 기뻔 일, 슬픈 일들은 실제 작가 자신의 삶이기도 하다.

120년이 지난 지금까지도 이 책이 전 세계 독자들로부터 사랑을 받는 이유는 그 속에 그려진 가족과 이웃에 대한 사랑, 검소한 생활, 남을 배려할 줄 아는 마음, 고난 속에서도 희망을 잃지 않고 참아 내는 인내심 등 우리에게 필요한 미덕을 간직하고 있기 때문이 아닐까 한다.

작가 연보

1832년	11월19일에 미국 펜실베이니아 주(州) 저먼타운에서 진보적 교육가이며 사상가인 A.B. 올컷의 둘째 딸로 출생.
1849년(17세)	아버지의 사업 실패로 보스턴, 월포울, 콩코드 등지를 전전함.
1855년(23세)	처녀작인 동화 『꽃의 우화』를 출간.
1857년(25세)	바로 아래 동생인 엘리자베스 사망.
1860년(28세)	소설 『분노』를 쓰기 시작.
1861년(29세)	남북 전쟁 발발 후 워싱턴 조지타운 육군 병원에서 간호병으로 일함.
1863년(31세)	간호사로 종군했을 때의 체험을 소재로 한 서간집 『병원 스케치』 출간.
1867년(35세)	『작은 아씨들』 집필 시작.
1869년(37세)	『작은 아씨들』을 발표하여 작가로서의 명성을 얻음.
1870년(38세)	독자들의 요청에 못 이겨 『속 작은 아씨들』 출간.
1871년(39세)	『작은 도련님들』 출간. 언니 에너의 남편이 세상을 떠남.
1875년(43세)	『8명의 사촌들』 출간.
1877년(45세)	병약했던 어머니가 세상을 떠남.
1878년(46세)	『라일락 아래에서』 출간. 막내 동생 메이 사망.
1882년(50세)	『조 고모의 스크랩 가방』 출간.

1885년(53세)	남은 가족들과 함께 보스턴의 저택으로 이사함.
1886년(54세)	『조의 아이들』 발표.
1888년(56세)	아버지가 세상을 떠난 지 이틀 후, 56세를 일기로 세상을 떠남.